JIJ EN IK

Van Jojo Moyes verschenen eveneens:
*Verboden vruchten*
*Passie en parelmoer*
*Zee van verlangen*
*Dicht bij jou*
*Nachtmuziek*
*De laatste liefdesbrief*
*Voor jou*
*Vier plus één*
*Portret van een vrouw*
*Een week in Parijs*
*Een leven na jou*
*Dans met mij*

Jojo Moyes

# Jij en ik

De Fontein

Eerste druk oktober 2017

Oorspronkelijke titel Paris for One and Other Stories
Oorspronkelijke uitgever Penguin Random House UK
Copyright © 2017 Jojo's Mojo Ltd
The moral right of Jojo Moyes to be identified as the author of this work has been
asserted by her in accordance with the Copyright, Designs and Patents Act 1988
Copyright © 2017 voor deze uitgave Uitgeverij De Fontein, Utrecht
Vertaling Anna Livestro
Omslagontwerp Villa Grafica/Jochem Bolleman
Omslagillustratie Villa Grafica/Jochem Bolleman
Opmaak binnenwerk ZetSpiegel, Best
ISBN 9789026138843
ISBN e-book 9789026138850
NUR 302, 304

De novelle *Een week in Parijs* is in 2015 onder die titel uitgegeven
door Uitgeverij De Fontein

www.uitgeverijdefontein.nl

Alle personen in dit boek zijn door de auteur bedacht. Enige gelijkenis met bestaande
– overleden of nog in leven zijnde – personen berust op puur toeval.

Alle rechten voorbehouden. Niets uit deze uitgave mag worden verveelvoudigd en/of
openbaar gemaakt door middel van druk, fotokopie, microfilm, elektronisch, door
geluidsopname- of weergaveapparatuur, of op enige andere wijze, zonder voorafgaande schriftelijke toestemming van de uitgever.

# Inhoud

| | |
|---|---:|
| Jij en ik | 7 |
| Zo getwitterd, zo gedaan | 149 |
| Middagliefde | 163 |
| Een vogel in de hand | 177 |
| Krokodillenschoenen | 193 |
| Overval | 207 |
| Een oude jas | 221 |
| Dertien dagen met John C. | 235 |
| Margot | 253 |
| Kerstcadeaus | 261 |
| Een week in Parijs | 275 |
| Dankwoord | 365 |

# Jij en ik

# 1

Nell verschuift haar tas op het plastic stationsstoeltje en kijkt voor de negenentachtigste keer op de klok. Haar blik schiet snel terug als de deur bij Security openschuift. Er loopt alweer een gezin de vertrekhal in – bestemming Disney – inclusief buggy, gillende kinderen en ouders die al veel te lang wakker zijn.

Het afgelopen halfuur bonkt haar hart, en ze wordt langzaam overmand door een gevoel van misselijkheid.

'Hij komt wel. Hij kan nog steeds komen. Hij kan het nog steeds halen,' zegt ze zachtjes bij zichzelf.

'Trein 9051 naar Parijs vertrekt over twee minuten vanaf perron twee. Wilt u zich nu naar het perron begeven? Denkt u aan uw bagage.'

Ze kauwt op haar lip en stuurt hem nog maar een sms'je – het vijfde.

Waar ben je? Trein vertrekt zo!

Ze heeft hem twee keer ge-sms't toen ze vertrok, om te checken of ze nog steeds op het station zouden afspreken. Toen hij niet reageerde, maakte ze zichzelf wijs dat het was omdat ze in de metro zat. Of hij zat in de metro. Ze heeft een derde berichtje gestuurd, en een vierde. Dan begint haar telefoon te trillen in haar hand, en ze voelt een overweldigend gevoel van opluchting.

Sorry schat. Kan niet weg van mijn werk. Ga het niet redden.

Alsof het om een snelle borrel na het werk gaat. Vol ongeloof staart ze naar haar schermpje.

Je bedoelt dat je deze trein niet redt? Zal ik wachten?

En een paar seconden later het antwoord:

Nee, ga maar. Ik probeer een latere trein te halen.

Ze is te geschokt om kwaad te zijn. Ze staat daar roerloos te staan terwijl iedereen om haar heen in beweging komt en zijn jas aantrekt. Ze tikt een antwoord in:

Maar waar zien we elkaar dan?

Hij reageert niet meer. *Kan niet weg van mijn werk.* Hij werkt in een winkel met surf- en duikspullen! En het is november. Hoezo kan hij niet weg?

Ze staart om zich heen, alsof het misschien een grap van hem is. Alsof hij op het laatste moment door de deur komt stormen en zegt dat hij haar maar een beetje plaagde (haar plagen is zijn hobby). En dan neemt hij haar bij de arm, kust haar op haar wang met lippen die koud zijn van de wind en zegt iets als: 'Je dacht toch zeker niet dat ik dit wilde missen? Je eerste keer in Parijs?'

Maar de glazen deur blijft potdicht.

'Mevrouw? U moet nu echt naar het perron.' De Eurostarmedewerker steekt zijn hand uit voor haar ticket. En heel even aarzelt ze – komt hij toch nog? – maar dan gaat ze op in de massa, met haar koffertje achter zich aan. Ze blijft staan en typt:

> Kom dan maar naar het hotel.

Ze daalt de roltrap af terwijl de enorme trein met veel kabaal het station binnenrijdt.

'Hoezo, je komt niet? Dit hebben we al tijden geleden gepland!' Het jaarlijkse Meidentripje naar Brighton; ze gaan er nu al zes jaar lang elk eerste weekend van november naartoe – Nell, Magda, Trish en Sue – met z'n allen in Sue's oude brik of Magda's auto-van-de-zaak. Even ontsnappen aan hun dagelijkse leventje, twee avonden aan de drank, rondhangen met kerels die op hun vrijgezelligfeestjes zijn, en dan hun katers verhelpen met gebakken eieren met spek in een aftands hotel, Brightsea Lodge genaamd.

Het jaarlijkse tripje heeft al twee baby's overleefd, een scheiding, en een gevalletje gordelroos (die keer zijn ze de eerste avond in Magda's hotelkamer blijven feesten). Niemand heeft ooit een van hun weekendjes gemist.

'Nou ja, Pete heeft me uitgenodigd om mee te gaan naar Parijs.'

'Pete neemt je mee naar Parijs?' Magda staarde haar aan, alsof ze net had verteld dat ze Russisch was gaan studeren. 'Péte-Pete?'

'Hij kon niet geloven dat ik er nog nooit ben geweest.'

'Ik ben ooit een keer in Parijs geweest met school. Toen ben ik verdwaald in het Louvre, en heeft iemand mijn sneaker door de plee gespoeld, in de jeugdherberg,' zei Trish.

'En ik heb gezoend met een Franse jongen omdat hij op die ene vent lijkt die het met Halle Berry doet, alleen bleek hij achteraf een Duitser te zijn.'

'Pete-met-het-háár-Pete? Jouw Pete? Ik wil niet vals doen, maar ik vond hem altijd een beetje een…'

'Loser,' zei Sue behulpzaam.

'Eikel.'

'Nietsnut.'

'Maar dat zien we dus duidelijk verkeerd. Hij is blijkbaar het soort man dat Nell meeneemt op ranzige weekendjes in Parijs. En dat is… nou ja. Super. Als het tenminste niet in óns weekend zou vallen.'

'Nou ja, toen we de tickets eenmaal hadden… toen was het moeilijk om…' mompelde Nell met een wegwerpgebaar, in de hoop dat niemand zou vragen wie de tickets precies had geregeld. (Het was het enige weekend voor de kerstdagen waarin de korting nog gold).

Bij het plannen van het tripje was ze uiterst zorgvuldig te werk gegaan. Ze had het internet afgezocht naar de beste plekken, scande TripAdvisor voor de beste budgethotels, dubbelcheckte alle daar genoemde hotels op Google en noteerde de resultaten van haar zoektocht in een spreadsheet.

Uiteindelijk ging ze voor een hotel achter de Rue de Rivoli – 'schoon, vriendelijk personeel, heel romantisch' – dat ze voor twee nachten had geboekt. Ze stelde zich voor hoe ze samen met Pete in een Frans hotelbed door het raam zou liggen staren naar de Eiffeltoren, hoe ze hand in hand aan de croissantjes en koffie zouden zitten op een terrasje. Ze ging alleen op de plaatjes af: ze had niet echt een idee van wat je in Parijs kon doen, los van deze voor de hand liggende dingen.

Nell Simmons, zesentwintig jaar oud, was nog nooit een weekend weg geweest met een vriendje, behalve als je die ene keer meetelde toen ze was gaan bergbeklimmen met Andrew Dinsmore. Ze sliepen in zijn Mini en toen ze wakker werd, was ze zo door- en doorkoud dat ze zes uur lang haar nek niet kon bewegen.

Nells moeder, Lilian, vertelde aan iedereen die het horen wilde dat Nell 'niet bepaald een avontuurlijk type' was. Ze was ook 'geen reistype', moest 'het niet van haar uiterlijk hebben', en inmiddels was ze 'niet bepaald piepjong meer'.

Dat was het probleem met opgroeien in een klein stadje – iedereen dacht precies te weten hoe je in elkaar zat. Nell was dat degelijke meisje. Die stille. Degene aan wie je alle research overliet, die je plantjes water gaf, op je kinderen paste, en die er nooit met je man vandoor zou gaan.

Nee, moeder, dacht Nell toen ze de tickets uitprintte, er even naar staarde en ze vervolgens in een mapje stopte met alle overige belangrijke informatie, wat ik ben, is het type dat gewoon zomaar een weekendje Parijs doet.

Naarmate de grote dag dichterbij kwam, kreeg ze er lol in om het steeds even te laten vallen in gesprekken: 'Moet wel even kijken of mijn paspoort nog geldig is,' zei ze toen ze na de zondagse lunch wegging bij haar moeder. Ze had nieuw ondergoed gekocht, haar benen geschoren, haar teennagels knalrood gelakt (anders gebruikte ze altijd transparante lak). 'O, niet vergeten dat ik vrijdag vroeg wegga,' zei ze op haar werk. 'Vanwege Parijs.'

'Mazzelkont,' riepen de meisjes van de boekhouding in koor.

'Ik ben echt súperjaloers,' zei Trish, die ietsje minder problemen had met Pete dan de anderen.

Nell stapt de trein in, zet haar koffertje weg en vraagt zich af of Trish nog steeds zo súperjaloers zou zijn als ze haar nu zou zien: een meisje naast een lege stoel, op weg naar Parijs, en geen idee of haar vriend nog komt opdagen.

# 2

Het is druk op het station van Parijs. Ze loopt door de poortjes bij het perron en blijft dan stokstijf stilstaan, midden in de mensenmassa, waarin iedereen tegen elkaar aan duwt. Hangjongeren in trainingspakken staan her en der in groepjes verspreid, en opeens komt het in haar op dat dit station het 'zakkenrollershoofdkwartier' van Frankrijk is. Met haar handtas krampachtig tegen haar zijde gedrukt loopt ze weifelend de ene kant op, en vervolgens toch weer de andere. Ze voelt zich verloren tussen de glazen kiosken en roltrappen die nergens naartoe lijken te leiden.

De luidspreker laat drie tonen horen en een stem zegt iets in het Frans wat Nell niet verstaat. Alle andere mensen lopen met ferme passen, alsof ze weten waar ze naartoe gaan. Het is al donker buiten en ze vecht tegen haar paniek. *Ik ben in een vreemde stad en ik spreek de taal niet eens*. Dan ziet ze het bordje: *TAXIS*.

Er staat een lange rij, wel vijftig mensen, maar dat kan haar niet schelen. Ze zoekt driftig in haar tas naar het printje met de hotelgegevens, en als ze eindelijk vooraan in de rij staat houdt ze het op: 'Hôtel Bonne Ville,' zegt ze. 'Eh... *s'il vous plaît.*'

De chauffeur kijkt haar aan, alsof hij niet begrijpt wat ze zegt.

'Hôtel Bonne Ville,' herhaalt ze, en ze probeert Frans te klinken, 'Bonne Ville.'

Hij kijkt haar niet-begrijpend aan en grist het stuk papier uit haar hand.

'Ah! L'Hôtel Bonne Ville!' zegt hij, en hij slaat zijn ogen ten hemel. Dan duwt hij haar het papier weer in handen en rijdt het drukke verkeer in.

Nell zakt achterover en slaakt een diepe zucht.

*Welkom in Parijs.*

De rit duurt twintig lange, dure minuten. Het verkeer is een drama. Ze staart uit het raam naar de drukke straten, de kappers en de nagelsalons, herhaalt zachtjes wat er op de Franse verkeersborden te lezen staat. De elegante grijze gebouwen reiken tot hoog in de stadse hemel, en de koffietentjes gloeien warm in de winterse avond. Parijs, denkt ze, en ineens heeft ze het gevoel dat alles wel goed komt. Pete komt nog wel. Ze zal op hem wachten in het hotel, en dan lachen ze morgen samen om hoe eng ze het vond om in haar eentje op reis te gaan. Hij zegt altijd dat ze zich veel te druk maakt om alles.

'Doe even chill, babe,' zegt hij dan. Pete raakt nooit ergens gestrest over. Hij heeft de hele wereld al over gereisd met zijn backpack, en steekt nog steeds altijd zijn paspoort in zijn zak 'voor de zekerheid'. Hij zei dat hij toen hij een keer onder schot gehouden werd in Laos gewoon heel relaxt bleef. 'Stressen heeft geen zin. Ze zouden schieten, of niet. Daar kon ik toch verder niets aan doen.' Toen knikte hij. 'Uiteindelijk hebben we nog een biertje gedaan met die soldaten.'

Of die keer dat hij op een kleine veerboot in Kenia zat, die kapseisde. 'We hebben gewoon de banden die aan de zijkant van de boot hingen eraf gesneden, en daar hielden we ons aan vast tot er hulp kwam. Toen bleef ik ook vrij relaxt – tot ze me vertelden dat er krokodillen in het water zaten.'

Ze heeft zich wel eens afgevraagd waarom Pete, met zijn zongebruinde kop en zijn eindeloze levenservaring, juist voor haar had gekozen. Zij was totaal niet flitsend of wild. Sterker nog, ze was haar eigen postcodegebied haast niet uit geweest. Hij heeft een keer gezegd dat hij haar leuk vond omdat ze hem niet zo op zijn huid zat. 'Andere vriendinnen tetteren de hele tijd in mijn oor.' Hij maakte een klepperend gebaar bij zijn oor. 'Jij bent... relaxt om bij te zijn.'

Vertoonde ze in die zin overeenkomsten met een IKEA-bank? Het was waarschijnlijk beter om niet te lang stil te staan bij dit soort vragen.

*Parijs.*

Ze draait het raam omlaag en laat de geluiden van de drukke straten, de geur van parfum, koffie en sigarettenrook over zich heen komen. Het is precies zoals ze het zich had voorgesteld. De gebouwen zijn hoog en hebben hoge ramen en kleine balkonnetjes – er is geen kantoor te zien. Blijkbaar zit op elke straathoek een café, met ronde tafeltjes en stoeltjes ervoor. En naarmate de taxi meer het centrum in rijdt, zien de vrouwen er stijlvoller uit, en begroeten de mensen die elkaar op de stoep tegenkomen elkaar met kussen op de wang.

Ik ben gewoon in Parijs, denkt ze. En ineens is ze dankbaar dat ze een paar uur de tijd heeft om zich op te frissen voor Pete komt. Want ze wil niet het verblufte groentje zijn.

Ik ga heel Parijsachtig doen, denkt ze, en ze zakt weer achterover.

Het hotel ligt in een smalle zijstraat. Ze telt de euro's uit volgens het bedrag op de taximeter, maar in plaats van ze aan te nemen doet de chauffeur alsof ze hem heeft beledigd, en wuift naar haar koffer in de kofferbak.

'Sorry, ik begrijp u niet.'

'*La valise!*' schreeuwt hij, gevolgd door iets in rad Frans dat ze niet kan verstaan.

'Volgens de gids zou deze rit maximaal dertig euro moeten kosten. Dat heb ik nog gecheckt.'

Nog meer geschreeuw en handgebaren. Ze blijft even stil en knikt, alsof ze hem heeft begrepen, en duwt hem dan gespannen nog tien euro in de hand. Hij pakt het geld aan, schudt zijn hoofd en zet haar koffer op de stoep. Ze blijft staan als hij wegrijdt en vraagt zich af of ze nou net is afgezet.

Maar het hotel ziet er mooi uit. Kijk haar nou! In Parijs! Ze besluit dat ze zich hier niet door uit het veld laat slaan. Ze loopt de smalle lobby in, waar de geur hangt van bijenwas en iets dat ze meteen heel erg Frans vindt. De muren hebben een houten lambrisering, de leunstoelen zijn oud maar elegant. Alle deurklinken zijn van koper. Haar eerste gedachte is wat Pete hiervan zal vinden. 'Niet slecht,' zal hij zeggen. 'Niet slecht, babe.'

'Hallo,' zegt ze gespannen, want ze heeft geen idee hoe ze dit in het Frans moet zeggen. '*Parlez anglais?* Ik heb een kamer gereserveerd.'

Er komt een andere vrouw binnen, die zuchtend en steunend in haar tas zoekt naar haar papieren.

'Ja, ik ook.' Ze gooit de papieren op de receptiebalie naast die van Nell. Nell zet snel een stap opzij en doet net alsof ze zich niet aan de kant geduwd voelt.

'Ugh. Wat een nachtmerrie was het om hier te komen. Wát een nachtmerrie.' De vrouw is Amerikaans. 'Dat verkeer, wat een hél.'

De receptioniste is een vrouw van ergens in de veertig, met kort, goed geknipt zwart haar. Ze kijkt de twee vrouwen fronsend aan. 'U hebt allebei gereserveerd?'

Ze leunt voorover en bekijkt de velletjes papier. 'Maar ik heb nog maar één kamer over. We zitten verder helemaal vol.'

'Dat kan niet. U hebt de reservering zelf bevestigd.' De Amerikaanse schuift het papier weer haar kant op. 'Ik heb verleden week gereserveerd.'

'Bij mij ook,' zegt Nell. 'En ik heb de mijne twee weken geleden gereserveerd. Kijk, hier staat het.'

De twee vrouwen staren elkaar aan, zich plotseling bewust dat ze elkaars concurrente zijn.

'Neem me niet kwalijk, ik weet niet hoe u aan deze reservering komt, maar we hebben maar één kamer.' De Française doet het voorkomen alsof het hun schuld is.

'Nou ja, dan moet u maar ergens een andere kamer voor ons zien te vinden. U heeft zich aan de reserveringen te houden. En kijk, hier staan ze, zwart op wit. Ik ken mijn rechten.'

De Française trekt een perfect in vorm geëpileerde wenkbrauw op. 'Madame, ik kan u niet geven wat ik niet heb. Er is één kamer, met een tweepersoonsbed, of twee eenpersoonsbedden, hoe u maar wilt dat wij ze voor u neerzetten. Ik kan een van u uw geld terugbetalen, maar ik heb geen twee kamers.'

'Maar ik kan nergens anders heen. Ik heb hier met iemand afgesproken,' zegt Nell. 'Dan weet hij niet waar ik ben.'

'Ik ga hier niet weg,' zegt de Amerikaanse, en ze vouwt haar armen over elkaar. 'Ik heb net zesduizend kilometer gevlogen en ik heb dadelijk ergens een eetafspraak. Ik heb helemaal geen tijd om iets anders te vinden.'

'Dan deelt u de kamer. Ik kan elk van u vijftig procent korting bieden, en dan vraag ik Housekeeping of ze er twee eenpersoonsbedden van maken.'

'Een kamer delen met een wildvreemd iemand, u maakt een grapje,' zegt de Amerikaanse.

'Dan stel ik voor dat u een ander hotel zoekt,' zegt de receptionist koeltjes, en ze draait zich om en neemt de telefoon op.

Nell en de Amerikaanse vrouw staren elkaar aan. De vrouw zegt: 'Ik kom net van een vlucht uit Chicago.'

Nell zegt: 'Ik ben nog nooit in Parijs geweest. Ik weet helemaal niet hoe ik aan een ander hotel zou moeten komen.'

Ze verroeren zich geen van beiden. Dan zegt Nell: 'Hoor eens, mijn vriend komt hier dadelijk naartoe. We kunnen allebei onze koffers naar de kamer laten brengen, en als hij dan komt, kunnen we kijken of hij een ander hotel voor ons kan vinden. Hij kent Parijs beter dan ik.'

De Amerikaanse bekijkt haar van top tot teen, alsof ze probeert in te schatten of Nell te vertrouwen is. 'Ik deel geen kamer met jullie beiden.'

Nell houdt haar blik vast. 'Geloof me, dat is ook niet bepaald mijn idee van een leuk weekendje weg.'

'We hebben niet veel keuze, denk ik,' zegt de vrouw. 'Niet te geloven dit.'

Ze stellen de receptioniste op de hoogte van hun plan. De Amerikaanse zegt: 'En als deze dame vertrekt, wil ik nog steeds de vijftig procent korting. Dit is een schandalige zaak. Bij ons in Amerika zou je niet wegkomen met dit soort service.'

Nell vraagt zich af of ze zich ooit ongemakkelijker heeft gevoeld, gevangen tussen de desinteresse van de Française en het misnoegen van de Amerikaanse. Ze probeert te bedenken wat Pete zou doen. Hij zou erom lachen, en er verder kalm onder blijven. Zijn vermogen om om het leven te lachen is een van de dingen die ze zo aantrekkelijk aan hem vindt. Het komt wel goed, houdt ze zichzelf voor. Ze zullen er later grappen over maken.

Ze pakken de sleutel aan en nemen samen de piepkleine lift naar de derde verdieping. Nell loopt achter de vrouw aan. De deur gaat open en ze lopen een zolderkamer binnen met twee bedden.

'O,' zegt de Amerikaanse. 'Geen bad. Ik haat het als er geen bad is. En het is zo kléín.'

Nell zet haar tas neer en sms't Pete om het hem te vertellen en te vragen of hij een ander hotel kan zoeken.

> Ik wacht hier op je. Wil je laten weten of je hier nog op tijd bent voor het eten? Heb honger.

Het is al acht uur.

Hij reageert niet. Ze vraagt zich af of hij soms al in de Kanaaltunnel zit: als dat zo is, is hij minstens nog op anderhalf uur van hier. Ze zit er zwijgend bij terwijl de Amerikaanse kreunend en steunend haar koffer openmaakt op bed en alle hangertjes in beslag neemt als ze haar kleren ophangt.

'Bent u hier voor zaken?' vraagt Nell als de stilte ondraaglijk wordt.

'Twee vergaderingen. Vanavond eentje, en dan een dag vrij. Ik heb deze maand nog geen enkele dag vrij gehad.' De Amerikaanse zegt het alsof het Nells schuld is. 'En morgen moet ik aan de andere kant van Parijs zijn. Oké. Ik moet nu gaan. Ik ga ervan uit dat je van mijn spullen afblijft.'

Nell staart haar aan. 'Wat een vreemde opmerking.'

'Ik wil niet vervelend zijn, maar ik deel anders nooit een kamer met wildvreemden. Als je vriendje er straks is, zou ik het prettig vinden als je je sleutel beneden inlevert.'

Nell probeert haar woede niet te laten blijken. 'Zal ik doen.'

Ze pakt haar opschrijfboekje en doet alsof ze leest terwijl de Amerikaanse met een blik achterom de kamer uit loopt. En precies op dat moment geeft haar telefoon een piepje. Nell pakt hem snel op.

Sorry, babe. Ik kom niet. Geniet van je tripje.

# 3

Fabien zit op het dak en trekt zijn wollen muts wat dieper over zijn ogen terwijl hij nog een sigaret opsteekt. Dit is de plek waar hij altijd ging roken als er een kans bestond dat Sandrine terug zou komen. Ze hield niet van sigarettenlucht, en als hij binnen rookte trok ze altijd haar neus op en zei dat het walgelijk stonk in het appartement.

Het is een smalle rand, maar groot genoeg voor een lange man met een beker koffie en 332 pagina's handgeschreven manuscript. In de zomer doet hij hier weleens een dutje en zwaait hij naar de pubertweeling aan de overkant van het plein. Die zitten dan op hun eigen platte dak te luisteren naar muziek en te roken, weg van de kritische blikken van hun ouders.

Het hart van Parijs is vol met dit soort plekken. Als je geen tuin hebt, of balkonnetje, maak je gebruik van de ruimte die er wél is.

Fabien pakt zijn potlood op en begint woorden door te strepen. Hij is nu al zes maanden bezig met het redigeren van dit manuscript en de regels staan inmiddels vol met potloodaantekeningen. Elke keer als hij zijn roman doorleest ziet hij nog meer fouten.

De personages zijn te vlak, te ongeloofwaardig. Philippe, zijn vriend, zegt dat hij het eindelijk eens moet afronden en dat hij de zaak moet uittypen en aan de literair agent geven die er interesse in had. Maar telkens als hij ernaar kijkt ziet hij weer een reden waarom hij dit boek echt aan niemand kan laten lezen.

Het is nog niet klaar.

Sandrine zei altijd dat hij het niet wilde inleveren omdat hij tot dat moment tenminste nog hoop had. En dat was nog een van de minder wrede dingen die ze tegen hem had gezegd.

Hij kijkt op zijn horloge, in de wetenschap dat hij nog maar een uur heeft voor hij naar zijn werk moet. Maar dan hoort hij zijn telefoon overgaan. Shit! Die ligt dus binnen. Hij vervloekt zichzelf omdat hij vergeten is om het ding in zijn zak te steken voor hij het dak op ging. Hij zet zijn beker op de stapel papier om te voorkomen dat de wind alles wegblaast en draait zich om om door het raam naar binnen te klimmen.

Achteraf kan hij niet navertellen hoe het precies gebeurde. Zijn rechtervoet glijdt uit op het bureau dat hij altijd gebruikt bij het naar binnen klimmen en zijn linkervoet schiet naar achteren om te voorkomen dat hij valt. En zijn voet – zijn enorme, onhandige voet, zoals Sandrine zou zeggen – schopt de mok met alle bladzijden van de rand. Als hij zich omdraait hoort hij hem nog net kapotvallen, beneden op staat, en kan hij de 332 witte blaadjes door de schemering zien vliegen.

Hij ziet hoe de wind ze oppakt en hoe ze, als witte duiven, de straten van Parijs in dwarrelen.

# 4

Nell is een uur op bed blijven liggen maar ze weet nog steeds niet wat ze moet doen. Pete komt niet naar Parijs. Hij komt gewoon echt niet. Ze is dat hele eind naar de Franse hoofdstad gekomen, met haar nieuwe ondergoed en haar roodgelakte teennagels, en Pete laat haar gewoon stikken.

De eerste tien minuten heeft ze alleen maar naar zijn berichtje zitten staren – dat vrolijke 'Geniet van je tripje' – en zitten wachten tot zijn volgende berichtje binnen zou komen. Maar er kwam niks.

Dus ligt ze op bed te staren naar het plafond, haar telefoon nog in haar hand. Ze realiseert zich dat ze ergens altijd wel heeft geweten dat dit zou kunnen gebeuren. Ze tuurt naar de telefoon, zet het schermpje aan en uit, gewoon om te checken of ze niet droomt.

Maar ze weet het. Ze wist het waarschijnlijk gisteravond al, toen hij steeds maar niet opnam als ze hem belde. Ze had het zelfs verleden week al kunnen weten, toen hij op al haar ideeën voor wat ze in Parijs zouden kunnen doen reageerde met: 'Ja, *whatever*,' of 'Ik weet niet.'

Het was niet alleen dat Pete een onbetrouwbaar vriendje was – hij verdween vaak zonder haar te vertellen waar hij naartoe ging – maar als ze heel eerlijk is, had hij haar ook niet echt mee op reis gevraagd.

Ze hadden het over de plekken waar ze waren geweest, en zij had toegegeven dat ze nog nooit in Parijs was geweest, en toen had hij vaagjes gezegd: 'Dat meen je niet. Supervet daar. Jij zou het geweldig vinden.'

Twee dagen later liep ze haar maandelijkse risico-analyse-presentatie voor afstudeerders uit ('Risicoanalyse is cruciaal voor organisaties die inzicht willen in de risico's die ze lopen en die deze ook willen beheersen, om zo problemen te voorkomen en te zien waar de kansen liggen! Veel plezier tijdens de rondleiding over door de fabriek – voorzichtig bij al die grote machines!) en zag de kar met broodjes op de gang staan. Die was minstens tien minuten te vroeg. Ze had ze eens goed bekeken, in gedachten de voor- en nadelen van al het beleg afwegend, en had uiteindelijk een broodje zalm met roomkaas uitgekozen, ook al was het dinsdag en kocht ze nooit zalm met roomkaas op dinsdag.

'Ach, wat maakt het uit. We hebben deze week niet voor niks een bonus gekregen, toch? Laat ik eens gek doen,' had ze vrolijk gezegd tegen Carla, die rondliep met de kar. En toen was ze naar de pantry gelopen, tapte een bekertje water uit de koeler en luisterde ondertussen naar een gesprek tussen twee van haar collega's aan de andere kant van het muurtje.

'Ik ga mijn geld gebruiken voor een weekendje Barcelona. Dat beloof ik mijn vrouw al sinds onze bruiloft.' Zo het horen was het Jim van Logistiek.

'Shari gaat er een dure handtas van kopen. Dat kind heeft die hele bonus er in twee dagen doorheen gejaagd.'

'Lesley gaat een nieuwe auto kopen, dus dat extra geld kwam goed uit. En Nell?'

'Die gaat niet naar Barcelona, dat lijkt me duidelijk.'

Ze hadden allebei gelachen. Nell stond daar als aan de grond genageld, haar plastic bekertje voor haar mond.

'Nell zet het netjes weg op haar spaarrekening. Misschien maakt ze eerst nog even een spreadsheetje. Het kost dat kind al een half uur om een broodje uit te kiezen.'

'"Wat zal ik eens doen, volkorenbrood met ham? Maar het is dinsdag, en volkorenbrood met ham eet ik altijd op vrijdag. Roomkaas, anders? Nee, roomkaas is voor de maandag. Ach joh, laat ik eens gek doen!"' Ze lachten weer om hun harteloze imitatie van haar stem. Nell keek omlaag naar haar broodje.

'Man, dat kind heeft nog nooit van haar leven iets onbezonnens gedaan.'

Ze at haar broodje maar voor de helft op. Hij had een beetje een rare, rubberachtige smaak.

Die avond ging ze naar haar moeder. Na jaren hinken op twee gedachten had Lilian eindelijk ingezien dat het huis te groot was voor één persoon, en had ze besloten om te gaan verhuizen. Het proces om haar uit het huis te krijgen waar ze vijfentwintig jaar had gewoond had er echter veel van weg alsof je een slak uit zijn huisje probeerde te peuren. Nel ging er twee keer in de week naartoe om door de dozen vol souvenirs of kleding of papieren te gaan die overal in het huis in kasten opgestapeld stonden en om te proberen haar moeder over te halen om er tenminste een deel van weg te doen. Dan was ze een uur bezig om haar moeder ervan te overtuigen dat ze geen rieten ezeltje nodig had dat ze in 1983 op vakantie op Majorca had gekocht, om vervolgens aan het eind van de avond de wc uit te komen en te zien dat haar moeder het ezeltje toch weer stiekem in de logeerkamer had gezet. Er was nog een lange weg te gaan. Vanavond pakten ze de ansichtkaarten en babykleertjes aan. Verdwaald in haar herinneringen, hield Lilian steeds een van die kleertjes omhoog, en vroeg zich dan hardop af of 'dit ooit nog een keer voor iemand nodig' zou zijn.

'Ach, je zag er zo schattig uit in dit jurkje. Zelfs met die gekke knietjes van je. Trouwens, ken jij Donna Jackson, van de nagelsalon? Haar dochter Cheryl zit bij zo'n datingding op internet en die is laatst met een man op stap geweest. Toen ze bij hem thuis kwam bleek dat hij een kast vol boeken over seriemoordenaars had.'

'En, was hij er ook eentje?' vroeg Nell, die probeerde om een paar door motten aangevreten wollen babyvestjes in een zak te proppen, nu haar moeder afgeleid was.

'Hoe bedoel je?'

'Was hij ook een seriemoordenaar?'

'Hoe moet ik dat weten?'

'Ik bedoel, is Cheryl heelhuids thuisgekomen?'

Lilian vouwde het jurkje op en legde het op de bewaarstapel.

'Ja, ja. Ze vertelde Donna dat hij wilde dat ze een masker opzette, of een staart ombond, of zoiets, dus toen heeft ze hem maar gedropt.'

'Gedumpt, mam.'

'Nou ja, je snapt toch wat ik bedoel? Enfin, ik ben blij dat jij een verstandig meisje bent en dat je geen risico's neemt. Had ik al gezegd dat mevrouw Hongray graag wil dat jij haar kat voert als ze weg is?'

'Oké.'

'Want tegen die tijd ben ik al verhuisd. En ze zei dat ze graag iemand wilde die ze kon vertrouwen.'

Nell staarde een hele poos naar het korte broekje dat ze vasthield voor ze dat ook hardhandig in de vuilniszak vol overbodige troep propte.

De volgende ochtend liep ze door de stationstraverse op weg naar haar werk toen haar oog ineens op het reisbureau viel en ze voor de etalage bleef staan. Er hing een bord waarop stond: ALLEEN VANDAAG GELDIG – SPECIALE AANBIEDING – 2 VOOR DE PRIJS VAN 1 – DRIE NACHTEN PARIJS – DE LICHTSTAD. Bijna zonder nadenken, was ze naar binnen gelopen en had ze twee tickets geboekt. Ze had ze aan Pete laten zien, blozend, half van gêne en half van opwinding, toen ze de avond erna bij hem thuis waren.

'Wat zeg je nou?' Hij was dronken, herinnert ze zich nu, en hij knipperde langzaam met zijn ogen, in ongeloof. 'Heb je een kaartje voor me gekocht naar Parijs?'

'Voor ons,' zei ze, terwijl hij aan de knoopjes van haar jurk prutste. 'Een weekendje Parijs. Het leek me wel... leuk. Kunnen we eens lekker gek doen.'

*Man, dat kind heeft nog nooit van haar leven iets onbezonnens gedaan.*

'Ik heb ook naar hotels gekeken, en ik heb er eentje gevonden vlak achter de Rue de Rivoli. Het is een driesterrenhotel, maar het scoort een 9.4 op klanttevredenheid, en het ligt in een buurt met weinig criminaliteit – ik bedoel, het enige waar je bang voor hoeft te zijn, zijn tasjesdieven, dus ik neem gewoon zo'n –'

'Je hebt een kaartje voor me geboekt naar Parijs!' Hij schudde met zijn hoofd, en zijn haar zakte voor zijn ene oog. En toen zei hij: 'Tuurlijk, babe. Waarom ook niet. Leuk.' Wat hij verder nog zei voor ze op bed vielen, kan ze zich niet meer herinneren.

Nu moet ze dus terug naar het station, terug naar Engeland, en moet ze aan Magda, Trish en Sue opbiechten dat zij gelijk hadden. Dat Pete precies zo is als zij altijd al hebben gezegd. Dat zij stom is geweest en haar geld heeft verspild. Ze heeft het Meidentripje naar Brighton voor niks verpest.

Ze knijpt haar ogen dicht tot ze zeker weet dat ze niet gaat huilen, en duwt zichzelf dan omhoog. Ze kijkt naar haar koffer en vraagt zich af hoe ze aan een taxi moet komen, en of haar ticket nog omgeboekt kan worden. Wat nu als ze naar het station gaat en ze mag de trein niet in? Ze vraagt zich af of ze de receptioniste beneden kan vragen of die voor haar met Eurostar kan bellen, maar ze is bang voor de ijzige blik van dat mens. Ze heeft geen idee wat ze moet doen.

Haar telefoon piept nog een keer. Haar hart begint als een razende te kloppen en ze pakt hem snel op. Hij komt toch! Het komt goed! Maar het is Magda.

Hebben jullie het leuk, viespeuk?

Ze knippert met haar ogen en heeft ineens verschrikkelijk heimwee. Was ze maar daar, in Magda's hotelkamer, met een plastic bekertje goedkope bubbels op de wastafel in de badkamer terwijl ze voor de spiegel om ruimte vechten om zich te kunnen opmaken. Het is een uur vroeger in Engeland. Dus zijn ze nog bezig zich te installeren, hun koffers uitpuilend van de nieuwe outfits, de muziek zo hard dat het tot klachten leidt.
Ze voelt zich even eenzamer dan ooit.

Het is geweldig, dank je. Veel plezier jullie!

Ze typt langzaam, drukt op 'verzenden' en wacht op het *woesj*-geluid dat haar vertelt dat haar bericht over het Kanaal is gevlogen. En dan zet ze haar telefoon uit, zodat ze niet meer hoeft te liegen.

Nell inspecteert de dienstregeling van de Eurostar, vist haar notitieboekje uit haar tas en maakt een lijstje, om te bepalen wat haar opties zijn. Het is kwart over negen. Zelfs al zou ze het station halen, dan nog is de kans niet groot dat ze een trein haalt die haar vanavond nog naar Engeland brengt. Ze zal hier vannacht moeten blijven.

In het felle licht van de badkamerspiegel ziet ze er moe en mat uit. Ze lijkt precies op een meisje dat helemaal naar Parijs is gekomen om door haar vriendje in de steek te worden gelaten. Ze leunt met haar handen op de wastafel, slaakt een lange, bibberige zucht en probeert helder te denken.

Ze gaat iets te eten regelen, en een beetje slapen, en dan voelt ze zich daarna vast wel wat beter. Morgen neemt ze een vroege trein naar huis. Dat is niet waar ze op had gehoopt, maar het is tenminste een plan, en Nell voelt zich altijd beter als ze een plan heeft.

Ze doet de deur op slot en loopt naar beneden. Ze probeert zorgeloos en vol zelfvertrouwen over te komen, als een vrouw die zo vaak in haar eentje in een vreemde stad is.

'Eh, hebt u ook een menukaart voor de roomservice?' vraagt ze aan de receptioniste.

'Roomservice? Maar mademoiselle, u bent in de gastronomische hoofdstad van de wereld. We doen hier niet aan roomservice.'

'Oké, nou, weet u dan waar ik even snel iets zou kunnen eten?'

De vrouw kijkt haar aan. 'Een restaurant, bedoelt u?'

'Of een café, maakt me niet uit. Op loopafstand. En, en – eh – als die andere dame terugkomt, wilt u haar dan zeggen dat ik hier vannacht toch blijf?'

De Française trekt haar wenkbrauwen even op en Nell beeldt zich in dat ze weet welke gedachten nu door haar hoofd gaan. *Dus dat vriendje van je komt niet opdagen, hè, muizig Engels meisje? Verbaast me niks.* 'U kunt naar het Café des

Bastides,' zegt ze en ze geeft haar een kleine stadsplattegrond. 'U slaat hier rechtsaf, en dan is het de tweede links. Het is er heel gezellig. Je kunt er ook prima…' ze valt even stil, '…alleen eten.'

'Dank u.'

'Ik zal Michel even bellen om te zorgen dat hij een tafeltje voor u vasthoudt. Onder welke naam?'

'Nell.'

'*Nell*.' De vrouw spreekt het uit alsof het een ziekte is.

Met vuurrode wangen propt Nell de plattegrond in haar tas en loopt met ferme pas de hotellobby uit.

Het is druk in het café, en de kleine tafeltjes op het terras zitten vol met stelletjes en groepjes mensen die schouder aan schouder in warme jassen zitten te roken, drinken en kletsen terwijl ze uitkijken over de drukke straat. Nell aarzelt en kijkt op, controleert de naam op de gevel en vraagt zich af of ze het wel trekt om hier in haar eentje te gaan zitten. Misschien kan ze maar beter even snel een supermarkt in lopen voor een broodje. Ja, dat is waarschijnlijk verstandiger. Bij de ingang staat een enorme kerel met een baard, die haar aankijkt.

'U bent de Engelse? Toch?' bast zijn stem over alle tafeltjes.

Nell krimpt ineen.

'NELL? Tafel voor één?'

Een paar hoofden draaien zich om, en kijken naar haar. Nell vraagt zich af of het mogelijk is om spontaan te sterven van schaamte.

'Eh, ja,' mompelt ze, en ze loopt naar een tafeltje in een hoek bij het raam en gaat snel zitten. De binnenkant van de ramen zijn beslagen en om haar heen kletsen de mensen in het Frans. Ze voelt zich pijnlijk bewust van zichzelf. Alsof ze een bord om heeft met daarop: HEB MEDELIJDEN MET ME. IK HEB NIEMAND OM MEE TE ETEN. Ze kijkt op naar het schoolbord en spreekt de woorden een paar keer in haar hoofd uit voor ze ze hardop zegt.

'*Bonsoir.*' De ober, die kortgeschoren haar heeft en een lang wit schort draagt, zet een kan water voor haar neer. '*Qu'est-ce –*'

'*Je voudrais le steak frites si'l vous plaît,*' zegt ze ademloos. Haar keuze – biefstuk met friet – is duur, maar het is het enige wat ze een beetje fatsoenlijk kan uitspreken.

De ober knikt kort en kijkt achterom, alsof hij ergens door afgeleid wordt. 'De biefstuk. En wilt u daar iets bij drinken, mademoiselle?' zegt hij in perfect Engels. 'Een glas wijn, misschien?'

Ze wilde eigenlijk een cola. Maar ze fluistert: 'Ja, graag.'

'*Bon,*' zegt hij. Een minuut later is hij terug met een mandje brood en een karafje wijn. Hij zet ze neer alsof het de gewoonste zaak van de wereld is dat een vrouw hier op vrijdagavond in haar eentje zit, en dan is hij weer weg.

Nell heeft nog nooit een vrouw in haar eentje in een restaurant zien zitten, behalve die ene keer toen ze voor haar werk naar Corby moest en die vrouw helemaal alleen aan een tafeltje vlak bij het damestoilet zat, en daar twee toetjes verorberde in plaats van een hoofdgerecht. Waar zij vandaan komt, gaan meisjes in groepjes uit eten, meestal bij een Indiaas restaurant, voor een curry, nadat er eerst flink geborreld is. Oudere vrouwen gaan misschien in hun eentje naar de bingo, of naar een verjaardag binnen de familie. Maar een vrouw gaat echt niet in haar eentje uit eten.

Maar nu ze rustig om zich heen kijkt, kauwend op een stukje stokbrood, ziet ze dat ze niet de enige is die alleen eet. Aan de andere kant van het raam zit een vrouw met een karafje rode wijn te roken, terwijl ze kijkt naar de drukte van Parijs die aan haar voorbijtrekt. En in de hoek zit een man een krant te lezen terwijl hij zijn eten naar binnen werkt. Een andere vrouw, met lang haar, een opstaande kraag en een spleetje tussen haar tanden, zit met een ober te kletsen. Geen mens die op hen let. Nell ontspant een beetje en wikkelt haar sjaal van haar nek.

De wijn smaakt goed. Ze neemt een slokje en voelt de spanning van de dag langzaam wegzakken. Ze neemt nog een slok. De biefstuk wordt gebracht, bruingebakken en dampend, maar als ze haar mes erin zet, is hij bloederig vanbinnen. Ze vraagt zich af of ze hem terug moet sturen, maar ze wil niet moeilijk doen, en al helemaal niet in het Frans.

Bovendien, hij smaakt eigenlijk best goed. De frites zijn krokant, goudbruin en gloeiendheet, en de groene salade is heerlijk. Ze eet haar bord helemaal leeg, verbaasd over haar eigen eetlust. Als de ober terugkomt, glimlacht hij. 'Was het lekker?'

'Heerlijk,' zegt ze. 'Dank je – eh, *merci*.' Hij knikt en vult haar glas bij. Als ze het wil oppakken, knoeit ze de helft van de wijn over het schort en de schoenen van de ober; het geeft dieprode vlekken.

'O, wat erg!' Haar handen vliegen naar haar mond.

Hij zucht vermoeid, terwijl hij zich droogdept. 'Het geeft niet, hoor.'

'Het spijt me zo. O, ik –'

'Echt, het is geen probleem. Het is gewoon zo'n dag.'

Hij glimlacht vaag, alsof hij haar wel begrijpt, en verdwijnt.

Ze voelt haar wangen branden en trekt haar notitieboekje uit haar tas om iets te doen te hebben. Ze bladert snel door haar lijstje met bezienswaardigheden in de stad, en staart naar een lege bladzijde tot ze zeker weet dat niemand kijkt.

*Leef in het moment*, schrijft ze op de schone bladzijde, en ze onderstreept het twee keer. Die regel heeft ze ooit in een tijdschrift zien staan.

Ze kijkt op naar de klok. Het is kwart voor tien. Nog ongeveer 39.600 momenten voor ze weer op de trein mag en kan doen alsof dit tripje nooit heeft plaatsgevonden.

De Française staat nog steeds achter de receptie als Nell terugkomt in het hotel. Uiteraard. Ze schuift de sleutels over de balie naar Nell toe. 'De andere dame is nog niet terug,' zegt de vrouw. 'Als ze terugkomt voor het eind van mijn dienst zal ik haar laten weten dat u in de kamer bent.'

Nell mompelt een bedankje en gaat naar boven.

Ze zet de douche aan en gaat eronder staan in een poging de teleurstelling van de dag van zich af te spoelen. Dan, om halfelf, stapt ze in bed en leest een van de Franse tijdschriften die op het nachtkastje liggen. De meeste woorden begrijpt ze niet, maar ze heeft nu eenmaal geen boek bij zich. Ze had niet gedacht dat ze tijd zou hebben om te lezen.

Om elf uur doet ze het licht uit en ligt in het donker te luisteren naar de geluiden van brommers die door de smalle straatjes scheuren, en het geklets van gelukkige Franse mensen, op weg naar huis. Ze heeft het gevoel alsof er een enorm feest aan de gang is waar zij niet voor uitgenodigd is.

Haar ogen vullen zich met tranen, en ze vraagt zich af of ze de meisjes zal bellen om te vertellen wat er aan de hand is. Maar ze is nog niet klaar voor hun medelijden. Ze wil niet nadenken over Pete, en het feit dat ze is gedumpt. Ze probeert niet te denken aan het gezicht van haar moeder als ze die de waarheid vertelt over haar romantische weekendje weg.

En dan gaat de deur open. Het licht gaat aan.

'Dit is toch niet te geloven.' De Amerikaanse staat daar, met een rood aangelopen gezicht van de drank, en een grote paarse sjaal om haar schouders gedrapeerd. 'Ik dacht dat jij weg zou zijn.'

'Ik ook,' zegt Nell, en ze trekt de dekens over haar hoofd. 'Mag het licht uit, alsjeblieft?'

'Ze hebben me helemaal niet verteld dat je er nog zou zijn.'

'Nou, het is zo.'

Ze hoort een handtas met een klap op tafel landen, het getik van kleerhangers in de kast. 'Ik vind het niet prettig om de nacht door te brengen in een kamer met iemand die ik niet ken.'

'Geloof me, jij bent ook niet bepaald mijn gedroomde slaapgezelschap.'

Nell blijft onder de dekens terwijl de vrouw de badkamer in en uit loopt. Door de veel te dunne muren hoort ze hoe ze haar tanden poetst, gorgelt, het toilet doortrekt. Ze verbeeldt zich dat ze ergens anders is. In Brighton bijvoorbeeld, met een van de meisjes, die zich aangeschoten klaarmaakt voor de nacht.

'Ik zal je dit wel vertellen, ik ben hier niet blij mee,' zegt de vrouw.

'Dan ga je maar ergens anders slapen,' zegt Nell bits. 'Want ik heb precies evenveel recht op deze kamer als jij. Meer zelfs, aangezien ik eerder heb geboekt dan jij.'

'Je hoeft niet zo krengerig te doen, hoor,' reageert de vrouw.

'En jij hoeft me niet een nog rottiger gevoel te bezorgen dan ik al had.'

'*Honey*, ik kan er niets aan doen dat je vriendje je een blauwtje laat lopen.'

'En ík kan er niks aan doen dat het hotel ons dubbel geboekt heeft.'

Het blijft lang stil. Nell vraagt zich even af of de vrouw nu misschien iets aardigs zal zeggen. Het is toch ook te zot, twee vrouwen die ruziemaken in zo'n klein kamertje. We zitten in hetzelfde schuitje, denkt ze. Ze probeert iets aardigs te bedenken.

En dan snijdt de stem van de vrouw dwars door de stilte: 'Ik stop mijn waardevolle spullen in de kluis, als je dat maar weet. En ik ben getraind in zelfverdediging.'

'En ik heet Georges Pompidou,' mompelt Nell. In het donker onder de dekens slaat ze haar ogen ten hemel, en wacht op de klik die haar vertelt dat het licht uit is.

'Ik wil niet vervelend zijn,' klinkt een stem in het donker, 'maar dat is echt een heel rare naam.'

Al is ze uitgeput en verdrietig, Nell kan de slaap niet vatten. Ze probeert zich te ontspannen, haar gedachten in toom te krijgen, maar rond middernacht zegt een stemmetje in haar hoofd: *Vergeet het maar. Voor jou geen slaap vannacht, dame.*

In plaats daarvan blijven haar gedachten kolken als in een wasmachine. De sombere gedachten buitelen om elkaar heen als vies wasgoed. Is ze soms te gretig geweest? Was ze niet cool genoeg? Was het dat lijstje Franse galeries, met alle voors en tegens (lang lopen ernaartoe, mogelijk lange rij)?

Is ze gewoon zo saai dat er nooit een man van haar zou kunnen houden?

De nacht duurt maar en duurt maar. Ze ligt in het donker en probeert het gesnurk van de vreemde vrouw in het bed naast haar niet te horen. Ze probeert te rekken, te geeuwen, anders te gaan liggen. Ze probeert diep adem te halen, haar lichaam stukje voor stukje te ontspannen, en stelt zich voor dat ze haar sombere gedachten in een doos stopt en de sleutel weggooit.

Rond drie uur 's nachts accepteert ze dat ze waarschijnlijk tot de ochtend wakker zal liggen. Ze staat op en sloft naar het raam, waar ze het gordijn een stukje optilt.

De daken worden verlicht door de straatlantaarns. Een stelletje loopt dicht naast elkaar langzaam en zachtjes pratend naar huis.

Dit had zo geweldig moeten zijn, denkt ze.

Het gesnurk van de Amerikaanse vrouw zwelt aan. Het gaat met horten en stoten, het klinkt alsof ze stikt. Nell pakt haar oordopjes uit haar koffer (ze heeft twee paar meegenomen, voor het geval dat), en stapt weer in bed. Over acht uur ben ik thuis, denkt ze, en met die troostrijke gedachte dommelt ze eindelijk in.

# 5

Fabien zit in het café bij het keukenluik te kijken naar Émile die de enorme stalen pannen schrobt. Hij nipt van een grote beker koffie, met ingezakte schouders. Volgens de klok is het kwart voor een.

'Dan schrijf je er toch nog eentje. Een betere,' zegt Émile.

'Ik heb alles in dat ene boek gestopt wat ik in me had. En nu is het allemaal weg.'

'Kom nou. Je bent toch schrijver, zeg je? Dan heb je heus wel meer dan één boek in je hoofd. Zo niet, dan word je een heel hongerige schrijver. En als je het nou de volgende keer gewoon op een computer schrijft? Dan kun je namelijk gewoon een nieuwe uitprinten.'

Fabien heeft 183 van de ruim 300 weggewaaide bladzijden teruggevonden. Sommige ervan zaten onder de modder en regen, of er waren mensen overheen gelopen. Andere waren in de Parijse avond opgelost. Terwijl hij door de straten rond zijn huis liep, had hij hier en daar een blaadje door de lucht zien vliegen, of eentje doorweekt in de goot gevonden, waar niemand er verder naar omkeek. De aanblik van zijn woorden, zijn diepste gedachten, die daar in die goot lagen, gaf hem het gevoel dat hij zelf in zijn blootje op straat stond.

'Ik ben ook zo'n stommeling, Émile. Sandrine heeft me zo vaak gezegd dat ik mijn werk niet mee moesten nemen het dak op...'

'O nee. Niet weer een Sandrine-verhaal. Alsjeblieft, zeg!' Émile laat het vettige water uit de gootsteen lopen en vult hem nog een keer. 'Als er weer een Sandrine-verhaal komt, heb ik een glas cognac nodig.'

'Je hebt alle cognac al opgedronken,' zegt René.

'Wat moet ik nou doen?'

'Wat jouw grote held, de schrijver Samuel Beckett, heeft gezegd: "Opnieuw proberen. Weer op je bek gaan. Maar dan beter."' Émile kijkt op. Zijn bruine huid glinstert van het zweet en de stoom. 'En dan heb ik het niet alleen over het boek. Je moet er weer eens op uit. Vrouwen ontmoeten. Beetje drinken, beetje dansen... Nieuw materiaal opdoen voor een boek!'

'Dat boek zou ik best willen lezen,' zegt René.

'Nou, dan weet je dat,' zegt Émile, 'René zou je boek willen lezen. En hij leest anders alleen maar pornografie!'

'Ik lees nu eenmaal geen woorden,' zegt René.

'Dat weten we heus wel, René,' zegt Émile.

'Ik weet niet. Ik heb niet zo'n zin.'

'Dan maak je maar zin!' Émile is een soort menselijke verwarming, hij straalt onafgebroken warmte en energie uit. 'En het geeft je tenminste een reden om je huis eens uit te komen. Ga gewoon weer eens een beetje leven. Je zinnen verzetten.'

Hij droogt de laatste pan af, zet hem op de stapel en gooit de theedoek over zijn schouder.

'Oké. Olivier is hier morgen aan het werk. Dus jij en ik. Bier drinken. Wat zeg je ervan?'

'Ik weet niet…'

'Nou ja, wat moet je anders? De hele avond in dat hokje van je doorbrengen? Kijken naar de *Président* op televisie, en zijn verhaal over het feit dat het geld op is? In je lege huis, zonder vrouw?'

'Als je het zo zegt, klinkt het nog treuriger, Émile.'

'Juist niet, man! Ik geef je duizenden redenen om met me mee uit te gaan. Kom op, het wordt lachen. Een paar foute vrouwen versieren. Ons laten arresteren.'

Fabien drinkt zijn koffie op en geeft de beker aan Émile, die hem in de gootsteen zet.

'Kom op! We moeten leven, zodat jij iets hebt om over te schrijven.'

'Misschien,' zegt hij. 'Ik zal erover denken.'

Émile schudt zijn hoofd als Fabien hen gedag zwaait en vertrekt.

# 6

Ze wordt wakker van het kloppen. Het komt eerst nog van ver, en klinkt dan steeds luider, tot ze een stem hoort: 'Housekeeping.'
*Housekeeping.*
Nell duwt zich op, knippert met haar ogen terwijl het woord nagalmt in haar oren, en heel even weet ze niet waar ze is. Ze staart naar het vreemde bed, het behang. Er klinkt een gedempt geroffel. Ze grijpt naar haar hoofd en trekt de oordoppen uit. Ineens is het geluid oorverdovend.
Ze loopt naar de deur en doet open. 'Hallo?'
De vrouw – in een kamermeisjesuniform – verontschuldigt zich en trekt zich terug. *'Ah. Je reviendrai.'*
Maar Nell heeft geen idee wat dat betekent, dus ze knikt en doet de deur weer dicht. Ze heeft het gevoel alsof er een auto over haar heen gereden is. Ze kijkt om naar de Amerikaanse vrouw, maar ziet een leeg, onopgemaakt bed. De deur van de kast staat open, alle hangers zijn leeg. Paniekerig kijkt Nell de

kamer rond, op zoek naar haar eigen koffer, maar tot haar opluchting blijkt die er gewoon nog te staan.

Ze heeft niet gemerkt dat het mens al zo vroeg weg is gegaan, maar Nell is blij dat ze die boze rode kop niet meer hoeft te zien. Nu kan ze in alle rust douchen en –

Ze werpt een blik op haar telefoon. Het is kwart over elf.

Dat kan niet waar zijn.

Ze zet snel de televisie aan en zapt door tot ze bij een nieuwszender komt.

Het is dus echt al kwart over elf.

Plotseling klaarwakker begint ze haar spullen bij elkaar te zoeken, propt alles haar koffer, en kleedt zich aan. Dan grist ze haar sleutel en tickets mee en rent naar beneden. De Française zit weer achter de balie, even onberispelijk als gisteravond. Ineens wenst Nell dat ze eraan had gedacht een borstel door haar haar te halen.

'Goedemorgen, mademoiselle.'

'Goedemorgen. Ik vroeg me af of u misschien… nou ja… ik moet mijn reis op de Eurostar omboeken.'

'Wilt u dat ik Eurostar voor u bel?'

'Heel graag. Ik moet vandaag al naar huis. Een… noodgeval in de familie.'

De vrouw vertrekt geen spier. 'Natuurlijk.'

Ze neemt het ticket aan en belt het nummer, om vervolgens op rad Frans over te gaan. Nell haalt haar vingers door haar haren en veegt de slaap uit haar ogen.

'Ze hebben pas om vijf uur vanmiddag plek. Komt dat uit?'

'Echt helemaal niets anders?'

'Er waren vanochtend nog plekken op de vroege treinen, maar nu is er niets meer vrij tot vijf uur.'

Nell vervloekt zichzelf om het verslapen. 'Dat is prima.'

'En u moet een nieuw ticket kopen.'

Nell staart naar haar ticket, dat de vrouw voor haar ophoudt. En daar staat het, zwart op wit: NIET OM TE BOEKEN. 'Een nieuw ticket? Hoeveel kost dat?'

De vrouw zegt iets in de telefoon en legt dan haar hand op de hoorn: 'Honderdachtenzeventig euro. Wilt u het boeken?'

*Honderdachtenzeventig euro. Dat is ongeveer honderdvijftig pond.* 'Eh – ehm, weet u, ik moet even iets regelen.'

Ze durft de vrouw niet meer aan te kijken als ze het ticket weer van haar overneemt. Natuurlijk kan je zo'n goedkoop ticket niet omboeken. 'Heel hartelijk dank.' Ze schiet weer terug naar de veilige hotelkamer, en negeert de vrouw, die haar nog iets naroept.

Nell zit aan het voeteneinde van het bed en vloekt zachtjes in zichzelf. Dus ofwel ze betaalt een half weekloon om weer thuis te komen, of ze zit dit Superromantische Weekendje uit in haar eentje. Nog maar één nacht. Ze kan zich hier in deze kamer blijven verstoppen, met de Franse televisie waar ze niets van begrijpt. Ze kan in haar eentje in cafeetjes rondhangen, en proberen om niet te kijken naar al die gelukkige stelletjes.

Ze besluit een kop koffie te zetten, maar er blijkt geen waterkoker op de kamer te zijn.

'O, kom óp zeg,' zegt ze hardop. Ze besluit dat ze Parijs haat.

En op dat moment ziet ze een open envelop op de grond

liggen, half onder het bed geschoven. Er steekt iets uit. Het zijn twee kaartjes voor een tentoonstelling van een kunstenaar waar ze vaag iets over heeft gehoord. Ze draait de kaartjes om. Die zijn waarschijnlijk van die Amerikaanse. Ze legt ze neer. Ze besluit later wel wat ze ermee gaat doen. Nu moet ze zich eerst maar eens opmaken, haar haar doen, en dan echt ergens koffie gaan drinken, want dat heeft ze nodig.

Buiten in het daglicht is ze al wat optimistischer over Parijs. Ze loopt door tot ze een cafeetje ziet dat haar leuk lijkt, en ze bestelt er een koffie met een croissant. Ze zit op het terras, ineengedoken vanwege de kou, naast een paar mensen die er precies zo bij zitten.

De koffie is goed en de croissant heerlijk. Ze noteert de naam van het café in haar boekje, voor het geval ze hier nog een keer naartoe wil. Ze laat een fooi achter, en loopt terug naar het hotel met de gedachte dat ze weleens slechter ontbeten heeft. Een oudere Franse heer tikt tegen de rand van zijn hoed voor haar, en een klein hondje blijft staan om zich even te laten aaien. Aan de overkant is een winkel die handtassen verkoopt, en ze staart door de etalage naar een paar van de allermooiste tassen die ze ooit heeft gezien. De winkel lijkt wel een filmset. Als ze cellomuziek hoort, blijft ze staan en kijkt om zich heen tot ze ziet waar de muziek vandaan komt: een half openstaande balkondeur. Ze luistert en gaat dan op de stoep zitten. Zoiets schitterends heeft ze nog nooit gehoord. Als de muziek stopt, verschijnt er een meisje op het balkon, met de cello in haar hand. Ze kijkt naar beneden. Nell staat beschaamd op, en loopt door, diep in gedachten verzonken.

Ze komt er niet uit wat ze nu moet doen. Ze loopt langzaam met zichzelf te debatteren, en noteert wat er allemaal voor en tegen is om de trein van vijf uur te nemen. Als ze die trein zou pakken, zou ze de late trein naar Brighton nog kunnen nemen om de meisjes te verrassen. Dan kon ze nog wat maken van dit weekend. Ze zou zich helemaal vol laten lopen met drank, en zij zouden voor haar zorgen. Daar heb je vriendinnen voor.

Maar het idee dat ze nog eens honderdvijftig pond zou moeten uitgeven aan een toch al mislukt weekend vindt ze niet te verkroppen. En ze wil ook niet dat haar eerste tripje naar Parijs ermee eindigt dat zij met de staart tussen de benen terug naar huis vlucht. Ze wil hier niet alleen maar aan terugdenken als die ene keer dat ze naar Parijs ging, werd gedumpt en naar huis rende nog voor ze de Eiffeltoren had gezien.

Als ze in het hotel aankomt, is ze nog aan het denken, dus pas als ze in haar zak naar haar sleutel zoekt voelt ze de kaartjes van de Amerikaanse vrouw.

'Pardon?' zegt ze tegen de receptioniste. 'Weet u wat er is gebeurd met de vrouw met wie ik een kamer deel? Kamer tweeënveertig?'

De vrouw bladert door een stapel papier. 'Die heeft vanochtend vroeg uitgecheckt. Een… noodgeval in de familie, meen ik.' Haar gezicht verraadt niets. 'Er zijn dit weekend veel van zulke noodgevallen, geloof ik.'

'Ze heeft kaartjes laten liggen in de kamer. Voor een tentoonstelling. Ik vroeg me af wat ik ermee moest doen.'

Ze houdt ze op en de receptioniste bestudeert de kaartjes.

'Ze ging linea recta naar het vliegveld... O. Dit is een heel populaire tentoonstelling. Het was gisteren nog op het nieuws. Mensen staan er uren voor in de rij.'

Nell kijkt nog eens naar de kaartjes.

'Als ik u was, ging ik ernaartoe, mademoiselle.' De vrouw schenkt haar een glimlach. 'Als... uw eigen noodgeval in de familie nog even kan wachten.'

Nell blijft naar de kaartjes staren. 'Misschien doe ik dat maar.'

'Mademoiselle?'

Nell draait zich weer naar haar om.

'We brengen u de kamer vanavond niet in rekening, mocht u willen blijven. Vanwege het ongemak.' Ze glimlacht verontschuldigend.

'O. Dank u,' antwoordt Nell verbaasd.

En dan neemt ze een besluit. Het is toch nog maar één avond. Ze blijft.

# 7

Fabien zit in zijn T-shirt en pyjamabroek op het dak en denkt na. Zijn lege koffiekopje staat naast hem. Hij kijkt naar het fotootje van Sandrine in zijn hand. En dan, als de lucht te kil wordt om het er nog langer uit te houden, klimt hij weer naar binnen – voorzichtig, dit keer – en kijkt om zich heen in zijn appartement. Ze had gelijk. Het is hier inderdaad een troep. Hij pakt een vuilniszak en begint op te ruimen.

Een uur later is het kleine appartementje in elk geval voor een deel getransformeerd: de vuile kleren liggen in de wasmand, de oude kranten bij de deur, klaar voor de papiercontainer, de afwas is gedaan en staat keurig in het afdruiprek. Alles is geordend, alles ligt op zijn plek. Hij heeft zich gewassen, geschoren en aangekleed. Er is niets dat hem ervan zou kunnen weerhouden om te gaan schrijven. Hij legt de overgebleven pagina's, die hij keurig genummerd op volgorde heeft gelegd, naast zijn laptop en legt de bovenste bladzijde recht. Hij staart ernaar.

De tijd verglijdt. Hij leest een paar pagina's, en legt ze weer neer. Dan pakt hij een blaadje op, bestudeert het een poosje, en brengt zijn vingers naar het toetsenbord. Hij controleert zijn telefoon. Hij staart uit het raam naar de grijze daken. Hij gaat naar de wc. Hij staart weer naar zijn toetsenbord. En uiteindelijk kijkt hij op zijn horloge, staat op en pakt zijn jas.

Er staat niemand te wachten voor de kleine kiosk aan de overkant van de Notre-Dame. Fabien zet zijn brommer uit, zet zijn helm af en staart een poosje naar de Seine waar een enorme toeristenboot voorbij vaart, met hordes passagiers die allemaal o en ah roepen en foto's nemen door de grote ruiten. De kleine *Rose de Paris* met zijn handvol lege houten zitjes ligt geduldig te wachten aan de steiger. Hij haalt het pakketje van het rekje van zijn brommer en loopt naar de kiosk, waar zijn vader op een krukje zit met de krant.

'Zalm,' zegt hij, als hij zijn vader het pakketje overhandigt. 'Émile zei dat het anders zou bederven.'

Clément kust zijn zoon op beide wangen, haalt het papier van het pakje, neemt een hap en kauwt goedkeurend.

'Niet slecht. Volgende keer iets minder dille, zeg dat maar tegen hem. We zijn geen Russen. Maar het deeg is heerlijk.'

'Niks te doen?'

'Dat komt door die nieuwe grote boot. Die pikt alle toeristen in.'

Ze staren een poosje naar het water. Er loopt een stelletje langs de oever van de rivier dat op een paar meter van de kiosk aarzelend blijft staan, om vervolgens van gedachten te veranderen en weg te lopen. Fabien krabt aan zijn enkel.

'Als je mij niet nodig hebt, ga ik misschien naar die Kahlo-tentoonstelling.'

'Voor het geval Sandrine daar ook is?'

Fabien schudt zijn hoofd. 'Nee! Ik vind Frida Kahlo gewoon goed.'

'Maar natúúrlijk,' zegt Clément terwijl hij uitkijkt over het water. 'Je hebt het er elke dag over.'

'Ze zei dat ik niks met mijn leven doe. Ik wil... ik wil haar gewoon laten zien dat dat niet waar is. Ik kan heus weleens iets cultureels doen. Ik kan heus wel veranderen. O, en ik heb mijn huis opgeruimd.'

Het blijft even stil. Fabien kijkt vragend in de richting van zijn vader, die op zijn zakken klopt alsof hij naar iets op zoek is.

'Ik dacht dat ik hier nog ergens een medaille voor je had,' zegt Clément.

Fabien staat op en glimlacht zuur. 'Ik ben om vier uur terug, papa. Misschien dat je dan hulp nodig hebt.'

Clément werkt het laatste restje zalm weg. Hij vouwt het papier zorgvuldig op tot een klein vierkantje en veegt zijn mond af. Met zijn vrije hand klopt hij zijn zoon even op de arm.

'Jongen,' zegt hij terwijl Fabien zich omdraait om weg te lopen. 'Laat haar los. Neem het niet allemaal zo serieus.'

Sandrine zei altijd dat hij te laat opstond. Nu hij bij het eind van de rij staat waar bordjes staan met de teksten VANAF HIER NOG 1 UUR, VANAF HIER NOG 2 UUR, kan Fabien zichzelf wel slaan omdat hij niet eerder uit bed gekomen is.

Drie kwartier geleden is hij nog vrolijk aangeschoven in de rij, met het idee dat het wel vlot zou gaan. Maar hij is sindsdien welgeteld drie meter opgeschoten. Het is een koude, heldere middag, en hij begint verkleumd te raken. Hij trekt zijn wollen beanie dieper over zijn hoofd en schopt met de punten van zijn schoenen tegen de grond.

Hij zou nu uit de rij kunnen stappen, en naar zijn vader gaan, zoals hij beloofd heeft. Hij zou naar huis kunnen gaan om wat meer op te ruimen. Hij zou de olie van zijn brommer bij kunnen vullen en de bandenspanning controleren. Hij zou de administratie kunnen doen die hij al maanden heeft laten versloffen. Maar er gaat verder niemand anders uit de rij weg, en dus blijft hij ook staan.

Hij denkt dat hij er op de een of andere manier van zal opknappen als hij blijft. Dan heeft hij vandaag iets bereikt. Dan heeft hij niet opgegeven, wat hij volgens Sandrine altijd doet.

Natuurlijk heeft het niets te maken met het feit dat Frida Kahlo Sandrines favoriete kunstenaar is. Hij zet zijn kraag op en stelt zich voor dat hij haar in de bar tegen het lijf loopt. 'Zeg,' zou hij langs zijn neus weg zeggen, 'ik ben laatst nog naar die tentoonstelling van Diego Rivera en Frida Kahlo geweest.' Ze zou verbaasd kijken, misschien zelfs wel verheugd. Misschien koopt hij straks de catalogus wel, als cadeautje voor haar.

Maar hij weet best dat het een dom idee is. Sandrine komt niet meer in de buurt van de bar waar hij werkt. Ze mijdt hem al sinds ze uit elkaar zijn. Wat doet hij hier überhaupt?

Hij kijkt op en ziet een meisje langzaam naar het eind van

de lange rij met mensen lopen, haar donkerblauwe muts over haar pony getrokken. Haar gezicht staat even geschokt als dat van alle anderen die zien hoe lang de rij is.

Ze blijft staan naast een vrouw die een paar meter achter hem staat. 'Pardon, spreekt u misschien Engels? Is dit de rij voor de Kahlo-tentoonstelling?'

Ze is niet de eerste die dat vraagt. De vrouw haalt haar schouders op en zegt iets in het Spaans. Fabien ziet wat ze in haar hand heeft en doet een stap naar voren. 'Maar je hebt kaartjes,' zegt hij. 'Dan hoef je niet hier in de rij te gaan staan.' Hij wijst naar voren. 'Kijk, als je kaartjes hebt, kun je in die rij daar aansluiten.'

'O.' Ze glimlacht. 'Dankjewel. Wat een opluchting!'

En dan herkent hij haar. 'Jij was gisteravond toch in het Café des Bastides?'

Ze kijkt een beetje verschrikt. Dan slaat ze haar hand voor haar mond. 'O. De ober. Ik heb wijn over je heen gegooid. Het spijt me zo!'

'*De rien*,' zegt hij. 'Geeft niks.'

'Toch vind ik het erg. En... nog bedankt.'

Ze wil weglopen, maar draait zich dan om en kijkt eerst naar hem, en vervolgens naar de mensen naast hem. Ze denkt na, zo te zien. 'Wacht je hier op iemand?' vraagt ze aan Fabien.

'Nee.'

'Zou jij... wil jij dan soms mijn andere kaartje? Ik heb er twee.'

'Heb je die dan niet nodig?'

'Ik heb ze... gekregen. Ik heb niets aan dat andere kaartje.'

Hij staart het meisje aan, in afwachting van een verklaring, maar ze zwijgt verder. Hij steekt zijn hand op en neemt het aangeboden kaartje aan. 'Bedankt!'

'Kan ik het tenminste een beetje goedmaken.'

Ze lopen naast elkaar naar de korte rij vooraan, waar de kaartjes worden gecontroleerd. Hij blijft maar grijnzen om dit onverwachte cadeautje. Ze kijkt even opzij en lacht. Hij ziet dat haar oren roze kleuren.

'En,' zegt hij, 'ben je hier met vakantie?'

'Alleen dit weekend. Gewoon, omdat ik – nou ja, omdat ik zin had om even ergens heen te gaan.'

Hij houdt zijn hoofd schuin. 'Dat is goed. Gewoon gaan. Heel…' hij zoekt het juiste woord, '… *impulsif*.'

Ze schudt haar hoofd. 'En jij… werk je elke dag in het restaurant?'

'Bijna elke dag. Ik wil eigenlijk schrijver worden.' Hij kijkt naar de grond en schopt tegen een steentje. 'Maar ik vrees dat ik wel altijd ober zal blijven.'

'O nee,' zegt ze, ineens heel stellig. 'Je komt er wel, dat weet ik zeker. Met alles wat er daar voor je ogen gebeurt. Al die levens van mensen, bedoel ik. In het restaurant. Je moet toch barsten van de ideeën.'

Hij haalt zijn schouders op. 'Het is… een droom. Ik weet niet of het wel zo'n mooie droom is.'

En dan staan ze vooraan en wijst de beveiligingsmedewerker haar naar een balie waar haar tas doorzocht wordt. Fabien ziet dat ze zich niet op haar gemak voelt, en hij weet niet of hij op haar moet wachten.

Maar terwijl hij daar zo staat, steekt zij haar hand op, alsof ze afscheid wil nemen. 'Nou, bedankt hè,' zegt ze. 'Ik hoop dat je het een mooie tentoonstelling vindt.'

Hij steekt zijn handen wat dieper in zijn zakken en knikt. 'Tot ziens.'

Ze heeft rossig haar en sproetjes. Ze lacht weer, en naast haar ogen verschijnen rimpeltjes, alsof ze altijd de humor inziet van dingen die andere mensen niet eens opmerken. Hij weet niet eens hoe ze heet. En dan loopt ze de trap af en verdwijnt in de massa.

Maandenlang zat Fabien vast, en kon hij nergens anders aan denken dan aan Sandrine. Elke bar waar hij kwam herinnerde hem aan een plek waar zij samen waren geweest. Elk lied dat hij hoorde, deed hem denken aan haar, aan de vorm van haar bovenlip, de geur van haar haren. Het was alsof hij met een geest leefde.

Maar nu, in de galerie, gebeurt er ineens iets met hem. Hij merkt dat hij gegrepen wordt door de schilderijen, die gigantische, kleurrijke doeken van Diego Rivera, en de piepkleine, tobberige portretten van Frida Kahlo, de vrouw van wie Rivera hield. De mensen die in drommen voor die schilderijen staan te kijken, merkt hij nauwelijks op.

Hij stopt bij een perfect schilderijtje waarin ze haar ruggengraat heeft afgebeeld als een gebroken zuil. Hij kan zijn ogen niet afhouden van haar verdrietige blik. Dát is lijden, denkt hij. Hij denkt aan hoe lang hij nu al zit de somberen over Sandrine en schaamt zich voor zijn gezanik. Hun liefdesgeschiedenis was niet bepaald episch, zoals die van Diego en Frida.

Hij blijft steeds maar weer bij dezelfde schilderijen staan en leest over het leven van het stel, de passie die ze deelden voor hun kunst, voor de rechten van arbeiders, voor elkaar. Hij voelt de behoefte in zich groeien om dingen grootser aan te pakken, beter, zinvoller. Hij wil net zo leven als deze mensen. Hij moet schrijver worden. Het moet.

Hij voelt een sterke drang om weer naar huis te gaan en iets te schrijven wat fris en nieuw is, en met hetzelfde soort eerlijkheid dat hij hier in deze schilderijen ziet. Gewoon schrijven, dat is wat hij het liefste wil. Maar wat?

En dan ziet hij haar staan, voor het meisje met de gebroken zuil als ruggengraat. Ze staart onafgebroken naar het meisje op het schilderij, met grote, verdrietige ogen. Ze houdt haar donkerblauwe muts in haar rechterhand geklemd. Terwijl hij naar haar staat te kijken, glijdt er een traan over haar wang. Ze steekt haar linkerhand op en veegt hem weg, zonder haar blik van het schilderij af te houden. Dan kijkt ze ineens zijn kant op, misschien omdat ze hem voelde staren, en ze kijken elkaar aan. Bijna zonder nadenken stapt Fabien naar voren.

'Ik... ik heb je helemaal niet kunnen bedanken,' zegt hij. 'Heb je soms zin om ergens een kop koffie te gaan drinken?'

# 8

Het is vier uur 's middags en Café Cheval Bleu is bomvol, maar toch weet de serveerster binnen een tafeltje te vinden voor Fabien. Nell heeft het gevoel dat hij zo'n man is die altijd prima tafeltjes weet te regelen. Hij bestelt een piepklein kopje zwarte koffie, en ze zegt in het Engels: 'Voor mij ook,' want ze wil niet dat hij nog eens haar gruwelijke Franse accent moet aanhoren.

Er valt heel even een ongemakkelijke stilte.

'Prachtige tentoonstelling, hè?'

'Ik hoef normaal nooit te huilen om schilderijen,' zegt ze. 'Het voelt ineens een beetje raar, nu ik hier zo zit.'

'Nee, nee, het was ook heel ontroerend. En al die mensen, en de foto's...'

Hij begint te praten over de tentoonstelling. Hij vertelt dat hij wel wat wist van de kunstenaar, maar dat hij nooit had gedacht dat het werk hem zo zou aangrijpen. 'Ik voel het echt hier, weet je?' Hij bonst tegen zijn borst. 'Zo... indrukwekkend.'

'Ja,' zegt ze.

Ze kent niemand die zo praat. Ze praten over wat Tessa aanhad op het werk, of over *Coronation Street*, of over wie er het afgelopen weekend niet meer kon staan van de drank.

'Ik geloof… Ik zou willen kunnen schrijven zoals zij schilderden. Snap je dat? Ik wil dat iemand mijn werk leest en dat het dan voelt van *bouf*!'

Ze moet onwillekeurig glimlachen.

'O, dat vind je grappig?' Hij kijkt beledigd.

'O, nee, dat niet. Maar de manier waarop je *bouf* zei.'

'*Bouf?*'

'Zo'n woord kennen we niet in Engeland. Het is gewoon… ik…' Ze schudt haar hoofd. 'Het is een grappig woord. *Bouf.*'

Hij staart haar eventjes aan, en buldert dan ineens van het lachen. '*Bouf!*'

En dan is het ijs gebroken. De koffie komt, en ze roert er twee suikerklontjes door, zodat haar gezicht straks niet vertrekt als ze het drinkt.

Fabien heeft de zijne in twee slokken op. 'En hoe vind je het in Parijs, Nell-uit-Engeland? Is dit de eerste keer dat je hier bent?'

'Ik vind het leuk. Wat ik er tot nu toe van heb gezien. Maar ik ben nog helemaal niet naar iets toeristisch geweest. De Eiffeltoren of de Notre Dame of die brug waar verliefde mensen slotjes aan hangen. Daar heb ik nu ook helemaal geen tijd meer voor.'

'Dan kom je toch nog eens terug. Dat doen mensen zo vaak. Wat doe je vanavond?'

'Ik weet het nog niet. Misschien ergens anders eten. Of misschien ga ik wel wat in mijn hotelkamer hangen. Ik ben best moe.' Ze schiet in de lach. 'Moet jij vanavond werken in het restaurant?'

'Nee. Vanavond niet.'

Ze probeert haar teleurstelling te onderdrukken.

Hij kijkt op zijn horloge. '*Merde!* Ik had mijn vader beloofd hem ergens mee te helpen. Ik moet gaan.' Hij kijkt op. 'Maar vanavond heb ik met wat vrienden afgesproken in een bar. Kom anders ook, als je zin hebt?'

'O, dat is heel aardig van je, maar –'

'Maar wat?' Hij heeft een vrolijk, open gezicht. 'Je kunt de avond niet op je hotelkamer doorbrengen als je in Parijs bent.'

'Dat geeft echt niks, joh.'

Ze hoort haar moeders stem. *Niet met vreemde mannen uitgaan.* En je kunt nooit weten. Hij heeft tenslotte een kaalgeschoren hoofd.

'Nell. Laat me nou gewoon één drankje voor je kopen. Gewoon als bedankje voor het kaartje.'

'Ik weet niet…'

'Zie het als een oud Parijs gebruik.'

Hij heeft zo'n prachtige grijns. Ze voelt haar benen een beetje slap worden. 'Is het ver?'

'Het is hier nergens ver.' Hij lacht. 'Je bent in Parijs!'

'Oké. Waar spreken we dan af?'

'Ik haal je wel op. Waar is je hotel?'

Ze geeft hem het adres en vraagt: 'En, waar gaan we heen?'

'Waar de nacht ons brengt. Jij bent per slot van rekening

het Impulsieve Meisje uit Engeland!' Hij salueert en dan loopt hij het café uit, start zijn brommer en scheurt de straat uit.

Nell laat zichzelf de hotelkamer binnen, nog nazoemend van de gebeurtenissen van die middag. Ze ziet de schilderijen in de galerie voor zich, Fabiens grote handen om het piepkleine koffiekopje, de droevige ogen van de kleine vrouw op het schilderij. Ze ziet de tuinen langs de rivier, breed en open, en de Seine die erachter stroomt. Ze hoort het sissende geluid van de metrodeuren die open- en dichtgaan. Ze heeft het gevoel dat ze van top tot teen bruist. Ze voelt zich als iemand uit een boek.

Ze neemt een douche en wast haar haar. Ze bekijkt de kleren die ze had meegenomen en vraagt zich af of die wel Parijsachtig genoeg zijn. Alle mensen hebben hier zo veel stijl. Ze hebben niet allemaal dezelfde kleren aan en ze kleden zich helemaal niet zoals Engelse meisjes.

Ze loopt naar de receptie. De receptioniste zit over wat cijfers gebogen en als ze opkijkt, zwaait ze met haar haar als een showpaard met zijn glanzende staart.

'Pardon? Weet u misschien waar ik leuke kleren kan kopen? Iets dat er een beetje Frans uit ziet?'

De receptioniste wacht even voor ze antwoord geeft.

'Hoe bedoelt u, Frans?'

'Ik ga vanavond uit met wat mensen, en ik zou er graag een beetje… nou ja, Franser uit willen zien.'

De receptioniste legt haar pen neer.

'U wilt er Frans uitzien.'

'Of gewoon iets minder opvallend?'

'Waarom zou u niet willen opvallen?'

Nell haalt diep adem, en zegt op zachtere toon: 'Het punt is... ik kleed me helemaal verkeerd, snapt u? En u hebt geen idee hoe het is om je als niet-Française tussen de superchique Parisiennes te moeten begeven.'

De receptioniste denkt even na, leunt dan over haar balie en kijkt naar wat Nell draagt. Dan gaat ze rechtop staan, krabbelt wat op een velletje papier en geeft dat aan Nell.

'Het is iets verderop, op de Rue des Archives. Zeg maar dat Marianne u heeft gestuurd.'

Nell staart naar het papiertje. 'Bedankt. U bent Marianne?'

De receptioniste trekt een wenkbrauw op.

Nell draait zich om naar de deur. Steekt een hand op. 'Oooké! Bedankt, hoor... Marianne.'

Twintig minuten later staat Nell voor een spiegel in een wijdvallende sweater en een zwarte, lichtgewicht skinny jeans. De winkelbediende – een vrouw met opzettelijk slordig haar en een pols vol rinkelende armbanden – drapeert een sjaal om Nells hals, en plooit hem op een manier die Nell ondefinieerbaar Frans vindt. De winkel ruikt naar vijgen en sandelhout.

'*Très chic,* mademoiselle,' zegt ze.

'Zie ik er zo... Parijzerig uit?'

'Alsof u regelrecht uit Montmartre komt, mademoiselle,' zegt de vrouw met een verdacht uitgestreken gezicht. Nell zou anders geneigd zijn te denken dat de vrouw haar uitlacht, maar ze vermoedt dat dit soort vrouwen niet aan humor doet. Daar krijg je maar rimpels van.

Nell haalt diep adem. 'Nou ja, het is allemaal wel heel draagbaar.' Ze voelt een rilling van opwinding. 'De trui kan ik ook aan naar mijn werk, dus… Oké, ik neem het!'

Als ze bij de toonbank staat, betaalt en heel erg haar best doet om niet stil te staan bij het bedrag, wordt haar blik getrokken naar een jurk in de etalage. Het is een jarenvijftigmodel, een zomerjurk, in een uitbundige kleur groen, met ananassen erop. Ze had hem vanochtend al gezien toen ze langs liep, en de shantung zijde zachtjes glansde in het waterige Parijse zonnetje. De jurk deed haar toen denken aan oude Hollywoodsterren.

'Die jurk is geweldig,' zegt ze.

'Hij zou u goed staan, met uw teint. Wilt u hem een proberen?'

'O, nee,' zegt Nell. 'Hij is niet echt mijn –'

Vijf minuten later staat Nell voor de spiegel in de smaragdgroene jurk. Ze herkent zichzelf nauwelijks. De jurk heeft haar getransformeerd: hij doet de kleur van haar haar beter uitkomen en accentueert haar taille. Ze is een wereldser versie van zichzelf.

De winkelmevrouw trekt de zoom recht, gaat rechtop staan en laat haar mondhoeken zakken, de Franse manier om je goedkeuring uit te drukken. 'Hij past u perfect. *Magnifique!*'

Nell staart naar de nieuwe Nell in de spiegel. Ze staat zelfs een beetje anders.

'Wilt u hem hebben? Dit is het laatst exemplaar – misschien kan ik iets van de prijs afdoen…'

Nell kijkt op het labeltje en komt weer bij zinnen.

'O, maar ik zou hem nooit dragen. Als ik kleding koop,

reken ik altijd uit hoeveel het kost per keer dat ik het draag. En deze jurk zou dan neerkomen op... Nee. Dat is veel te gek.'

'Doet u dan nooit eens iets alleen maar omdat het u een goed gevoel geeft?' De winkelbediende haalt haar schouders op. 'Mademoiselle, u moet echt wat meer tijd doorbrengen in Parijs.'

Twintig minuten later is Nell weer terug in haar hotelkamer, met een tas van de winkel. Ze trekt de strakke spijkerbroek aan, met de wijde trui en de pumps. Ze werpt een blik op het tijdschrift dat op bed ligt, en als ze er doorheen gebladerd heeft, zet ze hem opengeslagen tegen de muur, en doet haar haar en make-up zoals het Franse model. Dan staart ze naar haar spiegelbeeld en glimlacht. Ze voelt zich bijna frivool.

Ze is in Parijs, draagt Parijse kleren, en gaat straks uit met een Fransman die ze heeft opgepikt in een galerie!

Ze doet lippenstift op, gaat op het bed zitten en lacht.

Weer twintig minuten later zit ze nog steeds op het bed en staart in de ruimte.

*Ze is in Parijs, draagt Parijse kleren en gaat straks uit met een Fransman die ze heeft opgepikt in een galerie.*

Is ze soms helemaal gek geworden?

Dit is echt het domste wat ze ooit in haar leven heeft gedaan.

Dit is zelfs nog dommer dan een kaartje naar Parijs kopen voor een man die haar wel eens heeft verteld dat hij niet wist waar ze meer op leek: een paard of een krentenbol.

Straks staat haar naam in een krantenkop, of nog erger, in zo'n piepklein nieuwsberichtje omdat het nieuws niet belangrijk genoeg was voor de voorpagina.

## Meisje dood aangetroffen in Parijs nadat haar vriendje niet kwam opdagen.
**'Ik zei nog zo dat ze niet met vreemde mannen moest meegaan,' zegt moeder.**

Ze staart naar zichzelf in de spiegel. Dit slaat nergens op. Waar is ze nou mee bezig?

Nell pakt haar sleutel, trekt haar schoenen aan en holt door het smalle trappenhuis naar de receptie. Marianne is er nog, en ze wacht tot die de telefoon neerlegt en zegt dan zachtjes: 'Als er straks een man voor me komt, wilt u dan zeggen dat ik ziek ben?'

Marianne fronst. 'Dus geen noodgeval in de familie?'

'Nee, ik, eh... ik heb buikpijn.'

'Buikpijn. Wat spijt me dat voor u, mademoiselle. En hoe ziet deze man eruit?'

'Heel kort haar. Rijdt op een brommer. Nou ja, niet hierbinnen, natuurlijk. Hij... hij is heel lang. Mooie ogen.'

'Mooie ogen.'

'Nou ja, er is maar één man die hier naar mij komt vragen.'

De receptioniste knikt alsof ze dat een goed punt vindt.

'Ik – hij wil met me uit, en... dat is geen goed idee.'

'Dus... u vindt hem niet leuk.'

'O, nee, hij is geweldig. Het punt is alleen, nou ja – ik ken hem verder helemaal niet.'

'Maar... als u niet met hem uitgaat, dan leert u hem ook helemaal niet kennen.'

'Ik ken hem niet goed genoeg om mee uit te gaan in een vreemde stad, in een kroeg die ik niet ken. En misschien met andere mensen erbij die ik ook niet ken.'

'Dat zijn een hoop dingen die u niet kent.'

'Precies.'

'Dus u blijft de hele avond in uw kamer?'

'Ja. Nee. Ik weet niet.' Ze staat daar maar en beseft hoe sukkelig ze klinkt.

De vrouw bekijkt haar van top tot teen. 'U ziet er mooi uit.'

'O. Dank u.'

'Wat zonde, zeg. Van die buikpijn. Maar ja.' Ze glimlacht en stort zich weer op haar papierwerk. 'Een andere keer misschien.'

Nell zit in haar kamer en kijkt Franse televisie. Een man praat met een andere man. Een van hen schudt zo heftig met zijn hoofd dat zijn kin in slow motion wiebelt. Haar maag rammelt. Ze herinnert zich dat Fabien iets zei over een falafelkraampje in de Joodse wijk. Ze vraagt zich of hoe het zou zijn, achter op de brommer.

Ze haalt haar notitieboekje tevoorschijn en pakt de hotelpen van haar nachtkastje. Ze noteert:

REDENEN WAAROM IK GELIJK HEB OM VANAVOND HIER TE BLIJVEN
1. Hij kan wel een seriemoordenaar zijn.
2. Hij wil waarschijnlijk met me naar bed.
3. Misschien zowel 1 als 2.
4. Straks kom ik nog in een deel van Parijs terecht dat ik niet ken.
5. Misschien moet ik dan met taxichauffeurs praten.
6. Misschien kan ik 's avonds laat mijn hotel niet meer vinden.
7. Mijn outfit is dom.
8. Ik moet doen alsof ik heel impulsief ben.
9. Ik moet Frans praten of Frans eten eten waar Franse mensen bij zijn.
10. Als ik vroeg naar bed ga, kan ik lekker vroeg opstaan voor de trein naar huis.

Ze blijft zitten en staart een poosje naar haar keurige lijstje. Dan schrijft ze op de andere kant:

1. Ik ben in Parijs.

Ze blijft er nog een poosje naar kijken. Dan, om klokslag acht uur, schuift ze het notitieboekje weer in haar tas, grijpt haar jas en holt de smalle trap weer af naar de receptie.

Daar staat hij, tegen de balie geleund te praten met de receptioniste, en als ze hem ziet stroomt al het bloed naar haar wangen. Ze loopt met kloppend hart naar hem toe en probeert te bedenken hoe ze dit moet uitleggen. Het maakt niet uit wat ze zegt, het klinkt hoe dan ook dom. En het wordt hoe dan ook duidelijk dat ze bang was om met hem uit te gaan.

'Ah, mademoiselle, ik legde net aan uw vriend uit dat u nog een paar minuten nodig had.'

'Klaar?' vraagt Fabien glimlachend. Ze kan zich niet herinneren wanneer er voor het laatst iemand zo blij leek om haar te zien – nou ja, misschien het hondje van haar nicht, dat altijd heel onbehoorlijk tegen haar been opspringt.

'Als u na middernacht terugkomt, hebt u deze code nodig voor de voordeur, mademoiselle.' De receptioniste geeft haar een klein kaartje. 'Wat fijn dat uw buikpijn weer over is.'

'Had je buikpijn?' vraagt Fabien als hij haar zijn tweede helm overhandigt.

Het is een heldere, koude Parijse avond. Ze heeft nog nooit op een brommer gezeten. Ze weet nog dat ze ergens heeft gelezen hoeveel mensen omkomen bij brommerongelukken. Maar de helm zit al op haar hoofd en hij schuift naar voren op het zadel en gebaart haar dat ze achterop moet stappen.

'Het gaat weer prima,' zegt ze.

Als ik dit maar overleef, denkt ze.

'Mooi zo! We gaan zo even borrelen, en dan misschien een hapje eten, maar eerst laat ik je Parijs zien, goed?' En terwijl ze haar armen om zijn middel slaat schiet het brommertje vooruit de avond in, en met piepende banden gaan ze op weg.

# 9

Fabien raast over de Rue de Rivoli tussen de auto's door en voelt dat de handen van het meisje hem steeds steviger vastpakken als hij harder rijdt. Bij de stoplichten blijft hij staan en vraagt: 'Gaat het?' Zijn stem wordt verstomd door zijn helm.

Ze glimlacht, en het puntje van haar neus is rood. 'Ja!' antwoordt ze en hij voelt dat hij zelf ook grijnst. Sandrine keek hem altijd zo uitgestreken aan achter op de brommer, alsof ze haar gedachten over zijn rijstijl wilde verhullen. Het Engelse meisje daarentegen gilt en lacht en af en toe, als hij uitwijkt voor een auto die ineens uit een zijstraat komt, gilt ze: '*Oh my God, oh my God, oh my God!*'

Hij neemt haar mee over de volle avenues, door achterafstraatjes, en suist over een brug, zodat ze het water onder hen kunnen zien glinsteren. Dan gaan ze door naar weer een andere brug, zodat ze de Notre Dame kan zien, verlicht in het donker, terwijl stenen monsters aan de kerk met beschaduwde gezichten op hen neerkijken.

Dan, voor ze er erg in heeft, rijden ze over de belangrijkste straat van Parijs, de Champs-Élysées, en zigzaggen ze tussen de auto's door, toeterend naar voetgangers die ineens de straat op lopen. Daar gaat hij langzamer rijden en wijst omhoog, en ze ziet de Arc de Triomphe... Hij voelt hoe ze achteroverleunt terwijl ze voorbijrijden. Hij steekt zijn duim op en zij de hare.

Hij scheurt weer een brug over en slaat rechtsaf, langs de rivier. Hij ontwijkt bussen en taxi's en negeert het getoeter van de bestuurders tot hij de plek ziet waar hij naartoe wil. Hij gaat langzamer rijden en zet de motor helemaal af als ze op het hoofdpad zijn. Bootjes met toeristen drijven over de rivier en er zijn stalletjes die Eiffeltorensleutelhangers verkopen en suikerspinnen. Daar is hij. De toren steekt hoog boven hen uit; talloze stukjes ijzer die naar de donkere hemel wijzen.

Ze laat zijn jasje los en stapt behoedzaam van de brommer, alsof haar benen stijf geworden zijn tijdens de rit. Ze zet haar helm af en het valt hem op dat ze niet de moeite neemt haar haar goed te doen, zoals Sandrine zou doen. Ze is veel te druk met omhoogkijken, haar mond een O van verbazing.

Hij zet zijn eigen helm af en leunt over het stuur. 'Zo! Nu kun je tenminste zeggen dat je alle bezienswaardigheden van Parijs hebt gezien – en dat in... eens even kijken... tweeëntwintig minuten.'

Ze draait zich naar hem om met stralende ogen. 'Dat was het engste en geweldigste wat ik ooit in mijn leven heb gedaan.'

Hij schiet in de lach.

'En kijk: de Eiffeltoren!'

'Wil je naar boven? Dan moeten we waarschijnlijk wel in de rij.'

Ze denkt even na. 'Ik heb genoeg in de rij gestaan vandaag. Ik heb meer zin in een stevige borrel.'

'Wat voor borrel?'

'Wijn!' zegt ze, en ze stapt weer achter op de brommer. 'Geef mij maar wijn!'

Hij voelt haar handen om zijn middel glijden als hij de motor start en de avond in rijdt.

De straten in Brighton puilen uit van de groepjes vrouwen die op stap zijn voor een vrijgezellenfeestje, en groepjes tot in de puntjes verzorgde jongemannen die hen veelbetekenende blikken schenken nu ze nog niet de grens over zijn naar onsamenhangende dronkenmanspraat. Magda, Trish en Sue lopen op een rijtje, ook al dringen ze daarmee andere mensen van de stoep. Ze zijn op zoek naar de bar waar ze volgens Magda happy hour hebben voor meisjes die er zonder man komen.

'Ach shit,' zegt Magda, terwijl ze in haar zak voelt. 'Ben ik mijn telefoon vergeten.'

'Waarschijnlijk maar beter ook dat 'ie in het hotel ligt,' zegt Trish. 'Je wordt toch dronken, en dan raak je hem weer kwijt.'

'Maar wat als ik iemand tegenkom? Hoe kom ik dan aan zijn nummer?'

'Dan schrijf je dat toch gewoon op je – Pete?'

'Op mijn wat?'

'Pete? Pete Walsh?'

De drie vrouwen blijven staan en staren naar de haveloze figuur die voor de Mermaid's Arms bar hangt.

Magda beent naar hem toe. 'Wat doe jij nou hier?' vraagt ze verward. 'Zit jij dan niet in Parijs?'

Pete wrijft op zijn hoofd. De hoeveelheid alcohol die hij al heeft geconsumeerd levert wat vertraging op bij het in zijn hoofd doornemen van zijn smoezenlijst.

'O. Dat. Ja. Nou ja. Ik kon moeilijk weg van mijn werk.'

De vrouwen staren elkaar aan, en kijken daarna om zich heen.

'En waar is Nell dan?' vraagt Sue. 'O shit. Ooo shit. Waar is Nell?'

Nell zit in een nisje gepropt in Bar Noir, in een of ander wijkje in het centrum van Parijs; ze is maar gestopt om bij te houden waar ze precies is. Er was eerst nog sprake van een hapje eten, maar dat is erbij ingeschoten. Ze is inmiddels op haar gemak, met Émile en René en die ene vriend van Émile met het rode haar wiens naam Fabien nooit kan onthouden. Ze heeft haar muts afgedaan en haar jas uitgetrokken en haar haar zwaait om haar gezicht als ze lacht. Iedereen praat Engels voor haar, maar Émile probeert haar te leren vloeken in het Frans.

'*Merde!*' zegt hij. 'Maar dan moet je er ook zo'n gezicht bij trekken: *Merde!*'

'*Merde!*' Ze gooit haar handen in de lucht, net als Émile, en barst dan weer in lachen uit. 'Dat accent lukt me echt niet.'

'*Shiet.*'

'*Shiet*,' herhaalt ze, en ze neemt zijn donkere stem aan. 'Dat lijkt me nog wel haalbaar.'

'Maar je vloekt helemaal niet alsof je het meent. Ik dacht altijd dat alle Engelse meisjes konden vloeken als bootwerkers.'

'*Bouf!*' zegt ze, en ze draait zich om, om naar Fabien te kijken.

'*Bouf?*' vraagt Émile.

'*Bouf!*' zegt René.

'Meer drank!' zegt Émile.

Fabien kan zijn ogen niet van haar afhouden. Ze is niet mooi, tenminste, niet zoals Sandrine mooi was. Maar haar gezicht heeft iets waardoor je blijft kijken: zoals ze haar neus optrekt als ze lacht. Zoals ze dan steeds een beetje schuldbewust kijkt, alsof ze iets doet wat eigenlijk niet hoort. Haar lach, breed, met kleine witte kindertandjes.

Ze kijken elkaar even in de ogen en hij ziet een vraag en een antwoord. Émile is leuk, zegt die blik, maar we weten allebei dat dit over ons gaat. Als hij wegkijkt, voelt hij een soort knoopje in zijn maag. Hij loopt naar de bar en bestelt nog een rondje.

'Dus je gaat eindelijk verder met je leven?' vraagt Fred, die achter de bar staat.

'Dat is gewoon een vriendin. Op bezoek uit Engeland.'

'Wat jij wilt,' zegt Fred en hij zet de drankjes op een rijtje. Hij hoeft niet te vragen wat ze drinken. Het is zaterdagavond. 'Ik heb haar trouwens nog gezien.'

'Sandrine?'

'Ja. Ze had een nieuwe baan, zei ze. Iets bij een ontwerpstudio.'

Hij voelt even een steek omdat er zoiets groots is gebeurd in haar leven terwijl hij er niets van afwist.

'Goed,' zegt Fred zonder hem aan te kijken, 'dat je verdergaat met je leven.'

En in die ene zin hoort Fabien dat Sandrine iemand anders heeft. *Goed dat je verdergaat met je leven.*

Als hij met de drankjes naar de tafel loopt, dringt het tot hem door dat het een steek van ongemak is, niet van pijn. Het doet er niet toe. Het is tijd om haar te laten gaan.

'Ik dacht dat je wijn ging halen?' zegt Nell met een verbaasde blik op de drankjes.

'Het is tijd voor tequila,' antwoordt hij. 'Eentje maar. Gewoon – zomaar.'

'Omdat je in Parijs bent en omdat het zaterdagavond is,' zegt Émile. 'En trouwens, wie heeft er een excuus nodig voor tequila?'

Hij ziet een flits van twijfel over haar gezicht schieten. Maar dan tilt ze haar kin op. 'Kom maar op,' zegt ze. Ze zuigt op de limoen en slaat dan de inhoud van het kleine glaasje achterover. Huiverend knijpt ze haar ogen dicht. 'O. Wauw.'

'Nu is het pas écht zaterdagavond,' zegt Émile. 'Feest! Gaan we straks dansen?'

Fabien heeft wel zin. Hij voelt dat hij weer leeft, en hij voelt zich onverschrokken. Hij heeft zin om naar een club te gaan en met haar te dansen, met een hand op haar bezwete rug, haar ogen starend in de zijne. Hij wil tot in de vroege uurtjes wakker zijn om de juiste redenen, zwevend op de drank en het plezier door de straten van Parijs. Hij wil baden in het gevoel van hoop die je put uit iets nieuws, iemand die alleen het beste in je ziet, niet het slechtste. 'Tuurlijk. Als Nell zin heeft.'

'Nell,' herhaalt Émile. 'Wat is dat nou voor naam? Is dat normaal, in Engeland?'

'Het is een verschrikkelijke naam,' zegt ze. 'Mijn moeder heeft me vernoemd naar een personage uit een boek van Charles Dickens.'

'Dan had het erger gekund. Je had ook – hoe heet ze ook weer – Miss Havisham kunnen heten.'

'Of Mercy Pecksniff.'

'Of Fanny Dorrit.' Ze moeten allemaal lachen.

Ze slaat haar hand voor haar mond en giechelt. 'Hoe kan het dat jullie zo veel weten over Dickens?'

'We hebben samen gestudeerd. Engelse literatuur. Fabien leest zich suf. Verschrikkelijk, gewoon. Het is altijd een heel gevecht om hem de deur uit te krijgen.' Émile heft zijn glas. 'Hij is een – een – hoe zeg je dat? Een kluizenaar. Hij is een kluizenaar. Ik snap niet hoe het jou gelukt is om hem vanavond mee te lokken, maar ik ben er heel blij om. *Salut!*'

'*Salut!*' zegt ze en dan pakt ze haar telefoon uit haar zak en kijkt erop. Ze kijkt geschokt en kijkt wat beter, alsof ze controleert of ze het wel goed gelezen heeft.

'Alles oké?' vraagt Fabien als ze niets zegt.

Is alles wel oké?????

Het is een bericht van Trish.

'Alles in orde?' vraagt Fabien als ze niets zegt.

'Ja, prima,' zegt ze. 'Mijn vriendinnen doen een beetje raar. En... waar gaan we naartoe?'

Het is halfdrie 's nachts. Fabien heeft meer gedronken dan hij in weken heeft gedaan. Zijn zij doet pijn van het lachen. De Wildcat puilt uit van de mensen. Er wordt een van Fabiens lievelingsnummers gedraaid. Die plaat heeft hij tijdens het schoonmaken in het restaurant zo vaak gedraaid dat de baas hem verboden heeft. Émile, die een ongelofelijk feestbeest is, springt op de bar en begint te dansen, terwijl hij op zijn borst wijst en grijnst naar de mensen onder hem. Er wordt gejuicht.

Fabien voelt Nells vingers op zijn arm en neemt haar bij de hand. Ze lacht, en haar haar plakt tegen haar gezicht, zo warm heeft ze het. Een poos geleden heeft ze haar jas ergens neergelegd, en hij heeft het vermoeden dat ze die nooit meer terugziet. Ze zijn al uren aan het dansen.

Het meisje met het rode haar komt naast Émile op de bar staan, omhoog geholpen door een zee van handen, en begint ook te dansen. Ze staan te schudden met hun schouders en nemen af en toe een slok uit hun flesje bier. De barmannen staan op een afstandje toe te kijken, en redden af en toe een glas voor dat van de bar geschopt wordt. Het is niet voor het eerst dat de bar van de Wildcat dienstdoet als dansvloer en het zal ook zeker niet de laatste keer zijn.

Nell probeert iets tegen hem te zeggen.

Hij buigt om haar te kunnen verstaan.

'Ik heb nog nooit op een bar gedanst,' bekent ze.

'Nee? Doen dan!' zegt hij.

Ze lacht, schudt haar hoofd, en hij houdt haar blik vast. Dan lijkt het net of ze zich iets herinnert. Ze legt haar hand op zijn schouder en hij helpt haar omhoog, en daar staat ze, hoog boven hem, en ze danst. Émile tilt zijn flesje op als groet, en dan gaat ze helemaal op in het ritme, met gesloten ogen, en haar dat meedanst. Ze veegt het zweet van haar gezicht en drinkt uit haar flesje. Er komen nog twee, en dan nog drie mensen bij op de bar.

Fabien is zelf niet in de verleiding. Hij wil daar alleen maar staan, en voelt de muziek door zich heen dreunen. Hij is deel van de massa en hij kijkt naar haar en geniet van hoe zij staat te genieten.

Dan opent ze haar ogen en zoekt hem in de zee van gezichten. Ze ziet hem staan en lacht, en Fabien beseft dat hij iets voelt wat hij al heel lang niet heeft gevoeld.

Hij is gelukkig.

Het is 4 uur. Misschien wel 5. Het maakt haar allang niks meer uit. Ze loopt naast Fabien door een stille straat, haar voeten wiebelend over de keien, haar kuiten stram van het dansen. Ze huivert even, en Fabien vertraagt zijn pas, trekt zijn jack uit, en hangt dat over haar schouders.

'Ik bel de Wildcat morgen wel om te vragen of iemand je jas heeft gevonden,' zegt Fabien.

'O, joh, laat maar,' zegt Nell, die het gewicht van zijn jack prettig vindt, en de lichte, mannelijke geur die ervan af komt. 'Het was maar een oude jas. O nee, shit, de code zat erin.'

'De code?'

'Van het hotel. De deur. Nu kan ik er niet in.'

Fabien kijkt haar niet aan als hij zegt: 'Nou ja... je zou... bij mij kunnen slapen.' Hij zegt het achteloos, alsof het helemaal geen big deal is.

'O. Nee,' zegt Nell snel. 'Dat is heel lief van je, maar –'

'Maar –'

'Ik ken je niet. Toch bedankt.'

Fabien kijkt op zijn horloge. 'Oké... de deur van het hotel gaat over dik anderhalf uur open. We kunnen kijken of ergens een café open is? Of we kunnen wandelen. Of...'

Nell wacht af terwijl hij nadenkt. Dan begint Fabien ineens te glimlachen, houdt zijn arm voor haar op en na een korte aarzeling haakt ze de hare erdoor en lopen ze de straat uit.

Op een bepaald moment, vlak voor Fabien de helling afloopt naar de kade, verliest Nell heel even de moed. Ze wil echt niet eindigen als krantenkop, denkt ze als ze naar de inktzwarte rivier kijkt, de schaduw van de bomen, en de totale leegte van de kade onder haar. En toch is er iets – misschien de Engelse ingebakken beleefdheid, de behoefte om niet moeilijk te doen, ook al leidt het tot je voortijdige dood-door-moord – dat haar doet doorlopen. Fabien gaat voorop met de soepele passen van iemand die hier al duizend keer is geweest. Niet het loopje van een seriemoordenaar, denkt ze terwijl ze zelf goed kijkt waar ze haar voeten neerzet. Niet dat ze een duidelijk beeld heeft van hoe een seriemoordenaar loopt. Maar in elk geval niet zo. Hij draait zich om en gebaart haar om hem te volgen, en blijft dan staan bij een kleine houten boot met bankjes langs de kant, die vast zit aan een enorme ijzeren ring. Nell loopt langzaam door en staart naar de boot.

'Van wie is die?'

'Van mijn vader. Hij maakt er rondvaarten over de rivier mee, voor de toeristen.'

Fabien steekt zijn hand uit en ze neemt hem aan en stapt aan boord. Hij gebaart haar naast hem te gaan zitten, doet dan een kist open en trekt daar een wollen deken uit. Die geeft hij aan Nell en hij wacht tot ze hem over haar schoot heeft gedrapeerd. Dan start hij de boot en varen ze langzaam tegen de stroom in, naar het midden van de rivier.

Nell kijkt op als ze over het donkere water varen en staart naar de stille straten van Parijs, het glinsterende licht van de straatlantaarns op het water. Het lijkt wel een droom, denkt ze. Dit kan haar toch niet gebeuren, midden in de nacht met een onbekende in een bootje over de Seine? Maar bang is ze niet meer. Ze is eerder uitgelaten, giechelig. Fabien kijkt achterom en misschien omdat hij haar ziet lachen, gebaart hij haar om te gaan staan. Hij geeft haar het roer, en ze neemt het van hem over en voelt het kleine bootje onder zich door het water klieven.

'Waar gaan we heen?' vraagt ze, al maakt het haar helemaal niet uit.

'Blijf maar gewoon sturen,' zegt Fabien. 'Ik wil je iets laten zien.'

Ze tuffen langzaam stroomopwaarts. Parijs wordt om hem heen uitgelicht, en het geluid van de stad klinkt gedempt. Het is mooi, heel mooi, alsof ze alleen zijn in het midden van een donkere, glinsterende bubbel.

'Zo,' zegt Fabien. 'We hebben twee uur de tijd om elkaar te leren kennen. Vraag maar raak. Wat zou je over me willen weten?'

'Jemig. Ik ben heel slecht in dit soort dingen. Eh... wat deed je het liefst toen je klein was?'

'Toen ik klein was? Voetballen. Ik kende ook alle spelers van Paris Saint-Germain uit mijn hoofd: Casagrande, Algerino, Ciddé, Anelka...'

'Aha,' zegt Nell, die ineens bang is dat de Franse eredivisie haar romantische Parijse *vibe* de das om gaat doen. 'En... wie was het eerste meisje waar je verliefd op was?'

'Da's een makkelijke,' zegt Fabien stellig. 'Nancy Delevigne.'

'Mooie naam. Hoe zag ze eruit?'

'Lang donker haar, allemaal pijpenkrullen. *Comme ça.*' Hij maakt een draaiend gebaar naast zijn gezicht om krullen te suggereren. 'Grote donkere ogen. Een prachtige lach. Ze ging ervandoor met mijn vriend Gérard. Maar dat viel te verwachten,' zegt hij als hij ziet dat haar gezicht betrekt. 'Hij had een veel betere –'

Hij maakt een op-en-neer-stuiterend gebaar. Nell kijkt even verschrikt.

'Hoe noem je dat ook weer – trampoline? We waren zeven. Hier, stuur maar even deze kant op. De stroming is hier heel sterk.'

Hij legt zijn hand over de hare op het roer als ze onder een brug door varen. Ze voelt zijn warmte en hoopt dat hij niet ziet dat de kleur naar haar wangen trekt.

'En recent nog iemand?' vraagt Nell.

'Ja. Ik heb twee jaar samengewoond met Sandrine. Tot drie maanden geleden.'

'Wat ging er mis?'

Fabienne haalt zijn schouders op. 'Wat ging er niet mis? Ik heb geen betere baan gevonden. Ik heb mijn boek niet afgekregen en ben niet de nieuwe Sartre geworden. Ik ben niet gegroeid, veranderd, heb mijn potentieel niet waargemaakt…'

'Nog niet!' zeg Nell voor ze zich kan inhouden. Als Fabien zich naar haar toekeert, vraagt ze: 'Waarom zou je een planning aan dat soort dingen hangen? Ik bedoel, je hebt leuk werk, en hebt aardige collega's. Je bent bezig aan een boek. Kom op, je bent een man die in zijn eentje naar tentoonstellingen gaat! Je ligt toch niet de hele dag in je boxershort op bed?'

'Er zijn een paar dagen in bed geweest. In mijn boxershort.'

Nell haalt haar schouders op. 'Nou ja, dat is zo ongeveer Regel 1 in het Handboek voor Verbroken Relaties: ga in je boxershort in bed liggen en zwelg in zelfmedelijden.'

'En wat is Regel 2?' vraagt Fabien grijnzend.

'O, dat je jezelf een beetje belachelijk moet maken. Daarna Regel 3: breng een nacht door met iemand die totaal niet geschikt voor je is. En dan Regel 4: Besef dat je het leven weer leuk vindt, gevolgd door Regel 5: net als je besluit dat je helemaal geen relatie nodig hebt, bam! Daar staat Miss Perfect ineens voor je neus.'

Fabien leunt over het roer. 'Interessant. En ik moet al die fases ook echt door?'

'Dat denk ik wel,' zegt Nell. 'Of nou ja, misschien dat je er een paar mag overslaan?'

'Ik heb mezelf in elk geval al belachelijk gemaakt.' Hij grinnikt, en houdt verder zijn mond.

'Kom op,' zegt Nell. 'Je kunt het mij toch wel vertellen? Ik woon in een ander land. We zien elkaar nooit meer.'

Fabien trekt een gezicht. 'Vooruit... nou, toen Sandrine weg was, heb ik wekenlang voor haar kantoor gehangen, met zo'n gezicht.'

Hij trekt een zielig gezicht.

'Ik dacht, als ze me zo zou zien, dan wordt ze vanzelf wel weer verliefd op me.'

Nell doet haar best om haar lachen in te houden. 'Jaaa, dat gezicht, daar vallen meisjes bij bosjes voor. Sorry. Ik lach je niet uit, hoor.'

'Je mag best lachen,' zegt Fabien. 'Het was ook wel een beetje gestoord.'

'Gestoord, maar romántisch. Als Fransman kom je waarschijnlijk wel weg met dat soort dingen.' Ze denkt even na. 'Tenminste, zolang je maar geen zendertje onder haar auto hebt geplakt om haar te kunnen volgen, of zo.'

'Oké, Nell, nu is het mijn beurt om jou iets te vragen.'

Nell wacht af. Hij heeft zijn hand van de hare gehaald en ze voelt de afwezigheid ervan.

'Niet over vorige vriendjes, graag. Ik ben niet voor niets een deskundige op het gebied van Verbroken Relaties.'

'Goed. Vertel me dan eens... wat is het mooiste wat jou ooit is overkomen?'

'Het mooiste? O, ik hoop eerlijk gezegd dat dat nog moet komen.'

'Vertel dan maar wat het ergste is wat je ooit is overkomen.'

En daar heb je het. Ineens voelt Nell de kilte in de lucht.

'O, dat boeit je toch niet.'

'Wil je het niet vertellen?'

Ze voelt dat hij naar haar kijkt, maar blijft strak voor zich uitkijken, haar hand stevig om het roer.

'Het is een beetje... nou, oké, dan. Het was de dag dat mijn vader overleed. Auto-ongeluk. De bestuurder was doorgereden. Ik was twaalf.'

Ze is er goed in geworden om dit te zeggen. Alsof het iemand anders is overkomen. Ze klinkt luchtig, alsof het een onbeduidend feitje betreft. Alsof het haar leven niet in duizend scherven had gebroken, als een meteorietinslag waardoor alles jaren later nog steeds radioactief was, en de aarde om haar heen verschroeid bleef. Tegenwoordig had ze het er nauwelijks nog over. Het had geen zin – het gaf gesprekken een verkeerde wending, mensen reageerden ineens anders op haar. Ze bedenkt zich dat ze het Pete ook nooit heeft verteld.

'Hij was aan het hardlopen – dat deed hij drie keer in de week, en op vrijdagochtend ging hij dan altijd naar een restaurantje voor een stevig ontbijt, wat volgens mijn moeder dat hele hardlopen nutteloos maakte. Maar goed, hij stak over, een vent in een pick-uptruck reed door rood en zo eindigde mijn vader met een rug die op drie plaatsen gebroken was. Het was op zijn tweeënveertigste verjaardag. Mijn moeder en ik zaten bij wijze van verrassing in het restaurantje op hem te wachten. Ik weet het nog zo goed. Ik zat daar aan het tafeltje en ik had zo'n trek. Ik probeerde niet de hele tijd op de menukaart te kijken, en ik snapte niet waar hij bleef.'

Alsjeblieft niks stoms zeggen, dacht ze. Alsjeblieft niet, net als iedereen, je hoofd schuin houden en iets inspirerends vertellen dat je buurvrouw een paar jaar geleden is overkomen.

Maar het blijft stil, totdat Fabiens stem zachtjes over het water klinkt. 'Dat is heel erg. Het spijt me.'

'Mijn moeder was er niet best aan toe. Ze komt eigenlijk nauwelijks nog buiten de deur. Ik probeer haar over te halen om te verhuizen, want het huis is veel te groot voor haar, maar ze zit helemaal vast.'

'Terwijl jij de andere kant op bent gegaan.'

Nell draait zich om en kijkt hem aan. 'Hoe bedoel je?'

'Jij hebt juist besloten om... hoe zeg je dat ook weer... het leven bij de kladden te vatten?'

Ze slikt. 'O. Ja. Fabien, ik moet eigenlijk –'

Maar zijn aandacht wordt getrokken door iets voor hen. 'Wacht. We moeten wat langzamer varen.'

Voor ze nog iets kan zeggen, wijst hij naar voren. Nell is even afgeleid, en volgt de richting van zijn arm.

'Wat is dat?'

'De Pont des Arts. Zie je al dat goud? Dat zijn de liefdesslotjes. Weet je nog?'

Nell kijkt omhoog naar de kleine slotjes die in trosjes aan de zijkant van de brug hangen te schitteren. Al die liefde. Al die dromen. Ze vraagt zich even af hoeveel van die stelletjes nog bij elkaar zijn. Hoeveel van hen gelukkig zijn, of gebroken, of zelfs dood. Ze voelt dat Fabien naar haar kijkt. Ineens voelt ze zich heel droevig.

'Ik was van plan om er ook eentje bij te hangen. Dat was een van de dingen die ik wilde doen als we – als ik hier was.'

Opeens lijkt het alsof ze het slotje in haar tas kan voelen branden. Ze steekt haar hand in de tas en haalt het eruit. Dan zet ze het op het bankje naast zich en staart er even naar. 'Maar zal ik je eens wat zeggen? Het is een ontzettend dom plan. Ik las in de trein een stukje over dat zoveel mensen het doen dat die hele brug het straks gaat begeven onder het gewicht van die dingen. Dus het heeft geen enkel nut. Ik bedoel, het slaat nergens op.' Tot haar eigen verbazing zwelt haar stem aan van woede. 'Je verwoest datgene waar je van houdt. Door er te veel vanaf te laten hangen. Of niet soms? Mensen die zoiets doen, zijn gewoon dóm.'

Fabien staart omhoog als ze zachtjes onder de brug door glijden. Dan wijst hij nog eens.

'De mijne hangt ongeveer... daar.' Hij haalt zijn schouders op. 'Je hebt gelijk. Het is ook dom. Het is maar een onnozel stukje staal. Het betekent verder niks.' Hij werpt een blik op zijn horloge. '*Alors*... het is bijna zes uur. We moesten maar eens teruggaan.'

Een halfuur later staan ze voor het hotel in de kille ochtend, allebei een beetje ongemakkelijk in het licht.

Nell schudt zijn jack van haar schouders, en mist de warmte meteen. 'Dat van die slotjes,' zegt ze als ze hem het jasje teruggeeft. 'Dat is een lang verhaal. Maar het was helemaal niet mijn bedoeling om jou –'

Fabien onderbreekt haar. '*De rien*. Mijn vriendin zei ook altijd dat ik een hoofd vol dromen had. Ze had gelijk.'

'Je vriendin?'

'Ex-vriendin.'

Nell glimlacht onwillekeurig. 'Nou ja, mijn hoofd is op dit moment ook vol dromen. Ik heb het gevoel alsof... alsof ik regelrecht in iemand anders leven ben gevallen. Dankjewel, Fabien. Ik heb een geweldige nacht gehad. En ochtend.'

'Het was me een genoegen, Nell.'

Hij komt iets dichterbij staan. Ze kijken elkaar aan. Maar dan verschijnt de portier, die de deuren met veel kabaal opent.

'*Bonjour, mademoiselle!*'

Nells telefoon trilt. Ze kijkt naar het schermpje.

Bel me

Het is een berichtje van Magda.

'Alles in orde?' vraagt Fabien.

Nell steekt de telefoon weer in haar zak. 'Ja... eh, prima.'

De betovering is verbroken. Nell werpt een blik achterom en vraagt zich vagelijk af waarom Magda haar op dit tijdstip zou sms'en.

'Ik zou maar lekker gaan slapen,' zegt Fabien vriendelijk. Hij heeft een stoppelwaas op zijn kin maar hij kijkt vrolijk. Ze

vraagt zich af of zij er bij staat als een treurige koe, en wrijft
verlegen over haar neus.

'Nell?'

'Ja?'

'Zou je... ik bedoel... Zou je vanavond met me uit eten
willen? Voor je Parijse ervaring?'

Nell glimlacht. 'Dat zou ik heel leuk vinden.'

'Dan haal ik je om zeven uur op.'

Nell kijk naar hoe hij op zijn brommer stapt. Dan loopt ze
het hotel in, nog altijd met een glimlach.

Pete zit inmiddels al drie kwartier tussen Trish en Sue in op
Magda's achterbank. Hij is al bijna niet meer dronken, nadat
hij twintig minuten naar Magda's auto heeft moeten lopen,
zwijgend onder de collectieve verontwaardiging van drie veel
te nuchtere vrouwen.

'Zoiets heb ik nog nooit meegemaakt. En geloof me, ik heb
behoorlijk wat eikels van vriendjes gehad. Sterker nog, ik ben
de eikelkoningin.' Magda geeft haar stuur een pets om haar
woorden kracht bij te zetten, en stuurt de auto daarmee per
ongeluk naar de middelste baan.

'Je weet dat Nell zich altijd zorgen maakt om alles. Ze wil
zelfs niet met de laatste trein als ze niet precies heeft gecheckt
waar die allemaal stopt.'

Magda draait zich om in haar stoel en kijkt achter zich. 'En
jij hebt haar helemaal alleen naar Parijs laten gaan? Hoe haal
je het in je hoofd?'

'Ik heb er niet om gevraagd om naar Parijs te gaan,' zegt Pete.

'Zeg dan tenminste gewoon nee!' zegt Sue, links van hem. '"Nee, Nell, ik heb geen zin om met je naar Parijs te gaan." Zo simpel is dat.'

Pete kijkt tersluiks opzij. 'Waar brengen jullie me nu naartoe?'

'Hou je mond, Pete,' zegt Trish. 'Jou hoeven we nu even niet te horen.'

'Ik ben heus geen slechte kerel,' zegt hij jammerend.

'Pff,' zegt Trish. 'Het ouwe "ik ben heus geen slechte kerel"-liedje. Daar heb ik toch wel zo'n bloedhekel aan. Ik kan je wel wat aandoen, weet je dat? Heb je enig idee hoe vaak ik dat al niet heb moeten aanhoren, Sue?'

'Een keer of duizend,' zegt Sue, die haar armen over elkaar geslagen heeft. 'Meestal nadat ze met iemand naar bed zijn geweest die ik ken. Of als ze mijn rookworst hebben gejat.'

'Ik heb nog nooit in mijn leven iemands rookworst gejat,' mompelt Pete.

'Jouw vriendin heeft tickets voor jullie gekocht, naar Parijs. En jij bent niet komen opdagen. Jij bent in Brighton gaan zuipen met je maten. Wat moet iemand dan volgens jou doen om een slechte kerel genoemd te mogen worden, Pete?'

'Weet ik veel, een kitten vermoorden?' probeert Pete hoopvol.

Magda klemt haar lippen op elkaar en zwenkt naar de andere baan. 'Kittens vermoorden staat een heel stuk lager op de lijst dan dit, Pete.'

'Zelfs nog lager dan die rookworst,' zegt Sue.

Pete ziet Gatwick op de borden staan. 'Maar, eh... waar gaan we nu eigenlijk precies naar toe?'

In de spiegel wisselen Magda en Sue een blik.

Om kwart over een wordt Nell wakker. Lúnchtijd. Ze knippert met haar ogen en rekt zich eens goed uit zodra ze beseft waar ze is. De kleine hotelkamer op de bovenste verdieping voelt vreemd genoeg als haar thuis, met haar nieuwe Parijse aankopen keurig in de kast, haar make-up nog kriskras door elkaar op het plankje na gisteravond. Ze stapt langzaam uit bed, en hoort de onbekende geluiden van de straat, en ondanks haar slaapgebrek is ze ineens heel blij, alsof er iets magisch is gebeurd. Kwart over een, denkt ze, en ze haalt haar schouders heel Frans op, vindt ze zelf. Ze heeft nog een paar uur om te genieten van Parijs. En dan ziet ze Fabien nog een keer, voor haar laatste avond. Zingend stapt ze onder de douche en lacht als het water ineens even heel koud wordt.

Nell heeft het gevoel dat ze heel Parijs doorgelopen is. Ze loopt door de genummerde arrondissementen, zwerft over een markt, vergaapt zich aan de glanzende groente en vruchten, vertrouwd en toch anders, en neemt op aandringen van een marktkoopman een pruim, waarna ze een zakje vol koopt, bij wijze van ontbijt en lunch. Ze gaat op een bankje aan de Seine zitten kijken naar de passerende rondvaartboten en eet drie pruimen terwijl ze terugdenkt aan hoe het voelde aan het roer van de boot, starend over het door de maan verlichte water. Ze stopt de zak onder haar arm alsof dat zo haar gewoonte is, en neemt de Métro naar een *brocante* die een van haar reisgidsjes aanraadde. Ze slentert een uur langs de kraampjes, tilt voorwerpen op waar iemand anders ooit van hield, rekent de prijzen om in Engelse ponden en zet ze vervolgens weer neer. Terwijl ze door die stad vol onbekenden loopt, de geur van eten opsnuivend, en met de klank van die onbekende taal in haar oren, voelt ze ineens iets onverwachts. Ze voelt zich verbonden, en ze voelt dat ze lééft.

Als ze terugloopt naar haar hotel, zit het meisje weer cello te spelen, en het geluid galmt zo mooi. Nell blijft onder het open raam staan en gaat dan op de stoep zitten luisteren. Van de nieuwsgierige blikken van voorbijgangers trekt ze zich niets aan. Als de muziek dit keer stopt, staat ze op en begint zomaar te applaudisseren in de echoënde straat. Het meisje verschijnt op het balkon en kijkt verbaasd naar beneden, maar Nell kijkt glimlachend op. Het meisje lacht terug en maakt een bescheiden buiging. De hele terugweg naar het hotel kan Nell de muziek nog horen.

De vrouw bij de balie van de luchtvaartmaatschappij staart naar de drie vrouwen die om de wat morsige man heen staan.

Magda glimlacht geruststellend. 'Meneer zou graag een ticket willen kopen naar Parijs. Op de eerste de beste vlucht, alstublieft.'

De vrouw kijkt op haar scherm. 'Uiteraard, meneer. We hebben... een stoel op een vlucht van British Airways, die over een uur en tien minuten vertrekt naar Charles de Gaulle.'

'Doe maar,' zegt Magda vlug. 'Hoe duur is dat?'

'Voor een enkele reis? Dat is… honderdachtenveertig pond.'

'Dat meent u niet,' zegt Pete, die nog geen woord gesproken heeft sinds ze de terminal van de luchthaven ingelopen zijn.

'Trek je portemonnee eens, Pete,' zegt Magda op een toon waaruit blijkt dat hij haar maar beter niet kan tegenspreken.

De vliegveldmevrouw begint nu echt zorgelijk te kijken. Magda trekt Pete's portemonnee open en begint het geld uit te tellen op de balie, naast zijn paspoort.

'Honderdtien pond. Maar dat is al mijn geld voor dit weekend,' protesteert Pete.

Magda pakt haar eigen portemonnee. 'Hier, ik heb nog twintig. En hij heeft nog wat cash nodig om Parijs in te komen. Meiden?'

Ze wacht terwijl de anderen wat briefgeld tevoorschijn halen en telt alles tot ze genoeg hebben. De vrouw achter de balie trekt het geld langzaam naar zich toe, haar blik op Pete gericht.

'Meneer,' zegt ze, 'weet u… zeker dat u mee wil met deze vlucht?'

'Ja, dat weet hij zeker,' zegt Magda.

'Dit slaat nergens op,' zegt Pete. Hij staat er nors en ongemakkelijk bij.

De vrouw achter de balie heeft er kennelijk genoeg van. 'Ik weet niet of ik wel een ticket kan uitgeven als meneer hier niet vrijwillig op reis gaat.'

Het blijft even stil. De meisjes kijken elkaar aan. Achter hen begint zich een rij te vormen.

'Leg anders maar even uit hoe het zit, Magda,' zegt Sue.

Magda leunt over de balie. 'Beste mevrouw achter de balie. Onze beste vriendin, Nell, vindt reizen heel eng.'

'Ze vindt alles heel eng,' zegt Trish.

'Dus ze raakt snel in paniek over van alles,' vervolgt Magda. 'Nieuwe plekken, de mogelijkheid van een buitenlandse invasie, voorwerpen die van hoge gebouwen kunnen vallen, dat soort dingen. Nou, zij en deze meneer hier zouden dit weekend een romantisch weekendje in Parijs doen. Een enorme stap voor haar. Gigantisch, zelfs. Maar meneer hier besloot om niet op te komen dagen omdat hij liever met zijn low-life vriendjes wilde gaan drinken in Brighton. Dus nu is onze echt heel lieve vriendin helemaal alleen in een vreemde stad. Waarschijnlijk is ze te bang om van haar hotelkamer te komen, aangezien ze geen woord Frans spreekt, en voelt ze zich de stomste koe op de hele wereld.

'En dus vinden wij het een goed idee als Pete hier op die vlucht stapt en zijn vriendin nog vierentwintig romantische uurtjes bezorgt in Parijs. Dus, ja, er is enige dwang in het spel, maar dat is dan ook om een heel goede reden.' Ze doet een stap naar achteren. 'Het is omwille van de líéfde.'

Het blijft even stil. De vrouw achter de balie staart hen alle vier aan. 'Oké,' zegt ze uiteindelijk. 'Ik bel security even.'

'Ach, kom óp zeg!' roept Magda uit terwijl ze haar handen in de lucht gooit. 'Dat meent u toch niet?'

De vrouw houdt de telefoon tegen haar oor gedrukt en draait een nummer. Ze kijkt op naar Pete. 'Ja, het lijkt me verstandig dat uw vriend hier een escorte krijgt, om zeker te zijn dat hij ook echt op dat vliegtuig stapt.' Dan zegt ze tegen de telefoon: 'Balie elf, hier. Kunnen jullie even iemand van security sturen?'

Ze vult de laatste dingetjes in voor het ticket en overhandigt Pete zijn paspoort. Er komt een streng kijkende securitymedewerker aangelopen.

'We moeten ervoor zorgen dat deze meneer veilig naar gate vijfenzestig komt. Alstublieft meneer, uw boardingcard.'

Terwijl Pete zich omdraait mompelt ze: 'Zak.'

De geur van verse kruiden drijft door het raam van het kleine keukentje. Fabien en Clément staan naast elkaar het eten te bereiden terwijl Émile een tafel en stoeltjes door de openslaande deuren draagt die uitkomen op een piepklein pleintje dat met keien geplaveid is.

'Niet die stoelen, Émile. Heb je er niet een paar die wat lekkerder zitten?' Fabien is gestrest, wat niks voor hem is, en zijn gezicht is rood aangelopen van inspanning.

'Deze zijn prima,' zegt Émile.

'En de eend. Papa – je bent de marinade toch niet vergeten, hè?'

Émile en Clément wisselen een blik. 'Mijn zoon meent mij te kunnen vertellen hoe ik een eend moet klaarmaken. Ja, ik heb de marinade gemaakt.'

'Ik wil gewoon dat het bijzonder wordt,' zegt Fabien die een la opentrekt en die doorzoekt. 'Een perfecte, typisch Franse maaltijd. Zullen we wat lichtjes in de boom hangen? Émile? Heb jij die kersverlichting nog ergens? Die witte, niet de gekleurde.'

'In de doos onder de trap,' zegt Émile. Ze kijken Fabien na als hij uit het zicht verdwijnt. Een paar minuten later komt hij terug met een sliert lampjes. Hij lijkt wel bezeten. Hij loopt snel naar buiten en hangt ze in de struiken rondom, klimt zelfs op het tafeltje om hoog genoeg te kunnen reiken. Dan begint hij de tafel en stoeltjes te herschikken, en bekijkt de opstelling vanuit allerlei hoeken tot hij tevreden is. Om ze vervolgens voor de zekerheid toch nog maar een keer te verplaatsen.

Clément bekijkt het allemaal eens rustig. 'En dat allemaal voor een vrouw die hij pas twee keer heeft gezien,' mompelt hij.

'Ik zou er niet over klagen, Clément,' zegt Émile terwijl hij hem de knoflook aangeeft. 'Je weet toch wat dit betekent...'

Ze kijken elkaar aan. 'Geen Sandrine meer!' Clément denkt hier even over na en trekt dan ineens zijn schort af. 'Zeg, ik loop even snel naar de *poissonnerie* voor wat oesters.'

Émile hakt stevig door op de kruiden. 'Goed plan. Dan zal ik mijn befaamde *tarte tatin* met calvados gaan maken.'

De deur van de boetiek klingelt vrolijk als Nell hem opent.

'*Bonjour!*' zegt ze. 'Ik wil toch graag die jurk hebben. Die met de ananassen.'

De dame van de winkel herkent haar meteen. 'Mademoiselle,' zegt ze langzaam, 'de prijs is niet veranderd. Dus hij is nog steeds – hoe zei u het ook weer? – veel te duur per keer dat u hem draagt.'

Nell trekt de deur achter zich dicht. Ze straalt, en ze kan de pruimen nog proeven in haar mond. 'Nou ja, ik heb nagedacht over wat u zei. Soms moet je gewoon doen wat goed voelt, toch?'

De mevrouw komt achter de toonbank vandaan nog voor Nell een stap kan zetten. 'In dat geval, mademoiselle, heb ik ook een prachtig bijpassend lingeriesetje...'

Ruim een uur later loopt Nell de houten trap van Hôtel Bonne Ville af, genietend van hoe de groene ananasjurk bij elke stap een beetje opbolt. Onder aan de trap blijft ze even staan om te controleren of ze alles bij zich heeft en als ze opkijkt ziet ze dat Marianne naar haar kijkt. De receptioniste tilt haar kin in de lucht en knikt goedkeurend.

'U ziet er mooi uit, mademoiselle.'

Nell loopt op haar af en leunt samenzweerderig over de balie. 'Ik heb er ook lingerie bij gekocht. Dus ik denk dat ik de komende twee maanden op water en brood moet leven.'

Marianne legt haar paperassen recht en glimlacht. 'Dan bent u bij dezen ere-Parisienne. Van harte gefeliciteerd.'

Net als Fabien zijn brommer parkeert, komt ze naar buiten. Hij staart haar even aan en ze laat hem kijken, zich bewust van de indruk die ze maakt. Hij houdt haar jas voor haar op, want die heeft hij voor haar opgehaald, en ze neemt hem van hem aan. Dan kijkt ze omlaag, en ziet zijn schoenen – donkerblauw suède, en op de een of andere manier ontzettend Frans.

'Wat een mooie schoenen!'

'Heb ik net gekocht.'

'Vandaag?'

'Ik kon moeilijk op mijn werkschoenen komen.'

Ze trekt een gezicht. 'Omdat ik er wijn overheen gegooid heb?

Fabien kijkt haar aan alsof ze hem totaal niet begrijpt. 'Nee! Omdat ik ga dineren met een Engelse dame.'

Hij kijkt haar aan tot ze zijn glimlach beantwoordt en dan stapt hij van zijn brommer, zet hem op slot en houdt zijn arm voor haar op.

'Vanavond gaan we lopen. Het is niet zo ver. Oké?'

Paris gonst zachtjes in de herfstlucht. Nell draagt haar jas over haar arm, ook al is het een graadje te koud, want ze geniet zo van haar ananasjurk en ze vermoedt dat een Parisienne nu ook geen jas zou dragen. Ze lopen langzaam, alsof ze alle tijd van de wereld hebben, en ze stoppen af en toe om in een etalage te kijken of om te wijzen naar een knap staaltje sierpleisterwerk boven hun hoofd. Nell zou deze avond, dit gevoel wel in een doosje willen doen om voor altijd te bewaren.

'Weet je,' zegt Nell, 'ik zat nog te denken aan vannacht.'

'Ik ook,' zegt Fabien.

Nell kijkt hem aan.

Fabien steekt zijn hand in zijn zak en haalt er een klein slotje uit. 'Deze was je vergeten. Op de boot.'

Nell kijkt ernaar en haalt haar schouders op. 'Ach, gooi maar weg. Het betekent niks meer.'

Omdat ze door haar knieën zakt om een voorbijlopend hondje te aaien, ziet ze niet dat Fabien het slotje weer in zijn zak laat glijden. 'En, waar had jij aan zitten denken?'

'Aan je vader en zijn boot.' Ze komt overeind. 'Ik zat te denken dat hij niet moet proberen om de concurrentie aan te gaan met die grote boten. Hij moet iets anders doen. Jullie samen. Bijvoorbeeld individuele tochtjes door Parijs, voor stelletjes. Daar kan je online mee adverteren, en dan kan je mensen al die dingen laten zien die je mij ook hebt laten zien en vertel je ze iets over de geschiedenis. Misschien kan je een mand aanbieden met wat lekkers te eten en een fles champagne? Dat zou echt geweldig zijn. Zoals jij en ik gisteravond… dat was zo ontzettend…'

'Vond je het romantisch?'

Ze voelt zich ineens heel dom. 'Zo bedoelde ik het –'

Ze lopen door zonder elkaar aan te kijken, en voelen zich allebei weer vreemd opgelaten.

'Het is een goed idee, Nell,' zegt Fabien, misschien om de stilte te verbreken. 'Ik zal het tegen mijn vader zeggen. Misschien kunnen samen met het restaurant iets opzetten.'

'En dan moet je echt een heel goede website laten maken, waarop mensen direct kunnen boeken, vanuit andere landen. Parijs ís nou eenmaal de stad van de romantiek. Je kunt het allemaal heel mooi laten klinken.' Ze praat levendig, druk, en gebaart met haar handen terwijl ze doorlopen.

'Een individuele tour,' zegt hij peinzend. 'Ik vind het een goed idee. Nell… als jij iets zegt, lijkt het allemaal zo haalbaar. O. We zijn er! Oké, nu moet je even je ogen dichtdoen. Houd mijn arm maar vast…'

Hij blijft staan op de hoek van een klein met keien geplaveid pleintje. Nell doet haar ogen dicht en opent ze meteen weer omdat haar tas begint te zoemen. Ze probeert het te negeren, maar Fabien gebaart dat ze de telefoon moet pakken. Hij wil niet dat het moment straks nog wordt verstoord. Ze glimlacht verontschuldigend en haalt het toestel tevoorschijn.

Als ze op het schermpje kijkt, is ze in shock.

'Alles oké?' vraagt Fabien.

'Ja, ja,' zegt ze, maar ze brengt een hand naar haar gezicht. 'Of nee...' zegt ze. 'Nee. Ik ben bang dat ik moet gaan. Het spijt me zo ontzettend.'

'Gaan?' vraagt Fabien. 'Maar je kunt nu niet weg, Nell! De avond begint pas!'

Ze kijkt verbluft. 'Ik... het spijt me echt verschrikkelijk. Er is iets...'

Ze pakt haar jas en haar tas. 'Sorry. Er is iets... er is iemand voor me gekomen. Ik moet –.'

Hij kijkt haar aan en ziet het aan haar gezicht. 'Je hebt een vriend.'

'Zoiets, ja. Ja.' Ze bijt op haar lip.

Hij is zo teleurgesteld dat hij ervan schrikt.

'En die is net naar het hotel gekomen.'

'Zal ik je brengen?'

'Nee, joh. Ik vind de weg terug wel weer.'

Ze staan er even als verlamd bij. Dan tilt hij zijn arm op en wijst. 'Oké. Je loopt hier langs de kerk, dan sla je linksaf, en dan zit je op de straat waar je hotel aan ligt.'

Ze durft hem niet meer aan te kijken, maar toch kijkt ze op. 'Het spijt me echt heel erg,' zegt ze. 'Ik vond het geweldig met je. Dank je wel.'

Hij haalt zijn schouders op. '*De rien.*'

'Het was niks?' vertaalt ze.

Maar het was wel iets. Hij beseft dat hij haar niet om haar telefoonnummer kan vragen. Niet meer. Hij steekt zijn hand op. Ze kijkt hem nog één keer aan. Dan, met tegenzin lijkt het bijna, draait ze zich om en vertrekt half lopend, half hollend, de straat in, langs de kerk, met haar tas wapperend achter zich aan.

Fabien kijkt haar na, keert zich dan om, en slaat de hoek om. Op het kleine binnenplaatsje staat Émile in zijn oberuniform bij het tafeltje dat gedekt is voor twee. Er ligt een fles champagne in een emmer met ijs. Boven het tafeltje twinkelen de lichtjes.

'Tadaa!' zegt Émile. 'Ik vroeg me al af waar jullie bleven. Snel! Anders droogt de eend uit.' Hij kijkt om Fabien heen. 'Wat is dit? Waar is ze?'

'Ze moest weg.'

'Maar… waar moest ze dan naartoe? Heb je haar dan niet verteld dat wij dit allemaal –'

Fabien gaat moedeloos op een van de stoeltjes zitten. Dan leunt hij voorover en blaast de kaars uit die op tafel staat. Émile kijkt naar zijn vriend, gooit zijn theedoek over zijn schouder en gaat op de andere stoel zitten.

'Oké. Jij. Ik. Wij gaan de stad in.'

'Ben ik niet voor in de stemming.'

'Zet jij het maar op een zuipen, dan ga ik wel dansen. En daarna mag je naar huis, en dan schrijf je iets woedends over de wispelturige aard van de Engelse vrouwtjes.'

Fabien kijkt hem aan. Hij zucht verslagen. Émile steekt een vinger op.

'Maar ik moet eerst al dat eten in de ijskast zetten. Dat eten we later wel op. Kom op, zit me niet zo aan te kijken! Die eend kost zesenhalve euro de kilo!' Hij pakt de stoel op om hem naar binnen te brengen. 'En trouwens, die marinade van je pa is echt heel lekker.'

# 10

Hij zit te wachten bij de receptie. Met zijn benen wijd en zijn armen over de rugleuning zit hij op de bank, en hij staat niet op als hij haar ziet. 'Babe!'

Ze verstijft. Ze kijkt naar de receptioniste, die strak naar haar papieren staart.

'Verrassing!'

'Wat doe jij hier?'

'Ik dacht dat we van ons weekendje een nachtje Parijs konden maken. Dat telt toch ook?'

Ze staat midden in de receptie. 'Maar je zei dat je niet zou komen?'

'Je kent me toch. Altijd vol verrassingen. En ik kon je toch niet laten alleen laten met al die stinkkaas-etende fransozen.'

Het is alsof ze naar een vreemde kijkt. Zijn haar is te lang, zijn verschoten spijkerbroek en verwassen T-shirt, die ze ooit nog zo cool vond, zien er nu gewoon fout en afgetrapt uit, tegen de achtergrond van de elegante hotellobby.

Hou hiermee op, zegt ze tegen zichzelf. *Hij is helemaal hiernaartoe gekomen. Dat is precies wat je wilde. Dat telt toch?*

'Je ziet er geweldig uit. Geinig jurkje. Krijg ik nog een kus?'

Ze doet een stap naar voren en geeft hem een kus. Hij smaakt naar tabak. 'Sorry. Ik – ik ben gewoon een beetje geschokt.'

'Ik houd je wel lekker bij de les, of niet? Nou, als we nou mijn spullen eerst even gaan dumpen, en dan wat gaan drinken? Of we blijven lekker boven en we bestellen roomservice?' Hij grijnst en trekt een wenkbrauw op. Nell ziet vanuit haar ooghoek hoe de receptioniste naar hem kijkt alsof hij iets vies is dat een gast in haar gang heeft laten vallen.

Hij heeft zich niet geschoren, denkt ze. *Hij heeft zich niet eens geschoren.*

'Ze hebben hier geen roomservice. Ze doen alleen ontbijt.'

'Alle hotels hebben roomservice,' zegt Pete. 'Wat is dit voor tent?'

Nell durft Marianne niet aan te kijken.

'Nou, hier hebben ze het niet. Want... want waarom zou je op je kamer willen eten terwijl je in Parijs bent?'

Hij haalt zijn schouders op en staat op. 'Oké, *whatever*.'

Op dat moment ziet ze zijn voeten.

'Je hebt helemaal geen andere schoenen aangetrokken.' Hij fronst en ze zegt: 'Je bent hier naartoe gekomen voor een romantisch weekendje Parijs. Op je teenslippers.'

Hij begint geïrriteerd te raken. 'Wat, ga je me nou vertellen dat ik in zo'n chique tent geen eten krijg omdat ik teenslippers aan heb?'

Nell probeert haar blik van de slippers af te wenden.

'Wat is het probleem, Nell? Kolere. Dit is niet bepaald het welkom dat ik had verwacht.'

Ze probeert haar kalmte te bewaren. Ze haalt diep adem en glimlacht zwakjes. 'Oké,' zegt ze, en slaat een verzoenende toon aan. 'Je hebt gelijk. Het is fijn dat je bent gekomen. Laten we naar boven gaan.'

Ze lopen de lobby door. Maar dan blijft Nell ineens staan, en denkt na. Pete draait zich om en is nu echt behoorlijk chagrijnig.

'Eén ding, nog,' zegt ze. 'Ik… ik wil alleen graag iets weten – waarom ben je hier ineens toch? Je zei dat je niet kon komen. Dat stond in je sms. Vrij duidelijk.'

'Nou… ik vond het niet leuk om je hier alleen te laten zitten. Ik weet dat je stress hebt van dit soort dingen. En al helemaal als een plan moet worden omgegooid.'

'Maar vrijdagavond had je daar nog helemaal geen probleem mee. En gisteravond ook niet.'

Hij kijkt ongemakkelijk. 'Ja, nou ja.'

Het blijft lang stil.

'Wat, nou ja?'

Hij krabt op zijn hoofd en schenkt haar zijn charmante glimlach. 'Moet dit echt nu? Ik kom net uit het vliegtuig. Laten we nou maar naar boven gaan, en dan de hotspots van Parijs gaan doen. Goed? Kom op, babe. Dat ticket kostte me een vermogen. Laten we nou gewoon even gezellig doen.'

Nell staart naar zijn uitgestoken hand. Bijna met tegenzin geeft ze hem de sleutel van de kamer en hij draait zich om en begint de houten trap op te lopen, met zijn weekendtas over zijn rug geslingerd.

'Mademoiselle.'

Nell draait zich verdwaasd om. Ze was vergeten dat de receptioniste er ook nog zat.

'Er is een bericht voor u.'

'Van Fabien?' Het lukt haar niet om niet gretig te klinken.

'Nee, van een dame. Het kwam binnen toen u weg was.'

Ze geeft Nell een vel papier met het briefhoofd van het hotel.

PETE IS ONDERWEG. HEBBEN HEM SCHOP ONDER ZIJN
KONT GEGEVEN. SORRY, WE HADDEN GEEN IDEE. HOPEN
DAT HET WEEKEND TOCH NOG LEUK WORDT. TRISH XXX

Ze staart naar het bericht, dan naar het trappenhuis en vervolgens naar de receptioniste. Terwijl ze luistert naar de echo van Pete's voetstappen in het trappenhuis denkt ze na, en ineens propt ze het papier diep in haar zak.

'Marianne, zou je me willen vertellen waar ik het best naartoe kan lopen voor een taxi?'

'Met genoegen,' antwoordt de receptioniste.

Ze heeft veertig euro op zak, waarvan ze er twintig aan de chauffeur geeft, en ze springt uit de auto zonder op het wisselgeld te wachten.

In de bar is het één donkere massa lichamen, flesjes en gedempte verlichting. Ze wurmt zich erdoor, scant de gezichten of ze iemand ziet die ze kent, terwijl haar neus zich vult met de geur van mensen en parfum. Aan het tafeltje waar ze zaten, zitten nu allemaal mensen die ze niet kent. Hij is nergens te bekennen.

Ze gaat naar boven, waar het rustiger is en waar mensen op banken zitten te kletsen, maar daar is hij ook niet. Ze worstelt zich weer een weg naar beneden en loopt naar de bar.

'Hallo!' Ze moet wachten voor ze de aandacht van de barman krijgt. 'Hallo, ik was hier eerder met een vriend. Hebt u hem gezien?'

De barman knijpt zijn ogen tot spleetjes en knikt dan alsof hij het zich weer herinnert. 'Fabien?'

'Ja. Ja!' Natuurlijk kent iedereen hem.

'Hij is er niet meer.'

Ze voelt de moed in haar schoenen zakken. Ze is hem misgelopen. Dus dit was het. De barman leunt voorover om iemand een drankje in te schenken.

'*Merde*,' zegt ze zachtjes. Ze voelt zich leeg van teleurstelling.

Dan komt de barman naast haar staan, met een drankje in zijn hand. 'Je kunt de Wildcat proberen. Daar gaan Émile en hij meestal naartoe vanuit hier.'

'De Wildcat? Waar is dat?'

'*Rue des Gentilshommes des –*' Zijn stem gaat verloren in het gelach van de mensen en dan draait hij zich om en neemt weer een bestelling op.

Nell holt de straat in. Ze houdt een taxi aan.

'Noodgeval!' zegt ze.

De chauffeur, een Aziatische man, kijkt in de spiegel en wacht.

'Wildcat. Rue des Gentilshommes en nog wat. U kent het toch wel, hoop ik?'

Hij draait zich om in zijn stoel. '*Quoi?*'

'Wildcat. Bar. Club. Wild. Cat.'

Ze praat steeds harder. Hij schudt zijn hoofd. Nell laat haar gezicht in haar handen zakken en denkt na. Dan draait ze haar raampje omlaag en roept naar drie jonge mannen die op de stoep voor de bar staan: 'Hé, kennen jullie de Wildcat?'

Eentje knikt en tilt zijn kin op. 'Neem je ons mee?'

Ze scant hun gezichten – dronken, vrolijke, open gezichten – en probeert hen in te schatten.

'Tuurlijk, als jullie weten waar het is.'

'We laten het wel zien.'

De jonge mannen springen in de taxi, en ze lachen en schudden haar dronken de hand. Het aanbod om bij de kleinste van het stel op schoot te springen slaat ze af, maar ze neemt wel een pepermuntje aan van de jongen in het midden. Ze zit tussen hen in gepropt en ademt de geur van alcohol en sigarettenrook in.

'Het is een goeie club. Ken je het?' De man die net antwoord gaf leunt voorover en schudt haar vrolijk de hand.

'Nee,' antwoordt ze. En terwijl hij de taxichauffeur vertelt waar hij naartoe moet rijden, leunt ze achterover in een auto vol onbekenden, in afwachting van waar ze nu weer terecht zal komen.

# 11

'Nog één drankje. Ah, kom op. Het wordt net gezellig.' Émile geeft hem een klap op zijn schouder.

'Ik ben niet echt in de stemming.'

'Dus ze had een vriendje, nou én? Die dingen gebeuren. Kom op, daar laat je je leven toch niet door vergallen. Je kende haar pas twee dagen.'

'Ja, je kende haar nauwelijks,' beaamt René.

Fabien reageert niet maar klokt zijn bier achterover.

'Jij neemt alles altijd veel te serieus, weet je dat? Maar luister – het betekent in elk geval dat je over Sandrine heen bent. Dus dat is goed! En je bent een knappe vent.'

'Heel knap,' zegt René weer instemmend.

Fabien trekt zijn wenkbrauwen op.

'Wat?' protesteert Émile. 'Mag ik soms geen oog hebben voor mannelijke schoonheid? Fabien! Vriend! Als ik een vrouw was, zou ik je meteen bespringen! Dan zou ik onmiddellijk in het meer van Fabien springen. De boom Fabien beklimmen. Wat is er nou?'

'Nu overdrijf je een beetje,' zegt René.

'Vooruit. Dus de dames mogen van geluk spreken dat ik niet ook een dame ben. Kom op! We gaan op jacht! En fijn dat we nu meer dan één naam hebben die we niet meer mogen noemen.'

'Bedankt, Émile, maar ik drink dit biertje nog op en dan ga ik. Morgen weer werken. Je weet wel.'

Émile haalt zijn schouders op, tilt zijn eigen flesje op en draait zich weer om naar het meisje met wie hij stond te praten.

Het kon ook niet anders. Fabien kijkt naar Émile, die met het roodharige meisje staat te lachen. Hij vindt haar al eeuwen leuk, maar hij weet niet zeker of zij hem ook wel leuk vindt. Toch is Émile niet ongelukkig. Hij springt vrolijk door naar zijn volgende projectje, als een puppy. *Hé jij! Laten we lol maken!*

Je kunt er nog wat van leren, zegt Fabien streng tegen zichzelf. Beter dan zo'n loser zijn als jij.

Hij voelt een vage angst voor wat hem te wachten staat. Die lange avonden in zijn appartementje. Het werk aan het boek waarvan hij niet weet of het eigenlijk wel de moeite waard is. De teleurstelling omdat Nell zomaar verdween. Hoe hij zichzelf voor zijn kop gaat slaan omdat hij dacht dat er misschien iets van kon komen. Niet dat hij het haar kwalijk neemt – hij had nooit gevraagd of ze een vriendje had. Natuurlijk heeft zo'n meisje een vriendje.

Hij voelt zijn stemming kelderen en weet dat het tijd is om naar huis te gaan. Hij wil de rest niet deprimeren. Hij slaat Émile op de schouder, knikt ten afscheid naar de anderen en trekt zijn muts over zijn oren. Buiten stapt hij op zijn brommer en vraagt zich af of hij eigenlijk wel moet rijden na wat hij heeft gedronken.

Hij kickstart de kleine motor en rijdt de straat uit.

Hij is aan het eind van de straat gestopt om zijn jasje recht te trekken als hij het rinkelende geluid hoort. Hij kijkt omlaag en ziet dat Nells kleine hangslotje uit zijn zak gevallen is. Hij raapt het op van de straat en staart ernaar terwijl hij het zand van het koper veegt. Bij de reling staat een afvalbak en hij vraagt zich of af hij het slotje erin moet gooien. Op dat moment hoort hij iemand fluiten.

En nog een keer.

Hij draait zich om. Émile staat op de stoep naast een groep mensen. Hij wijst naar iemand, en zwaait dat hij moet terugkomen.

Fabien herkent haar aan hoe ze haar hoofd schuin houdt, hoe ze staat, met één hak van de grond. Hij gaat even zitten. En terwijl er een glimlach op zijn gezicht komt, keert hij zijn brommer om en rijdt terug, naar haar.

'Dus,' zegt Émile als Fabien en Nell elkaar aankijken. 'Dit betekent zeker dat ik straks geen eend meer krijg?'

# 12

Ze lopen arm in arm door de verlaten straten, langs kunstgaleries en enorme oude gebouwen. Het is kwart voor vier 's ochtends. Haar benen doen pijn van het dansen, en het lawaai dreunt nog na in haar oren, maar toch heeft ze zich nog nooit zo niet-moe gevoeld.

Toen ze de Wildcat uit kwamen, stonden ze een beetje te zwaaien op hun benen, dronken van de avond, het bier, de tequila en het leven, maar in het afgelopen halfuur is ze op de een of andere manier weer helemaal nuchter geworden.

'Nell, ik heb geen idee waar we naartoe gaan.'

Het kan haar niet schelen. Ze kan wel eeuwig zo doorlopen.

'Nou ja, ik kan in elk geval niet terug naar het hotel. Straks is Pete daar nog.'

Hij geeft haar een por. 'Ach, je hebt die kamer al gedeeld met dat Amerikaanse mens. Misschien valt hij dan wel mee.'

'Dan nog liever dat mens. Al snurkte ze nog zo hard.'

Ze heeft hem het hele verhaal verteld. Eerst keek Fabien

alsof hij zin had om Pete een flinke dreun te geven. Tot haar schande merkt ze dat ze dat best fijn had gevonden.

'Maar nu heb ik wel een beetje medelijden met Pete,' zegt Fabien. 'Komt hij helemaal naar Parijs en dan blijk jij ervandoor te zijn met een of andere stinkkaas-etende fransoos.'

Nell grinnikt. 'Ik voel me totaal niet schuldig. Erg hè?'

'Jij bent duidelijk een vreselijk wrede vrouw.'

Ze komt dichter tegen hem aan lopen. 'Nou. Verschrikkelijk.'

'Je kunt anders wel bij mij blijven, Nell. Als je dat wilt.'

Even hoort ze de stem van haar moeder. *Je gaat met een vreemde man mee naar huis? In Parijs?*

'Dat lijkt me fijn. Maar ik ga niet met je naar bed. Ik bedoel, ik vind je geweldig, maar –'

Haar woorden blijven in de lucht hangen.

'Maar je kent me niet. En we zitten allebei in de verkeerde post-relatiefase, zoals ze in het Handboek voor Verbroken Relaties staan.'

Haar hand sluit zich om het kleine stukje papier met de code in haar zak. 'Dus kan het? Dat ik met je mee ga?'

'Het is jouw weekendje Parijs, Nell.'

Zijn appartement is tien minuten lopen vanaf hier, zegt hij. Ze heeft geen idee wat er verder gaat gebeuren. En dat is superspannend.

Fabien woont boven in een smal gebouw dat uitkijkt op een binnenplaats. Langs de trap loopt crèmekleurige steen, en het ruikt er naar oud hout en boenwas. Ze lopen in stilte naar boven. Hij heeft haar gewaarschuwd dat er oudere dames op de andere verdiepingen wonen. Als hij na tien uur 's avonds nog lawaai maakt, komen ze de volgende ochtend op zijn deur kloppen om te klagen. Maar dat vindt hij verder geen punt, zegt hij. Zijn appartementje is goedkoop, want de eigenaar is te lui om het te moderniseren. Sandrine vond het vreselijk, zegt hij.

Als ze boven aan de trap zijn, zet ze zich schrap.

'Hé, Fabien?' vraagt ze met een grijns. 'Je hebt hier toch geen boeken staan over seriemoordenaars, hè?'

Hij doet de deur open en laat haar binnen. Ze blijft staan op de drempel en staart rond.

Fabiens appartement is één grote ruimte, met een enorm raam dat uitkijkt over de daken. Er staat een bureau dat vol ligt met stapels papier. In de hoek staat een bedbank en aan de andere kant van de ruimte is een grote spiegel. De vloer is van hout. Misschien is hij lang geleden een keer geverfd, maar nu is hij verbleekt en kleurloos. Er staat ook nog een groot bed, een klein bankje, en een van de muren hangt vol plaatjes die uit tijdschriften gescheurd zijn.

'O,' zegt hij, als hij haar ziet kijken. 'Dat heb ik gedaan toen ik nog studeerde. Ik ben te lui om ze eraf te halen.'

Alles – het bureau, de stoelen, de plaatjes – is anders en interessant. Ze loopt rond en kijkt naar de opgezette kraai op een plank, de industriële lamp aan het plafond, de verzameling kiezels bij de deur naar de badkamer. De televisie is een piepklein ding, dat misschien wel twintig jaar oud is. Er staan zes glazen op de schoorsteenmantel en een stapel borden.

Hij haalt zijn hand over zijn hoofd. 'Het is een troep. Ik verwachtte helemaal geen –'

'Het is prachtig. Het heeft iets… magisch.'

'Magisch?'

'Ja, ik vind het gewoon… mooi. Hoe je alles bij elkaar hebt gezocht. Het lijkt wel alsof je er een verhaal mee wilt vertellen.'

Hij knippert met zijn ogen, alsof hij zijn huis met heel andere ogen bekijkt. 'Wacht even,' zegt hij. 'Ik moet even…' Hij gebaart naar de badkamer.

Dat is waarschijnlijk wel even goed. Ze voelt zich roekeloos, ze kent zichzelf bijna niet meer terug. Ze doet zijn jasje uit, trekt haar jurk recht en loopt langzaam de kamer rond, tot ze bij het raam staat. De Parijse daken, door de maan verlicht, houden een belofte in.

Ze kijkt naar de stapel handgeschreven papieren. Sommige ervan zijn heel vies, en er staan schoenafdrukken op. Ze pakt er eentje op en begint te scannen of ze woorden herkent.

Als hij uiteindelijk uit de badkamer komt, heeft ze pagina 4 in handen, en zoekt ze in de stapel naar pagina 5.

'Lees eens voor,' zegt ze.

'Nee. Het is niet goed. Ik wil dit helemaal niet voorlezen als het zo –'

'Alleen deze bladzijden. Alsjeblieft. Zodat ik kan zeggen: "Ik ben ooit in Parijs geweest en toen heeft een heuse schrijver me voorgelezen uit zijn eigen werk." Dit hoort bij mijn Parijse avontuur.'

Hij kijkt haar aan met een blik alsof hij haar niets kan weigeren. Ze zet haar beste smeekgezicht op.

'Ik heb dit nog aan niemand laten zien.'

Ze klopt op de bank naast zich. 'Dan wordt het hoog tijd.'

Fabien loopt naar het raam en doet het open.

'Kom maar mee, Jouw Parijse avontuur vraagt om een Parijs' dak.'

'Moet ik het dak op?' Nell gluurt naar buiten, maar hij klimt er al door. 'Nou, goed.'

Nell en Fabien zitten op de dakrand met naast hen een half leeggedronken fles wijn. Hij leest haar voor, zijn stem haperend als hij het voor haar vertaalt in het Engels. Haar hoofd ligt op zijn schouder.

'"Ze wist al dat dit het einde voor hen zou betekenen. En dat ze dat heel diep vanbinnen vanaf het allereerste begin al wist, als iemand die doet alsof het onkruid er niet staat tot het geen enkel licht meer doorlaat."'

'Niet stoppen,' zegt Nell als hij ophoudt met voorlezen.

'De rest van de bladzijden is weg. En trouwens, zoals ik al zei – het is helemaal niet goed.'

'Maar je kunt nu niet stoppen. Je moet je proberen te herinneren wat je hebt geschreven, en dan moet je het naar een uitgever sturen. Het is heel erg goed. Jij moet schrijver worden. Nee, je bént al schrijver. Je hebt alleen nog nooit iets gepubliceerd.'

Hij schudt zijn hoofd.

'Wel! Het is – het is heel mooi. Ik vind het... Zoals je over die vrouw schrijft. Hoe ze zich voelt, hoe ze tegen de dingen aan kijkt. Ik herkende mezelf in haar. Ze is…'

Hij kijkt haar verbaasd aan. En bijna zonder te weten wat ze doet, leunt ze naar hem toe, neemt zijn gezicht in haar handen en kust hem. Ze is in Parijs, in het appartement van een man die ze niet kent, en ze heeft nog nooit zoiets verstandigs gedaan. Hij neemt haar in zijn armen en ze voelt hoe hij haar tegen zich aan trekt.

'Je bent… *magnifique*, Nell.'

'En alles wat jij zegt klinkt mooier, met dat accent. Misschien moet ik me ook maar een nepaccent aanmeten, voor de rest van mijn leven.'

Hij schenkt een glas wijn voor hen in, en ze zitten elkaar glimlachend aan te staren. Ze hebben het over hun werk en hun ouders, knie aan knie tegen elkaar aan op het kleine bankje. Hij vertelt haar dat deze avond hem heeft bevrijd van Sandrine. Ze praat over Pete en giechelt als ze eraan denkt dat hij bij de kamer kwam en ontdekte dat zij weg was toen hij zich omdraaide. Ze stellen zich voor dat die Amerikaanse nu ineens de kamer in zou komen en dat ze dan Pete zou aantreffen, en ze giechelen nog harder.

'Weet je… toen Sandrine weg was, dacht ik dat dat het eind van alles was. En gisteravond, onder het dansen, realiseerde ik me ineens dat ik het verkeerd had gezien. Ik had wel iets gevoeld, maar niet een onpeilbare droefenis.'

Nell vlecht haar vingers door de zijne. 'Toen Pete dit weekend niet kwam opdagen dacht ik eerst dat ik dood wilde. Ik dacht dat iedereen me nog het hele jaar zou uitlachen. Nell, het meisje dat een blauwtje liep in de Lichtstad.'

'En nu?' vraagt Fabien zacht.

'Nu ben ik…' zegt Nell en ze streelt zijn handpalm met haar vinger. 'Nu ben ik verliefd op een hele stad.'

Op een gegeven ogenblik helpt hij haar door het raam weer naar binnen. Ze gaat naar de wc en staart naar zichzelf in de spiegel. Ze ziet grauw van vermoeidheid. Haar haar staat alle kanten op en er zit geen make-up meer op haar ogen. En toch straalt ze; ze straalt van de ondeugd en de blijdschap.

Als ze terugkomt, zit hij haar notitieboekje te lezen.

Ze schrikt. 'Wat doe je nou?'

'Wat is dit?' Hij houdt het lijstje omhoog.

REDENEN WAAROM IK GELIJK HEB OM VANAVOND HIER TE BLIJVEN

'Ik ben een seriemoordenaar? Die seks met je wil?' Hij lacht, maar hij is ook een tikkeltje geschokt.

'O nee, maar dat mocht jij toch helemaal niet zien.' Ze bloost tot achter haar oren.

'Het viel uit je tas. Ik wilde het weer terug stoppen. "Ik moet doen alsof ik heel impulsief ben."' Hij kijkt verbaasd op.

Ze voelt zich diepongelukkig. 'Oké, ik ben heel anders dan je denkt. Althans, ik was heel anders. Ik ben niet impulsief. Ik was vanavond bijna niet gekomen omdat alleen al de gedachte aan taxichauffeurs me bang maakte. Ik heb je laten geloven dat ik heel anders ben dan ik eigenlijk ben. Ik… Het spijt me.'

Hij bestudeert de lijst en kijkt dan weer op. Hij lacht een beetje. 'Wie zegt dat je heel anders bent?'

Ze wacht.

'Was het dan iemand anders die op de bar heeft gedanst? Die me door Parijs achternazat in een taxi vol met vreemde mannen? Die haar vriendje in een hotelkamer heeft achtergelaten zonder hem te vertellen waar ze naartoe ging?'

'Haar éx-vriendje,' zegt Nell.

Hij steekt een hand naar haar uit, en ze pakt hem vast. Ze laat zich tegen hem aan trekken, gaat op zijn schoot zitten, met aan elke kant een been, en bestudeert zijn mooie, lieve gezicht.

'Volgens mij ben jij precies zo, Nell-uit-Engeland. Jij bent precies degene die je zelf wilt zijn.'

Het wordt al licht buiten. Ze is licht in het hoofd van de drank en de vermoeidheid. Ze kussen weer, een eeuwigheid, ze heeft geen idee hoelang. Het dringt tot haar door dat ze helemaal nog niet zo nuchter is. Ze zit met haar lippen op de zijne en voelt met haar vingers langs de omtrek van zijn gezicht.

'Dit is de mooiste nacht van mijn leven,' zegt ze zachtjes. 'Ik heb het gevoel – ik heb het gevoel alsof ik net wakker geworden ben.'

'Ik ook.'

Ze kussen weer.

'Maar ik denk dat we nu moeten stoppen,' zegt hij dan. 'Ik probeer me als een heer te gedragen, en je weet wat je zei.

Bovendien wil ik niet dat je denkt dat ik een seriemoordenaar ben, of een seksmaniak. Of... wat dan ook.'

Nell vlecht haar vingers door de zijne. 'Te laat,' zegt ze, en ze trekt hem van de bank.

# 13

Fabien wordt wakker en nog voor hij zijn ogen goed en wel open heeft, weet hij dat er iets is veranderd. Het gewicht waaronder hij gebukt ging is helemaal weg. Hij knippert met zijn ogen en duwt zich op zijn elleboog omhoog. Er is niets anders aan de kamer, en hij heeft een kater. Hij probeert de mist in zijn hoofd te verjagen, en dan hoort hij ineens het geluid van de douche.

Stukje bij beetje komt de afgelopen nacht terug.

Hij gaat even op het kussen liggen tot hij alle gebeurtenissen weer op een rijtje heeft. Hij herinnert zich een meisje dat op de bar danste, een lange wandeling door Parijs, een vroege ochtend in haar armen. Hij herinnert zich dat ze gelachen hebben, een boekje met lijstjes en haar lieve glimlach, haar benen over de zijne.

Dan komt hij overeind, trekt zijn spijkerbroek aan en de eerste de beste trui die hij ziet liggen. Hij loopt naar het koffiezetapparaat en vult het met water, om vervolgens de trap af te rennen naar de bakker, waar hij een zak croissantjes koopt. Als hij terugkomt, doet hij de voordeur open, precies op het moment dat zij de badkamer uit stapt, in de groene jurk van gisteravond, haar haren nat op haar schouders. Ze blijven even staan.

'Goeiemorgen,' zegt hij.

'*Bonjour*,' antwoordt ze.

Ze lijkt hem aan te kijken om te zien hoe hij zal reageren. Als hij glimlacht, glimlacht ze even breed terug.

'Ik moet naar het hotel, want ik moet mijn trein halen. Het is al… best laat.'

Hij kijkt op zijn horloge.

'Klopt. En ik moet naar mijn werk. Maar heb je niet nog even tijd voor een kop koffie? Je kunt toch niet weg uit Parijs zonder koffie en een croissantje.'

'Als jij tijd hebt, dan heb ik ook tijd.'

Ze voelen zich een beetje ongemakkelijk, na het gemak waarmee alles gisteravond ging. Ze stappen weer in bed, maar blijven nu boven de dekens en in de kleren. Ze zitten gezellig dicht bij elkaar, maar meer niet. Ze drinkt haar koffie en doet haar ogen dicht.

'Lekker,' zegt ze.

'Volgens mij smaakt alles vanochtend goed,' antwoordt hij en ze wisselen een blik. Hij eet snel, hongeriger dan hij zich in tijden heeft gevoeld, tot hij ziet dat hij ruim de helft al opgegeten heeft. Dan biedt hij haar een croissant aan, die ze afslaat. Buiten slaan de kerkklokken en jankt een hondje.

'Ik heb zitten denken,' zegt hij, nog kauwend. 'Ik heb een

idee voor een nieuw verhaal. Het gaat over een meisje dat overal lijstjes voor maakt.'

'O, daar zou ik niet over schrijven als ik jou was,' zegt ze en ze kijkt hem aan van opzij. 'Wie zou dat nou geloven?'

'Het is een goed verhaal. Het is een geweldig personage. Maar ze piekert te veel. Ze weegt altijd alles tegen elkaar af. De…'

'Voors en tegens.'

'Voors en tegens. Mooie uitdrukking.'

'En wat gebeurt er dan met haar?'

'Weet ik nog niet. Maar er gebeurt iets waardoor ze met haar gewoonten breekt.'

'*Bouf!*' roept ze uit.

Hij grijnst en likt de kruimels van zijn vingers. 'Precies. *Bouf!*'

'Je moet haar wel heel mooi maken.'

'Ik hoef haar helemaal niet heel mooi te maken. Ze *is* al heel mooi.'

'En belachelijk sexy.'

'Je hoeft haar maar te zien dansen op een bar, en dan weet je het.'

Hij steekt zijn hand uit en voert haar een stukje croissant. En dan kussen ze elkaar. En nog eens. En ineens zijn ze de croissants, het werk en de trein helemaal vergeten.

Een poosje later stopt Fabien voor het hotel, achter de Rue de Rivoli. Het is stil op straat. Er wandelen wat toeristen voorbij, die omhoogkijken om foto's te maken van de gebouwen. Hij is te laat voor zijn werk, maar er zijn nu nog maar weinig klanten in het restaurant. Alleen de vaste klanten die er komen zitten met een hondje en de krant, of wat toeristen die de tijd komen doden tot ze weer naar huis moeten. Maar straks wordt het drukker, en rond vier uur zal het er bomvol zijn.

Achter hem voelt hij dat Nell haar armen losmaakt van zijn middel. Ze stapt af en gaat naast de brommer staan. Ze zet de helm af en geeft die weer aan hem, en dan staat ze daar in haar jas en verkreukelde groene jurk.

Ze ziet er moe uit, en wat slordig, en hij wil zijn armen om haar heen slaan.

'Weet je zeker dat ik je niet naar het station hoef te brengen? Lukt het je om er te komen? Weet je nog wat ik zei over het Métro-station?'

'Je bent al te laat voor je werk. Ik vind het wel.'

Ze staren elkaar aan. Ze verplaatst haar gewicht van de ene op de andere voet, haar handtas voor haar bungelend. Fabien weet niet meer wat hij wilde zeggen. Hij zet zijn helm af en wrijft over zijn haar.

'Nou ja,' zegt ze.

Hij wacht af.

'Ik moet mijn koffer maar gaan halen. Als die er nog staat.' Ze slaat het hengsel van haar tas om haar hand.

'Komt het wel goed? Met die Pete? Wil je niet dat ik even met je meega?'

'O, om hém maak ik me geen zorgen, hoor.' Ze trekt haar neus op, alsof hij er totaal niet toe doet. Hij wil er een kus op geven.

En dan kan hij zich niet meer inhouden. 'En, Nell-uit-Engeland… zie ik je nog eens?'

'Ik weet het niet, Fabien-uit-Parijs. We weten eigenlijk niet zo veel over elkaar. We hebben misschien helemaal niets gemeen. En we wonen niet in hetzelfde land.'

'Dat klopt allemaal.'

'Plus, we hebben één perfecte nacht gehad in Parijs. Het zou jammer zijn om dat te bederven.'

'Ook waar.'

'En jij hebt het heel druk. Je hebt een baan, en je moet nog een heel boek schrijven. En dat moet je echt doen. En snel ook. Ik ben zo benieuwd wat er verder met dat meisje gebeurt.'

Er is iets met haar gezicht gebeurd, een subtiele verandering. Ze ziet er ontspannen uit, gelukkig, vol zelfvertrouwen. Hij is verbaasd over hoeveel er kan veranderen in vierentwintig uur. Wist hij maar wat hij tegen haar moet zeggen. Hij schopt tegen de stoep, en vraagt zich af hoe het mogelijk is dat een man die zich erop laat voorstaan dat hij zo goed met woorden is, niet één woord kan bedenken. Ze kijkt achterom naar het hotel.

'O ja.' Ze steekt haar hand in haar tas en haalt haar notitieboekje tevoorschijn. 'Hier. Voor je research. Ik geloof niet dat ik het nog nodig heb.'

Hij kijkt ernaar en stopt het dan behoedzaam in zijn jasje. Ze geeft hem nog een kus, met een hand tegen zijn wang.

'Dus… tot ziens, Fabien,' zegt ze terwijl ze naar achter stapt.

'Ja, tot ziens, Nell.'

Ze staan tegenover elkaar op de stille stoep, en dan, als ze echt niet meer zo kunnen blijven staan, zet hij zijn helm weer op. Met een ronkende motor en een zwaaigebaar rijdt hij weg, in de richting van de Rue de Rivoli.

# 14

Nell glimlacht nog steeds als ze het hotel in loopt. Marianne, de receptioniste, zit nog achter haar glimmende balie. Ze vraagt zich af of Marianne überhaupt naar huis is geweest, of dat ze soms hier slaapt, rechtop achter het bureau, zoals giraffen dat ook doen. Ze beseft dat ze zich eigenlijk zou moeten generen, om zo in de jurk van gisteravond terug te komen, maar ze kan alleen maar lachen.

'Goedemorgen, mademoiselle.'

'Goedemorgen.'

'Ik neem aan dat u een fijne avond hebt gehad?'

'Geweldig,' zegt ze. 'Dank. Parijs is… zo veel leuker dan ik me ooit had voorgesteld.'

Marianne knikt bij zichzelf en kijkt Nell aan met een klein grijnslachje. 'Het doet me veel plezier dat te horen.'

Nell haalt diep adem en kijkt naar de trap. Hier ziet ze tegen op. Want ondanks al haar stoere praat tegen Fabien zit ze niet te wachten op Pete's beschuldigingen, of zijn woede. Ze heeft zich stiekem afgevraagd of hij soms iets verschrikkelijks met haar koffer heeft gedaan. Hij leek haar er nooit de man naar om dat soort dingen te doen, maar je weet het nooit. Ze staat in de receptie en zet zich schrap om naar boven te gaan, naar kamer 42.

'Kan ik soms iets voor u doen, mademoiselle?'

Ze draait haar hoofd en glimlacht. 'O, nee. Ik – ik moet naar boven, om mijn vriend te spreken. Hij... hij zal wel een beetje boos zijn dat ik gisteravond niet met hem heb doorgebracht.'

'Het spijt me, maar hij is hier niet.'

'Nee?'

'Dat is een regel van het hotel. Toen u weg was, realiseerde ik me dat we niet iemand gebruik kunnen laten maken van een kamer als hij die niet zelf heeft geboekt. En de kamer stond op uw naam. Dus Louis heeft hem gevraagd te vertrekken.'

'Louis?'

Ze knikt in de richting van de portier, een kleerkast van een kerel. Hij duwt een kleine wagen vol met koffers voor zich uit. Als hij zijn naam hoort, salueert hij even.

'Dus hij heeft niet in mijn kamer geslapen?'

'Nee. We hebben hem naar de jeugdherberg gestuurd. Ik vrees dat hij niet zo blij was.'

'O!' Nells hand schiet voor haar mond. Ze doet haar best om niet te lachen.

'Mijn excuses, mademoiselle, als u hierdoor in de problemen komt. Maar hij was nu eenmaal niet degene die kamer heeft geboekt, en hij is hier ook niet samen met u aangekomen, dus... toen u eenmaal weg was... Het was een beveiligingskwestie.' Nell ziet dat de receptioniste ook haar best doet om haar gezicht in de plooi te houden. 'Een regel van het hotel.'

'Een regel van het hotel. Tja. Het is natuurlijk heel belangrijk dat men zich aan de regels houdt,' zegt Nell. 'Nou. Eh. Heel erg bedankt.'

'Uw sleutel.' De receptioniste geeft hem aan haar.

'Dankuwel.'

'Ik hoop dat u een plezierig verblijf hebt gehad.'

'O, absoluut.' Nell gaat voor haar staan en moet de neiging om de vrouw een knuffel te geven onderdrukken. 'Ontzettend bedankt. Ik vind dit een geweldig hotel.'

'Dat is heel fijn om te horen, mademoiselle,' zegt de receptioniste, en dan stort ze zich weer op haar werk.

Nell loopt langzaam de trap op. Ze heeft haar telefoon net weer aangezet en de berichtjes komen binnen met een ping, een voor een. De latere bestaan vooral uit hoofdletters en uitroeptekens. De meeste leest ze nauwelijks voor ze ze deletet. Het heeft geen zin om haar goede humeur te laten bederven.

Maar het laatste dat binnengekomen is, om tien uur vanochtend, is van Magda.

> Gaat alles wel goed? We zitten hier te snakken naar nieuws. Pete heeft Trish zo'n vreemde sms gestuurd gisteravond, en we snappen niet wat er aan de hand is.

Nell blijft voor de deur van kamer 42 staan, met haar sleutel in haar hand, en luistert naar de kerkklokken die door Parijs schallen, en naar het geluid van de Franse mensen die beneden bij de receptie met elkaar praten. Ze snuift de geur van boenwas en koffie en haar eigen viezige zaterdagavondkleren op. Zo blijft ze even staan met haar herinneringen, tot ze glimlacht van oor tot oor. En ze typt:

Dit was het beste weekend OOIT.

# Zes maanden later

Lilian draagt haar nieuwe, knalroze sportlegging, op één na haar favoriet. Ze loopt het pad af als een tikje mollige flamingo, met een brede glimlach op haar gezicht. Ze heeft inmiddels een hele stapel sportkleren, sinds ze naar de sportschool gaat, om de hoek bij het nieuwe huis. Nell pikt haar op als ze op weg naar haar werk gaat, en zet haar daar drie keer in de week af – een keer voor aquajogging, een keer voor een stretchklasje, en een keer voor bokstraining.

Als ze bij Nells auto is steekt ze haar hand op, met daarin een plastic container. 'Sorry, ik was m'n bekerhouder vergeten. We gaan vandaag kickboksen, had ik dat al gezegd?'

'Oké!' zegt Nell, die nog steeds een beetje moet wennen aan deze nieuwe versie van haar moeder.

'Nooit gedacht dat ik zo goed was in om me heen meppen,' zegt Lilian en ze trekt de stoelriem over haar borst. 'Luka zegt dat hij me bij de Thai-boksers indeelt als ik nog beter word.

Dat is helemaal pittig.' Ze kijkt haar dochter aan. 'En, heb je je reis naar Parijs nou al geboekt?'

'Nee. Hé, had ik al verteld dat ik een gesprek heb over die promotie?' Nell draait de weg op. 'Dus duim maar voor me.' Ze begint alle voordelen van die nieuwe baan op te noemen, maar Lilian luistert niet.

'Ik snap niet dat je niet gewoon teruggaat,' zegt ze hoofdschuddend. 'Je leeft maar één keer.'

'Moet je horen wie het zegt! Jij had al hartkloppingen als ik op mijn fiets naar het postkantoor ging.'

Lilian klapt het spiegeltje bij de bijrijdersstoel neer en tuit haar lippen naar haar spiegelbeeld. 'Liefje, willen dat iemand veilig terugkomt is iets heel anders dan willen dat iemand helemaal nooit de deur uit gaat.'

Nell geeft richting aan en slaat linksaf. 'Ik kom genoeg buiten de deur. En volgens mij moeten sommige dingen gewoon een mooie herinnering zijn en blijven. Drie perfecte dagen in Parijs. Drie perfecte, romantische dagen. Als ik terug ga, dan zou dat –'

'Met zo'n mentaliteit krijg je natuurlijk nooit een man in bed.'

Nell trapt de rem in. Ze draait zich half om en kijkt haar moeder aan.

'Wat is er nou?' vraagt Lilian. 'Jouw generatie heeft de seks niet uitgevonden, hoor. Je bent jong! Alles is nog pront! Je past nog in piepklein ondergoed! En Meneer de Fransoos klinkt geweldig. Beter dan die lapzwans van een Pete Welsh.' Ze denkt even na. 'Maar ja, zelfs die halve seriemoordenaar van Cheryl klonk nog beter dan Pete Welsh. Kijk nou, je houdt het verkeer op. Rij eens door!'

Als ze bij de sportschool zijn, parkeert Nell de auto vlak bij de ingang en wacht tot haar moeder haar sporttas van de vloer heeft gepakt.

'Ik bel je vanavond,' zegt Nell.

'Denk er nou maar eens over na.'

Lilian stapt uit de auto. Ze leunt nog even naar binnen door het open portier, en kijkt ineens lief maar serieus.

'Nell – ik wil je iets zeggen. Vlak nadat je vader overleed, ben ik in overwinterstand gegaan, dat weet ik wel. Ik zat gewoon... ik weet niet, ik zat vastgeroest... en voor je het weet wordt vastgeroest zitten een gewoonte. Toen jij maanden geleden terugkwam uit Parijs was je zo anders, zo stralend en zo vol leven dat ik dacht: mensenkinderen, je leeft écht maar een keer. Eén keer! Dus word niet zoals ik, liefje. Verspil niet tien jaar van je leven met piekeren over wat er allemaal mis zou kunnen gaan. We hebben geen tijd te verliezen...'

De tranen staan ineens in Nells ogen, tot Lilian zegt: 'Bovendien zijn je eierstokken niet eeuwig houdbaar. Het is net als met perziken uit de supermarkt die thuis nog moeten narijpen. Het ene moment zijn ze keihard, en dan ineens zijn ze helemaal gerimpeld en alleen nog maar geschikt voor de composthoop. Dat zou ik ook meenemen in mijn overwegingen, als ik jou–'

'Ik moet gaan, mam,' zegt Nell.

'Denk er maar eens over na, liefje!' roept Lilian als ze het portier dichtdoet. 'Ik hou van je!'

Op dinsdag spreekt Nell altijd met de meiden af in het park, voor de lunch. Het is wel een tikje fris, aangezien het nog maar begin april is, maar ze zitten graag aan een van de picknicktafels en proberen de lente ertoe te verleiden om door te breken door hun boterhammen buiten op te eten.

'Gaan we vanavond nog naar de Texas Grill?' vraagt Magda. Ze heeft een kater en heeft haar broodje eiersalade opzijgeschoven. Haar ogen volgen een gespierde jongen die zijn hond aan het uitlaten is.

'Ik weet het niet,' zegt Nell. 'Ik zat te denken om eens iets anders te doen.'

'Maar het is dinsdag,' zegt Magda.

'Nou en? Wisten jullie dat er een gratis concert is bij de arena?'

'Een concert?'

'Een of ander orkest uit Oostenrijk. Ze spelen er voor niks. Dus daar zouden we eerst naartoe kunnen gaan, en dan na afloop ergens een biertje doen? Weleens leuk om een keer iets anders te doen. Om onze horizon eens wat te verbreden.'

Magda en Sue wisselen een blik.

'Eh... oké,' zegt Magda, en ze zet haar kraag op.

'Maar op dinsdag is het altijd twee-voor-prijs-van-een spareribs eten bij de Texas Grill,' zegt Sue.

'Ooo. En hun barbecuesaus is zo lekker,' zegt Trish.

'Shit, ja,' zegt Magda en ze kijkt achter zich om te kijken of de rij bij de koffiekiosk al wat kleiner is. 'Laten we dat concertgedoe een ander keertje doen.'

Die middag staat Nell bij het kopieerapparaat om de handouts voor de presentatie van die middag te maken als haar baas langs loopt. Hij vertraagt zijn pas en neigt zijn hoofd haar kant op. 'Formeel mag ik er nog niks over zeggen, Nell, maar op vrijdag wordt het officieel medegedeeld.' Hij tikt tegen zijn neus. 'Een organisatie moet in balans zijn, en we zijn het er allemaal over eens dat jij een veilig tegenwicht bent voor de wat meer... onvoorspelbare elementen binnen dit bedrijf, snap je?'

'Dank u wel, meneer.'

'Het is een zware verantwoordelijkheid,' zegt hij als hij weer rechtop haar staan. 'Ik denk zo dat je wel wat tijd nodig zult hebben om de voor- en nadelen tegen elkaar af te wegen.'

Die woorden voelen als een klap. Nell staart hem aan. Hij steekt zijn hand uit om de hare te kunnen schudden, en als dat is gebeurd, draait hij zich om en loopt weg.

Nell staat daar en allerlei gedachten schieten door haar hoofd terwijl de kopietjes slap in haar hand hangen.

Een paar minuten later zit ze weer achter haar bureau. Ze kijkt even achter zich, een beetje stiekem, opent dan haar browser en typt: BOOTTOCHTEN PARIJS. Ze loopt de hele lijst langs, tot ze vindt wat ze zoekt: LA ROSE DE PARIS BOOTTOCHTEN. Ze leunt wat dichter naar het scherm toe, klikt op de link, en staart naar de beelden die verschijnen.

> Maak van uw reis naar de Lichtstad een symbool van uw liefde. Geniet van een intieme tocht-voor-twee over de meest romantische rivier ter wereld. We bieden u een culinaire picknick en onze kennis van de allermooiste plekjes die Parijs te bieden heeft – u hoeft alleen uw geliefde maar mee te nemen!

Het is een eenvoudige site met een simpele zwart-witte achtergrond. Op de foto ziet ze Fabien met zijn arm om zijn glimlachende vader. Nell glimlacht en staart er even melancholiek naar.

NU TE RESERVEREN VOOR SEPTEMBER! BEPERKT PLEK WEGENS GROTE VRAAG.

Ze springt op als de secretaresse van meneer Nilson ineens achter haar staat.
'Ze zijn klaar voor je, Nell,' zegt ze. 'O, dat ziet er leuk uit! Ga je op vakantie?'

Nell staat voor haar PowerPointpresentatie en rondt haar praatje af. Voor haar staan tweeëntwintig afstudeerders, van wie de meeste haar gespannen aan kijken, zonder al te vaak op hun telefoon te kijken. 'Dus, samenvattend,' zegt ze met haar handen ineengeslagen, 'risicomanagement speelt binnen een organisatie een cruciale rol bij het begrijpen en beheersen van risico's om zo problemen te kunnen voorkomen en optimaal gebruik te kunnen maken van de kansen die de markt biedt... Bedankt voor jullie aandacht. En veel plezier tijdens de rondleiding door de fabriek!'

Haar glimlach zit vastgebakken en ze maakt aanstalten om weg te lopen. Maar er is iets aan die hoopvolle gezichten, die jonge koppies, en ze denkt aan het feit dat ze deze toespraak al vierenhalf jaar elke maand een keer geeft. Ze steekt een vinger op.

'Wacht, laat ik het anders formuleren. Tuurlijk, ik hoop dat jullie veel plezier in de fabriek hebben als dat echt je ding is. Maar dit is het moment waarop je echt heel goed moet nadenken of dit voor jou het juiste pad is. Er zijn veel andere mogelijkheden. En dan bedoel ik ook echt heel veel. Wil je serieus de ladder in het zakenleven op terwijl jullie nog maar… hoe oud zijn jullie, eenentwintig, tweeëntwintig, zijn? Hebben jullie echt zin om hier elke dag stipt om halfnegen je jasje over je stoel te hangen en te moeten rennen om snel een kopje koffie te halen en elke dag dezelfde vervloekte boterhammen te eten? Volkorenbrood met ham! Roomkaas! Terwijl je roomkaas niet eens lekker vindt? Horen jullie niet ergens op een bar te dansen, op onmogelijke schoenen nieuwe plekken te verkennen, en dingen te eten die je een beetje eng vindt?' Ze scant de zaal. 'Wie van jullie heeft weleens op een bar gedanst?'

De afstudeerders kijken om zich heen. Er gaan twee handen voorzichtig de lucht in.

'Heel goed!' Nell applaudisseert voor hen. 'Dus denk heel goed na – hebben jullie echt zin om de mooiste jaren van je leven hokjes af te vinken in een of andere fabriek? Serieus?'

Ze kijkt naar de verblufte gezichten. Dan draait ze zich om en ziet meneer Nilson staan, wiens mond een beetje openhangt, en ze herstelt zich.

'Als het antwoord ja is, dan is dat geweldig! Vul dan alsjeblieft het sollicitatieformulier in dat je bij de uitgang krijgt. En… eh… vergeet niet om je veiligheidshelm op te zetten!'

Nell stormt de zaal uit, en denkt koortsachtig na. Als ze bij haar bureau komt, staan er twee collega's op haar te wachten. Ze stoppen met praten als ze binnenkomt.

'Zeg, ik hoor dat jij die promotie krijgt, Nell. Gefeliciteerd.'

'Klopt,' zegt Nell, terwijl ze haar spullen van haar bureau pakt. 'Maar ik sla hem af.'

'Hoezo dan?' zegt Rob. 'Staat het woord "bedrijfsveiligheid" niet in de functietitel?'

'Nee, ze gaat er eerst eens even heel grondig over nadenken, natuurlijk.'

De twee mannen lachen alsof ze dat een ontzettend goeie bak vinden. Nell wacht tot ze uitgelachen zijn.

'Nee,' zegt ze, 'ik heb besloten om naar Parijs te vertrekken en woeste seks te hebben met een ober die ik daar tegen het lijf ben gelopen. Net als de vorige keer dat ik daar was. Fijne dag verder, heren.'

Ze glimlacht liefjes, drukt de doos met spullen tegen haar borst en rent half richting uitgang, met haar telefoon tegen haar kin geklemd.

'Mam?' zegt ze. 'Als je dit hoort, kom dan naar het reisbureau. Het reisbureau tegenover mijn kantoor, bedoel ik.'

Clément en Fabien dragen de mand vanaf Fabiens brommer naar de boot, en zetten hem voorzichtig op de voorplecht. Het is een wolkeloze, frisse dag, en het zonlicht wordt door het water weerkaatst en lijkt zich te verontschuldigen voor haar afwezigheid tijdens die lange wintermaanden.

'Heb je de rozen?' vraagt Fabien aan zijn vader.

'Heb ik,' zegt Clément terwijl hij de reddingsvesten controleert. 'Maar ik weet niet of we die vandaag wel moeten neerleggen.'

'Hoezo niet? O, wat ruiken die *tartines* lekker. Goed gedaan, papa.'

'Die komen van Émile. Volgens mij krijgen we vandaag een stel lesbiennes. Dus misschien zijn rozen dan te traditioneel. Misschien willen die wel iets… moderners?'

'Rozen passen niet bij lesbiennes?' Fabien duikt weg als zijn vader hem wil meppen met een reddingsvest.

'Spot jij maar, Fabien,' zegt Clément, 'maar het zit hem juist in de kleine dingen.'

'Het is een boottocht met *La Rose de Paris*, papa. Dus daar horen rozen bij. Oké, ik ga. Ik zie je om vier uur. Hoop dat het goed gaat!'

Terwijl zijn zoon op zijn brommer stapt, kijkt Clément hem na en denkt over rozen.

Nell loopt met haar moeder naar het kleine hokje waar *La Rose de Paris* ligt aangemeerd. Nell bestudeert haar telefoon, kijkt dan op en glimlacht. 'Daar is ze! Vind je haar niet prachtig?'

'O,' zegt Lilian, 'dit is echt te schattig.'

Als ze naar de kade lopen, komt Clément op hen af, met uitgestrekte hand. 'Mesdames? Een hele goede middag. Mijn naam is Clément Thibauld. Mag ik u welkom heten aan boord van onze boot. Ik hoop dat u tot nu toe een aangenaam verblijf hebt gehad in Parijs?' Hij helpt Lilian aan boord, en steekt dan zijn hand uit naar Nell, die naar de kiosk aan het turen is.

'Vandaag ga ik jullie de mooiste plekken van Parijs laten zien. De zon schijnt, en u zult gegarandeerd verliefd worden op deze stad en nooit meer naar huis willen. Mag ik u een glas champagne aanbieden?' Nell kijkt bedenkelijk, omdat haar moeder tot vier uur 's nachts heeft zitten pimpelen met Louis, de portier, maar Lilian neemt het drankje juist verrukt aan.

'Wat heerlijk! Ik vind het nu al geweldig!'

Nell staart om zich heen. Ze blijft staan terwijl haar moeder van de champagne drinkt, en scant de mensen boven langs de kade, op zoek naar een bekend gezicht.

'Kan ik u soms helpen, mademoiselle?' vraagt Clément, die naast haar komt staan.

'O. Nee,' zegt Nell. 'Het is alleen... op uw website – u werkt toch... met zijn tweeën?'

'Ah, u bedoelt mijn zoon. Die werkt vandaag niet. Maar ik kan u verzekeren dat ik een heel leven lang ervaring heb en de allermooiste plekjes van Parijs ken. U zult niet teleurgesteld zijn. Kijkt u eens –'

Nell probeert te glimlachen als hij haar ook een glas geeft. Dan buigt hij en schenkt Lilian overdreven beleefd een roos. Ze houdt hem op, ruikt eraan, en verklaart dat ze hem schitterend vindt.

'U houdt van rozen?' vraagt Clément.

'Maar natuurlijk!' zegt Lilian. 'Wie houdt er nou niet van rozen?'

'Ach... je weet nooit. Fijn. Als u er allebei klaar voor bent, gaan we vertrekken.'

Nell en haar moeder luisteren naar Cléments uitleg over wat ze allemaal langs de Seine zien, en over het menu dat hij heeft bereid, en zijn opmerkingen over de ongewone rust op de rivier. Lilian drinkt nog twee glazen champagne en is al snel heel giechelig. Nell doet alsof ze luistert, maar haar aandacht dwaalt steeds af naar de wal, alsof zijn gezicht daar alsnog zou kunnen verschijnen. Lilian leunt naar haar toe.

'Je kunt toch ook naar dat café gaan? Daar zal hij wel zijn.'

'Misschien,' zegt Nell en ze kijkt naar haar handen.

'Misschien? Je kunt nu niet meer terug, hoor.'

Nell neemt een slok van haar champagne. 'Hij heeft nooit contact gezocht, mama. Waarschijnlijk heeft hij inmiddels een andere vriendin. Of hij is weer terug bij zijn ex.'

'Dan zeg je hem toch alleen gedag en dat je het leuk vindt hem weer eens te zien. En dan zoek je gewoon een andere knappe ober om leuke dingen mee te doen.' Lilian schiet in de lach als ze Nells geschokte gezicht ziet. 'Ach, kom op. We zijn in Parijs, liefje. Als je meer dan honderd kilometer van huis bent, telt dat allemaal niet. Woohoo! Die champagne stijgt me een beetje naar het hoofd.'

Een halfuur later ligt Nells moeder zachtjes te snurken tegen Nells schouder. Nell kijkt weemoedig uit over de rivier terwijl Cléments boot over het water aan de voet van de Notre Dame glijdt.

'En in 1931 heeft een vrouw zich daar bij het altaar van het leven beroofd met het pistool van haar minnaar –' Hij draait zich om. 'Gaat het wel goed met uw vriendin?' vraagt hij.

'O, mijn moeder is een beetje overenthousiast geweest, en nu is ze moe. Ze moet nog wennen aan het snelle leven.'

'Uw moeder?'

'Ja. Ik had beloofd haar mee te nemen op deze boot. Het is een lang verhaal.'

Clément houdt zijn hoofd schuin. 'Mademoiselle, ik ben een en al oor.'

Nell aarzelt, en vraagt zich af hoeveel ze hem kan vertellen. Het lijkt haar ineens allemaal zo belachelijk – dat ene weekend, haar aanhoudende verliefdheid, het feit dat ze zich veertig keer per dag moet inhouden om geen mail naar de website te sturen om te vragen of ze hem nog eens zou kunnen zien. De drie dagen van toen voelen nu als een soort droom, alsof ze het zich allemaal maar verbeeld heeft.

'Tja,' zegt ze als Clément duidelijk nog steeds zit te wachten op haar verhaal. 'Zes maanden geleden was ik hier ook. Op deze boot. En toen ben ik verliefd geworden op... O, wat klinkt dat stom als je het hardop zegt. Maar het was zo'n weekend waardoor... waardoor ik echt een ander mens ben geworden.'

Clément staart haar aan. Ze vraagt zich af of ze er even dom uitziet als ze zich voelt.

'Mag ik vragen hoe u heet, mademoiselle?'

'Nell.'

'Maar natuurlijk. Nell... Een momentje, alstublieft.'

Clément loopt naar de voorplecht en haalt zijn telefoon uit zijn zak. Nell voelt zich opgelaten dat ze het hem heeft verteld. Ze kijkt naar haar moeder die nog steeds met open mond ligt te snurken op het kussen van het bankje, en ze schudt haar voorzichtig bij de schouder. Er gebeurt niks.

'Mam? Mama? Word eens wakker. We zijn er bijna.'

'We zijn er nog lang niet!' zegt Clément, die naast haar komt

staan. 'Hoe komt u erbij dat we er bijna zijn? We doen nog een rondje!'
 'Maar op uw website stond –'
 'Op de website staat dat u in Parijs bent. En het is een veel te mooie dag om over straat te zwalken. Heb ik u de Pont Neuf al laten zien? Die moet u echt eens van dichtbij bekijken…'

In het kleine café in de Rue des Bastides is Fabien net klaar met zijn werk. Hij is bezig zijn voorschoot aan het haakje te hangen als zijn telefoon geluid maakt. Hij kijkt op het schermpje en schudt dan zijn hoofd.
 'Ga je echt je telefoon het hele weekend uitzetten?' vraagt Émile, die een schoon T-shirt aantrekt.
 'Anders krijg ik het nooit af. De redacteur heeft de nieuwe versie uiterlijk maandag nodig.'
 Émile laat het schone shirt over zijn borst glijden, en kijkt lachend naar een vrouw die voor het raam van het restaurant staat en even schrikt van zijn blote torso. Dan lacht ze terug, schudt haar hoofd, en loopt door.
 'En als je het dan maandag hebt ingeleverd rijden we naar Le Sud, hè?'
 'Ja! Ik ben helemaal klaar met staren naar mijn computerscherm.'
 Dan begint Fabiens telefoon weer te rinkelen in zijn broekzak.
 'Moet je niet je berichten bekijken?'
 'Het is mijn vader. Die maakt zich druk over kleine dingen. Welke bloemen bij welke mensen passen, en zo.'

Émile geeft hem een klap op de schouder. 'Oké, man. *Bonne chance.* Ik zie je als je weer boven water komt!' Ze geven elkaar een broederlijke knuffel, en Émile doet een stap naar achteren om hem eens goed te bekijken.

'Hé, ouwe gek. Ik ben trots op je! Mijn beste vriend gaat een boek uitgeven!'

Fabien kijkt hem na, en dan begint zijn telefoon alweer te rinkelen. Hij zucht en probeert hem te negeren, maar als hij, drie, vier, vijf keer overgaat pakt hij hem en kijkt geïrriteerd op het schermpje. Dan rent hij naar buiten en stapt gehaast op zijn brommer.

Clément praat zo vlug dat Nell nauwelijks begrijpt wat hij zegt vanwege zijn vette Franse accent. Ze is in de war, en eerlijk gezegd ook een beetje bezorgd. Ze hebben het rondje nu twee keer gevaren, en hij maakt nog steeds geen aanstalten om weer aan te meren. Naast haar ligt Lilian nog steeds zachtjes te ronken.

'En dan komen we nu bij de Pont des Arts. U ziet dat veel van de hangslotjes inmiddels zijn weggehaald. Dat komt door –'

'Meneer Thibauld?' Nell leunt voorover en verheft haar stem een beetje om over het geluid van de motor heen te komen. 'Het is echt ontzettend aardig van u, maar u hebt ons dit verhaal net ook al verteld.'

'Maar heb ik toen ook de namen genoemd van alle ambtenaren die hierbij betrokken waren? Dat is namelijk heel belangrijk voor het verhaal.' Hij doet vreemd, bijna manisch. Voor het eerst voelt Nell zich niet zo op haar gemak.

'Luister, mijn moeder moet echt weer terug naar het hotel. Ze heeft koffie nodig.'

Clément loopt naar hen toe. 'Maar ik heb koffie! Wilt u niet nog een stukje van de taart? Laat me nog een stuk voor u afsnijden. Wist u dat Parijs de beste patissiers heeft van de hele –'

Net als ze zich afvraagt of er soms een reddingsvlotje op de boot is waar ze op kan springen, hoort ze een fluitje. Nell kijkt omhoog en ze kan haar ogen nauwelijks geloven. Want daar, op de brug, staat Fabien.

'Hemelzijdank,' zegt de oude man zwakjes, en hij gaat zitten.

'Nell?' roept Fabien. Hij zwaait met één arm, in een enorme boog.

'Fabien?' Turend houdt ze een hand boven haar ogen.

Als Clément *La Rose de Paris* naar het looppad stuurt, rent Fabien de brug over. Zijn lange benen schieten over de stoep. Hij springt soepel over de reling, en als de boot bijna stilligt, stapt hij aan boord en daar staat haar voor haar.

Clement kijkt naar zijn zoon, naar diens enorme glimlach. 'Ik zal wat koffie zetten voor mevrouw,' zegt hij zachtjes.

Nell staart Fabien aan. Daar is hij, de man die door haar dromen wandelde, tegenover haar zat, haar vasthield, met haar lachte. En toch is hij totaal iemand anders. Ze begroeten elkaar schutterig, en lachen verlegen.

'Je bent het echt!'

'Ik ben het echt.'

'Het – ik kon het niet geloven toen mijn vader het vertelde. Kijk, ik... ik heb iets meegebracht dat ik je wilde laten zien.' Hij haalt een gebonden manuscript uit zijn jaszak. De pagina's zijn een beetje smoezelig langs de randen. Nell neemt het van hem aan en leest de titel.

'*Un Week-end à Paris. Een weekend in Parijs.*'

'Het wordt ook uitgegeven in het Engels. Naast het Frans, natuurlijk. Ik heb een uitgever en een agent en alles. En ze willen nog een tweede boek ook.'

Ze bladert het boek door en hoort de trots in zijn stem terwijl ze verwonderd naar al die woorden op de pagina's kijkt.

'Het gaat over… een meisje dat per ongeluk helemaal alleen in Parijs belandt. Maar ze blijft niet lang alleen.'

'En dit is…' Nell kijkt naar een van de bladzijden.

'Dat is een lijstje met voors en tegens.'

Nell knikt bij zichzelf. 'Leuk.'

Uiteindelijk klapt ze het manuscript dicht. 'En… hoe gaat het verder met je? Heb je… Sandrine nog gezien?'

Fabien knikt. Nell doet haar best om haar teleurstelling niet te laten blijken. Natuurlijk heeft hij haar weer gezien. Wie zou er ook wegblijven bij een man als Fabien?

'Ze kwam een paar weken geleden bij me langs om een armband op te halen. Ze kon niet geloven hoe ik veranderd was – met het boek, en de website en zo…'

Fabien kijkt naar zijn schoenen.

'Maar ik keek naar haar en het enige wat ik voelde was… een soort druk. De druk van alles wat ze van me verwachtte. Zoiets als die hangslotjes, weet je wel? En toen jij kwam, Nell, toen was het…'

Hij kijkt op en hun blikken ontmoeten elkaar.

'*Bouf?*' zegt Nell.

Hij houdt haar blik vast en begint dan op zijn zakken te kloppen. 'Ik... ik wilde je nog iets anders laten zien.'

Nell kijkt achterom naar haar moeder, die eindelijk wakker wordt op het bankje, in haar ogen wrijft en knippert tegen het zonlicht. 'Wat is er allemaal aan de hand?' zegt ze wazig.

'Mijn zoon is op zoek naar zijn *cojones*,' zegt Clément verrukt.

'Stonden die ook op het menu?' vraagt Lilian. 'Na de terrine heb ik het allemaal niet meer zo meegekregen.'

Fabien steekt zijn hand in zijn broekzak en overhandigt Nell een ticket. Ze kijkt er eens goed naar en realiseert zich met een schok wat ze vasthoudt.

'Was je van plan om naar Engeland te komen?'

'Ik wilde je verrassen. Ik wilde je laten zien dat ik tegenwoordig echt dingen doe. Dat ik dingen voor elkaar krijg. En ik wilde je zeggen – dat ik alle fases door ben. Nell, ik weet wel dat we elkaar nauwelijks kennen, en ik weet ook dat jij zei dat het alles maar zou verpesten, maar... Ik heb zoveel aan jou gedacht... En ik geloof helemaal niet dat je een vergissing was. Ik geloof dat je het beste was dat me ooit is overkomen.'

Hij steekt zijn hand uit en ze pakt hem. Ze staart even naar hun verstrengelde vingers en probeert haar krankzinnig brede glimlach in toom te houden. En dan stappen ze ineens een beetje ongemakkelijk naar elkaar toe, en omhelzen elkaar. En dan nog eens, wat langer, dit keer. En dan – omdat ze zich niet langer kunnen beheersen na al die tijd uit elkaar te zijn geweest – kussen ze elkaar. Het duurt zo lang dat het Nell uiteindelijk niet eens meer uitmaakt wie er allemaal staat te kijken; zo lang dat ze vergeet om adem te halen, dat ze er volkomen in opgaat, dat alles verder een waas wordt en dat de geluiden van Parijs en het gevoel van Fabien en de lucht en de geuren in de lucht op de een of andere manier allemaal deel van haar worden. Zo lang dat haar moeder uiteindelijk nadrukkelijk haar keel begint te schrapen.

'Zeg,' zegt Nell als ze zich met tegenzin van elkaar losmaken. 'Dat boek van jou. Je hebt nog helemaal niet verteld hoe dat eindigt.'

Fabien gaat op het bankje naast haar zitten. 'Ik geloof dat in de beste verhalen de personages zelf beslissen hoe het afloopt. Vooral als het heel impulsieve personages zijn.'

Nell kijkt naar de glimmende hangslotjes aan de brug, naar haar moeder, die koffiedrinkt met meneer Thibauld. Ze draait zich om, zodat ze uitkijkt over de Seine die zachtjes ligt te glinsteren in het vroege avondlicht. 'Nou ja,' zegt ze, 'zelf vind ik het altijd fijn als een verhaal goed afloopt…'

# Zo getwitterd, zo gedaan

'Ik heb een probleem,' zei de man.

'Iedereen die hier komt heeft een probleem,' zei Frank.

De man slikte. 'Het gaat om een vrouw.'

'Dat is meestal zo.'

'Ze... ze beweert dat we een affaire hebben gehad.'

Frank leunde achterover in zijn stoel en drukte zijn vingertoppen tegen elkaar. Sinds zijn vorige secretaresse zei dat hij er dan altijd zo intelligent uitzag, mocht hij dat graag doen. 'Ja. Dat doen ze wel vaker.'

Ik zat in de hoek en mijn blik schoot heen en weer tussen mijn koffie en de huid van de man om te kijken welke van de twee bruiner was. Hij was bruiner dan Werther's Echte. Bruiner dan de gemiddelde voetbalvrouw. Dit was ochtendtelevisiebruin. En toen besefte ik wie het was.

'Maar ik heb helemaal geen affaire gehad, potdomme!' Declan Travis, de voormalige presentator van *Rise and Shine!*, keek eerst Frank aan en toen mij. 'Écht niet. Ik zweer het.'

Frank knikte. Dat deed hij in dit stadium meestal. Het was een knikje waarmee hij instemming liet doorschemeren maar tegelijk duidelijk maakte dat de waarheid nu misschien niet ter zake deed. Niemand kwam naar Frank Digger Associates als hij niet iets te verbergen had.

'Wat wilt u dat wij voor u doen, meneer Travis?'

'Luister, ik hou van mijn gezin. Mijn hele reputatie is gebouwd op mijn degelijke imago. En momenteel zit ik in een heel gevoelige fase wat mijn carrière betreft. Reputatiemanagement is uw tak van sport. Nou, u moet er dus voor zorgen dat dit stopt. De kranten mogen hier geen lucht van krijgen.'

Frank draaide zich langzaam om naar mij en trok een wenkbrauw op.

'Over de kranten zou ik me dan nog niet eens zo veel zorgen maken,' zei ik.

'Bella is onze huisnerd. Pardon – onze *digital manager*,' verklaarde Frank.

'Tegenwoordig is reputatie een zaak van de onlinemedia. Dood door duizend pixels. De wereld is nu eenmaal veranderd.'

Declan Travis keek me verbluft aan. Hij had gedacht dat ik de secretaresse was. 'Oké, meneer Travis,' zei ik terwijl ik mijn laptop openklapte. 'U moet me alles over deze vrouw vertellen wat u weet. E-mailadres, Twitter-naam, Facebook-profiel, Snapchat, WhatsApp – alles.' Hij keek me aan alsof ik Pools sprak. Dat deden ze bijna allemaal.

Volgens Travis was het een paar weken eerder begonnen. Zijn puberzoon, die graag met computers mocht klooien, zoals hij het uitdrukte, had zomaar zijn vader gegoogeld en was toen op een jongedame gestuit die van alles te melden had. Haar Twitter-naam was @Blond_Becca. Haar profielfoto bestond uit twee blauwe ogen en een pony die lang in de waterstofperoxide had gehangen. Er was nergens een duidelijke foto van haar te vinden. Ik scrolde terug in haar tweets.

> Declan Travis: niet zo'n gezinsman als hij zich voordoet.

> Ik ben twee jaar lang Declans minnares geweest. Waarom gelooft niemand me?

> Hij doet alsof hij zo gek is op zijn gezin, maar hij is een vieze, leugenachtige seksmaniak. Hij heeft me gebruikt en mijn leven verpest.

'Wat denk je?' Frank kwam achter me staan en staarde naar mijn scherm.

Ik fronste. 'Moeilijk te zeggen zolang we haar echte naam niet kennen. Ik ga contact met haar zoeken, kijken of ik erachter kan komen wat er aan de hand is. En daarna kan ik kijken wat ik kan doen om haar in diskrediet te brengen.'

Frank kneep zijn ogen tot spleetjes en veegde de chipskruimels van mijn scherm. 'Wat denken we, is het waar wat ze zegt?'

Ik staarde naar @Blond_Becca's Twitter-feed. Ze was een vastberaden type. 'Ik weet in elk geval niet zeker of het waar is wat híj zegt.'

Ik maakte een nieuw Twitter-account aan onder de naam Alexis Carrington. Die naam gebruik ik graag: mensen die jong genoeg zijn om veel tijd op social media door te brengen weten niet wie dat was. Vervolgens schreef ik:

> Waarom zouden we jou geloven?

Ze reageerde binnen een paar minuten.

> Waarom zou ik liegen? Hij is al twee jaar niet meer op tv, en hij is minstens twintig jaar ouder dan ik!

Daar had ze een punt.

> Wat is dan je bedoeling? Wraak? Waarom verkoop je je verhaal dan niet meteen aan de roddelpers? Levert je minstens 20.000 op.

> Ik hoef geen geld. Ik wil alleen dat de waarheid bekend wordt. Hij heeft me verleid, allerlei beloftes gedaan, en me gedumpt. Hij is een huf

Het bericht werd afgekapt op 140 tekens, maar ik begreep wel wat ze wilde zeggen.

Ze had dertienduizend volgers. Ik had de Analytics al bekeken: vijf dagen geleden waren het er nog maar zesduizend.

'Geen goed nieuws,' zei ik tegen Frank. 'Ze wil geen geld.'
'Ze willen allemaal geld.'

'Deze niet. Ik zei dat ze makkelijk twintigduizend zou kunnen verdienen, maar ze was niet geïnteresseerd.'

Hij vloekte zachtjes. 'Dan is dit dus een echte. Laten we maar eens kijken of we van haar af kunnen komen. Zo niet, dan moeten we opschalen.'

Travis belde die middag. Hij was door twee tabloids gebeld over de geruchten. De kranten waren dol op Twitter; door al die sterretjes die hun ruzies uitvochten in hun tweets was er eigenlijk altijd nieuws. Het enige wat zij hoefden te doen was er een kop boven zetten als DE RAADSELACHTIGE AFFAIRE VAN DECLAN TRAVIS, een stukje eronder knallen van vijfhonderd woorden en een foto van een of ander reality-tv-model met een afgeplakt gezicht.

'Ze staan voor mijn deur te posten!' schreeuwde hij in de hoorn. 'Mijn vrouw gaat helemaal uit haar plaat. Mijn kinderen praten niet meer tegen me. Volgens mijn agent is dit *killing* voor de onderhandelingen met ITV2. Jullie móeten iets doen.'

'We publiceren een statement,' zei ik sussend. 'We ontkennen alles, en dreigen om iedereen die het tegendeel beweert voor de rechter te slepen. En dan maken we jouw eigen Twitteraccount aan. Dat gebruiken we om positieve boodschappen de wereld in te helpen, en foto's van jou en je gezin. En we zijn al bezig om die "Becca" te pakken te krijgen. Maar meneer Travis –' Ik zweeg even. Niet omdat dit een moeilijk gesprek was, maar ik had net een zakje baconchips geopend en de geur was ronduit bedwelmend.

'Wat?'

'Weet u heel zeker dat u ons alles hebt verteld? Als u ons niet het hele verhaal vertelt kunnen wij dit gevecht niet voor u aangaan.'

Zijn stem klonk hinnikend. 'Ik lieg niet. Ik heb geen idee wie dat mens is. En ik heb ook geen idee waarom ze zo nodig mijn leven wil vergallen.'

Ik weet niet waarom ik het niet geloofde. Dit soort meisjes had je nu eenmaal, met hun hairextensions en paaldansschoenen, zo snakkend naar aandacht dat ze rustig zouden beweren dat ze het met de hele voetbalcompetitie hadden gedaan om twee weken in het nieuws te zijn, uit de kleren op de foto te mogen of mee te mogen doen aan een realityprogramma. Maar @Blond_Becca was anders. Ik was nog nooit iemand tegengekomen die iets had met 'de waarheid'. En daar werd ik nerveus van.

Tegen de avond had ze achtentwintigduizend volgers.

Ik stuurde haar een Direct Message. Ik typte:

> Ik ben een vriend van Declan. Ik geloof niet dat hij met je naar bed is geweest. Het is een goeie vent.

Het antwoord kwam al snel.

> Hij wil dat iedereen hem zo ziet. Ik heb bewijs.

Ik wachtte af.

*Op zijn linkerbil zit een litteken in de vorm van het hoofd van E.T.*

Toen ik Declan dat detail voorlegde, trok de kleur letterlijk weg uit zijn gezicht. 'Dat kan iedereen wel zijn,' sputterde hij. 'Mijn masseur, bijvoorbeeld. Of de vrouw bij wie ik mijn spray tan laat doen.'

En toen vertelde ik hem het andere ding dat ze me had verteld, en Franks wenkbrauwen schoten zo ongeveer zijn haargrens in, en hij zei dat het veel te vroeg was voor dat soort praatjes, Bella, genoeg hierover, en toen nam hij meneer Travis mee voor een stevige borrel.

Declan Travis werd een nachtmerrie voor Frank Digger Associates. Het verhaal stond de volgende dag in twee kranten. MR CLEAN VERWIKKELD IN RELATIEDRAMA, luidde de ene kop, BOZE ECHTGENOTE VERLAAT HUIZE TRAVIS. In het andere stuk hadden ze het over Dirty Declan, en drukten ze een aantal foto's af van zijn gloriemomenten uit zijn ontbijttelevisieverleden.

Op de meeste van die foto's stonden meisjes in bikini's.

'We hebben nog achtenveertig uur voor de serieuze kranten het ook oppikken,' zei Frank, en hij krabde zich op het hoofd. Die zouden dan komen met artikelen getiteld WAAROM HET ZO MOEILIJK IS VOOR MANNEN OM TROUW TE BLIJVEN. Ondertussen was Travis helemaal apathisch geworden. Hij kauwde op valiumtabletjes alsof het Smarties waren. Zijn agent belde veertien keer per dag. @Blond_Becca had inmiddels vierenvijftigduizend volgers. Ik was twee dagen bezig geweest fake

Twitter-accounts aan te maken waarin ik haar tegensprak. Frank keek me woedend aan. 'Het is code rood.'

'Gaat hij betalen?' vroeg ik.

'Maak je daar maar niet druk om,' zei Frank.

Ik belde Bizz. 'Ik moet een account opsporen,' fluisterde ik. 'Gebruikelijke voorwaarden.' Toen hij me drie uur later terugbelde noteerde ik snel het adres op mijn notitieblok. En toen leunde ik achterover en staarde naar wat ik zojuist had opgeschreven.

Ze was die middag online. Ik zat in de auto en klikte op de Twitter-app op mijn telefoon.

Hallo, Becca

Geloof je me nou eindelijk?

Ja. Ik geloof dat je met Declan Travis naar bed bent geweest. Zouden we het hier misschien verder over kunnen hebben?

Ik heb toch gezegd dat ik er niet mee naar de pers wil? Het maakt mij niet uit wat ze verder schrijven.

Ik wil het ook niet over de pers hebben. Kom eens naar mijn auto. Ik sta recht voor je deur geparkeerd.

Sally Travis was het soort van blondje dat ooit doorging voor 'kittig', en misschien zelfs 'sexy', maar dat zich nu beter liet omschrijven als 'goed geconserveerd en waarschijnlijk begeerd door de voorzitter van de golfclub'. Ze deed het portier van mijn auto open, wachtte tot ik de kruimels van de passagiersstoel af had geveegd, en ging zitten.

'Ik moest íets doen,' zei ze. Ze stak een sigaret op die ze tussen haar keurig gemanicuurde vingers hield en blies een grote, perfect ronde rookring uit. 'Hij heeft zijn beste tijd gehad. Hij heeft al zes maanden niks aangeboden gekregen, behalve dan een programma over probleemhuisdieren en een cover van een of ander antiekblad.'

'Weet hij dat jij hierachter zit?'

'Natuurlijk weet hij dat niet,' zei ze vermoeid. 'Hij is namelijk zo dom als het achtereind van een varken, die arme man. Als hij wist hoe het zat, had hij dat er weken geleden al ergens uitgeflapt. Ik dacht dat dit goed zou zijn om hem wat meer profiel te geven. Om hem weer... interessant te maken. Relevant, weet je wel.'

Ik staarde haar aan. 'Maar hij maakt zich hier echt heel erg veel zorgen over.'

Ze kneep haar ogen tot spleetjes. 'Je vindt me vast een draak. Maar kijk – zijn agent belde net. Alleen vanochtend al hebben we een interview aangeboden gekregen bij *Loose Women*, en twee exclusieve interviews met de zondagskranten. En het mooiste is nog wel dat de ontbijttelevisie weer contact heeft gezocht. En daar ligt zijn hart.'

Ze lachte even. 'Ach, ik weet best dat hij nu in de rats zit, maar ik zal het zelf wel aan de kinderen vertellen. En als hij eenmaal inziet wat het hem oplevert, dan weet ik zeker dat hij dolblij is.' Ze blies weer een perfecte ring rook het raampje uit. 'En trouwens, ik kan hem niet de hele dag om me heen hebben, Bella. Ik word stapelgek van die man.' Ze keek me aan. 'Wat kijk je nou?'

Een verdwaald chipje verkruimelde onder haar hoge hak.

'Je wilt zeker geen baan?' vroeg ik haar.

Om vier uur was ik terug op kantoor. Het was verschrikkelijk druk op de M3, maar het kon me niks schelen. Ik had meegezongen met een cd, twee zakjes chips met ketchupsmaak weggewerkt, en nagedacht over de subtiele complexiteit van een lang en gelukkig huwelijk. Dat onderwerp kwam ik in mijn werk niet vaak tegen.

Sally Travis en ik hadden nog een halfuur doorgekletst. We hadden afgesproken dat @Blond_Becca even plotseling van het toneel zou verdwijnen als ze was verschenen. Declan zou het nooit hoeven te weten. Niemand zou het hem in de schoenen kunnen schuiven, maar de geur van huwelijkse ondeugd zou hem gek genoeg geen windeieren leggen bij de huisvrouwen. En we zouden een artikel van vier pagina's laten publiceren in het volgende nummer van *OK!* – DECLAN EN SALLY TRAVIS: 'STERKER DAN OOIT NA TWINTIG JAAR HUWELIJK'. De huisvrouwen zouden het lezen uit medeleven met Sally. Hun mannen zouden het bekijken en licht jaloers zijn op die ouwe, die het nog altijd had. Ik belde met mijn contactpersoon bij het tijdschrift, en ze waren er meteen voor in. Het bedrag dat ze voor het artikel kregen dekte de rekening van Frank Digger Associates ruimschoots.

Ik liep zonder kloppen Franks kantoor in en ging op de leren bank zitten.

'Je kunt tegen Declan zeggen dat die Becca geen probleem meer is. Het enige wat hij hoeft te doen is rustig alle aanbiedingen afwachten.' Ik legde mijn voeten gekruist op zijn glazen salontafeltje met een bestudeerd soort nonchalance.

Het duurde even voor ik doorhad dat hij helemaal niet blij keek.

'Wat is er?'

'Heb je dan je radio niet aangehad?'

'Nee,' zei ik. 'Die doet het niet. Hoezo?'

Frank legde zijn hoofd in zijn handen. 'Ik kon hem niet tegenhouden.'

'Tegenhouden?' vroeg ik. 'Frank, ik begrijp het niet. Wat is er aan de hand?'

'Hij heeft alles opgebiecht.' Frank keek er walgend bij en schudde zijn hoofd. 'Je had gelijk, Bella. Declan Travis heeft net op tv bekend dat hij al drie jaar een relatie heeft met zijn visagiste.'

# Middagliefde

Ze mogen pas stipt om twee uur de kamer in. Geen seconde vroeger. Dat is het beleid van het hotel, verklaart de receptioniste: 'De kamer is al vrij sinds elf uur vanochtend, maar het mag niet van het management, want als we het voor één iemand doen…' Ze tikt veelbetekenend tegen haar neus.

Sara knikt. Ze vond het niet erg om te moeten wachten. Het heeft haar wat tijd gegeven om te acclimatiseren. Ze had niet verwacht hier vandaag te zijn, in dit viersterrenhotel in een oud landhuis in het hart van Suffolk, met zijn glooiende, perfect onderhouden gazons en een dresscode. Ze had gedacht dat ze thuis zou zijn om de was te doen, en de troep uit lunchtrommels en gymtassen te vissen, en dan misschien nog even naar de supermarkt te gaan. Gewoon, zoals elk weekend.

Maar Doug had haar vlak na het ontbijt de keuken in getrokken, met hun kinderen in zijn kielzog, en hij had theatraal aangekondigd dat ze haar schoonmaakhandschoenen moest uittrekken en dat ze zich maar beter even kon gaan opmaken.

'Hoezo?' had ze afwezig gevraagd. Ze was naar iets op de radio aan het luisteren.

'Omdat we de kids naar mijn moeder brengen en dan neem ik je ergens mee naartoe, vannacht.'

Ze had hem aangestaard.

'Voor jullie trouwdag,' voegde hun dochter eraan toe.

'We wisten het allemaal al,' zei Seth, hun jongste. 'Pa heeft het geregeld, als verrassing.'

Ze had haar rubberhandschoenen uitgetrokken. 'Maar... onze trouwdag is al weken geleden.'

'Nou ja... dan is het een verlaat cadeau.' Hij gaf haar een kus. Achter hem stond Seth walggeluiden te maken.

'Maar... hoe moet dat dan met de hond?' vroeg ze.

Er schoot iets van irritatie over zijn gezicht. 'We laten wel een bak voer voor hem staan. Het is maar een dagje.'

'Maar dan is hij zo eenzaam. En hij poept vast de hele boel onder.'

'Dan brengen we hem ook wel naar mijn moeder.'

Zijn moeder had niet zo veel op met honden. Sara bedacht dat ze bloemen naar Janice moest sturen als goedmakertje. Ik wil helemaal niet weg, dacht ze ineens. Ik wil het huis aan kant hebben. Ik wil dat hij het licht in de badkamer maakt, zoals hij al twee maanden belooft. Maar ze dwong haar mond tot een welwillende glimlach toen haar dochter haar wees op een gepakte weekendtas.

'Ik heb je blauwe jurk ingepakt,' zei Tamsin. 'En je satijnen hakken.'

'Kom op!' Doug klapte in zijn handen als de gids van een uitgewaaierde groep toeristen.

In de auto legde hij zijn hand op haar knie. 'Alles oké?' vroeg hij.

'Wie ben jij eigenlijk?' vroeg ze. 'En wat heb je met mijn man gedaan?' De kinderen moesten lachen. Die zouden bij hun opa en oma de hele tijd voor de tv hangen en voor het eten stiekem van oma's sherry snoepen.

De kamer heeft uitzicht op een meer. Hij wordt grotendeels in beslag genomen door het allergrootste bed dat ze ooit heeft gezien. De kinderen en de hond hadden er best bij gekund, denkt ze, en dan was er nog ruimte over. Er is thee en koffie en er staat zelfs een trommeltje met versgebakken koekjes. Daar zegt hij twee keer iets over, alsof het voor hem onderstreept wat een geweldig hotel dit is. De man die hun koffers komt brengen geeft hij een fooi, nadat hij eerst op zijn zakken heeft geklopt om te zoeken naar muntjes, en dan, als de deur dichtvalt, zijn ze met zijn tweeën, en hun ogen zoeken elkaar op in de stilte.

'Dus,' zegt hij.

'Dus.'

'Wat zullen we eens gaan doen?'

Ze zijn veertien jaar getrouwd. Er was een tijd dat hij deze vraag niet had hoeven stellen. Ooit, misschien dertien jaar geleden, waren ze een keer 's middags stiekem naar bed geslopen, met een bord met boterhammen, die onaangeroerd zouden uitdrogen op de vloer. Het had iets heerlijk decadents, die gestolen uurtjes overdag, terwijl de rest van de wereld aan het werk was.

Maar nu vraagt ze zich af of haar dochter haar contactlenzen wel gepakt heeft, en wanneer ze dán de was moet doen.

Ze bekijkt hem, de man die heen en weer loopt om zijn kleren uit te pakken en zijn broeken zorgvuldig gladstrijkt op hun hangertjes. Het is nu vijf weken en twee dagen geleden dat ze voor het laatst hebben gevreeën. Er kwam die keer voortijdig een eind aan, omdat Seth had overgegeven en door de gang riep dat hij een schoon dekbedovertrek nodig had. Ze herinnert zich dat ze ergens wel opgelucht was, net als vroeger op school, als ze onverwacht niet hoefde te gymmen.

'Zullen we een eind gaan wandelen?' vraagt hij. Hij tuurt door de openslaande deuren. 'Het landgoed ziet er mooi uit.'

Hij heeft zo veel moeite gedaan, laten zien dat hij na al die tijd toch nog gul, impulsief en onvoorspelbaar kan zijn. Moet zij dan niet ook haar best doen?

Ze gaat op bed zitten, leunt achterover in een houding die je met een beetje goede wil als verleidelijk zou kunnen zien, en ze probeert zich niet te generen.

'We kunnen natuurlijk ook... hier blijven,' zegt ze, en ze strekt een been uit. Ze voelt dat ze erbij bloost.

Hij draait zich naar haar om. 'Goed plan. Laten we een dvd kijken,' zegt hij. 'Je kunt ze huren bij de receptie. Ze hebben *Snakes on a Plane* – die wil ik al zo lang eens zien.'

Het is kwart over vier, en ze ligt op een veel te groot bed te kijken naar een film over slangen, in een vliegtuig. Haar man ligt naast haar, en zijn in sokken gestoken voeten bewegen als hij moet lachen. Ze kijkt uit het raam naar de blauwe lucht.

Wanneer zijn ze zo geworden? Niet na de geboorte van hun oudste zoon, in elk geval. Ze weet nog dat de verloskundige had gezegd dat ze zo snel mogelijk weer intiem moesten zijn. 'Ga gewoon naar bed tijdens zijn slaapje,' had ze geadviseerd terwijl zij haar wezenloos aangaapten, geveld door hun eerste weken als ouders. 'Zijn middagslaapje. Geníét van elkaar.' Ze hadden eerst de vrouw aangekeken en toen elkaar, alsof ze bevestiging zochten dat het mens knettergek was. Naar bed? Terwijl het appartement vol lag met vieze luiers en vuile rompertjes? Terwijl haar lichaam nog aan alle kanten lekte? Toch hadden ze het gedaan, en nu ineens ziet ze in hoe geweldig dat was. Ze hadden gegiecheld omdat ze zo ondeugend waren, dolgelukkig met het bestaan van hun zoon en hun rol bij zijn ontstaan. 'Hoe laat gaan we morgen weer naar huis?'

'Wat?' Hij maakt zich los van het scherm.

'Ik bedenk ineens... we moeten Seths viool nog ophalen bij de familie Thomas. Daar heeft hij hem vrijdag laten liggen. En hij heeft hem maandagochtend nodig.'

'Moeten we daar nu al over nadenken?' vraagt hij geërgerd.

'Het is elk geval beter dan nadenken over pythons.' Ze heeft haar benen en oksels niet geschoren. Ze houdt helemaal niet van verrassingen, beseft ze.

'Vind je het geen leuke film?'

'Gaat wel.'

Hij bestudeert haar gezicht. 'Ik wist het. Dus je wilde wel die ene met Kate Winslet.'

'Nee... Maar ik wil graag dat dingen geregeld zijn, anders kan ik me niet ontspannen,'

Hij praat overdreven geduldig. 'Vergeet... de... kids... nou... eens... vijf... minuten.'

'Maar je kunt me niet zomaar thuis weghalen en van mij verwachten dat ik doe alsof er niet van alles nog moet gebeuren.'

Hij zet de dvd op pauze en komt overeind op een elleboog. 'Waarom niet?' vraagt hij. 'Waarom kun je dat niet gewoon even vergeten?'

'Omdat iemand eraan moet denken, Doug, en meestal ben jij dat niet.'

Hij trekt een gezicht. 'O, leuk...'

'Het is gewoon een feit.'

'Zeg dan wat ik moet doen,' zegt hij. 'Je klaagt de hele tijd dat ik nooit eens wat voor je doe, en dan doe ik eindelijk eens iets, geef ik je een beetje romantiek, en dan ga jij zitten zeuren over muzieklessen en krijg ik weer eens onder uit de zak.'

'Romantiek? Dus jij vindt het romántisch om naar een film over slangen te kijken? Tjonge, Doug. Dan ben ik benieuwd wat je weet te verzinnen als je eens níét in een romantische bui bent.'

Hij staart haar aan en hij laat zowaar een teken van ongemak zien. 'Goed, wat wilde jíj dan doen?'

'Ik dacht...' begint ze. Ze zucht en plukt aan de zijden sprei. 'Ik dacht...'

Hij kijkt haar indringend aan. 'O, dus jij dacht dat we...'

Ze reageert gestoken. 'Je hoeft niet te doen alsof het zo bizar is dat ik dat verwachtte.'

'Als jij wilt vrijen, prima.' Hij haalt zijn schouders op. 'Dan kijken we de film straks wel af.'

'Nee, echt, superromantisch!'

'Fuck, Sara. Wat wil je dan dat ik zeg?'

'Niks,' zegt ze woedend. 'Helemaal niks!'

'Dat lijkt mij ook beter. Want alles wat ik zeg deugt niet. En alles wat ik doe.'

Hij zet de dvd uit als een gebaar van protest, en ze zitten er zwijgend bij en laten de verre geluiden van het hotel op zich inwerken, de sporadische voetstappen in de gang, het verstomde gekletter van een roomservicedienblad. Ze werpt een heimelijke blik op de buik van haar man, die wat over zijn riem valt. Hij wil niet aan een grotere broekmaat, ook al heeft hij die duidelijk nodig. De kinderen maken hem achter zijn rug uit voor 'dikke pad'.

'Ik heb voor acht uur vanavond een tafeltje gereserveerd,' zegt hij uiteindelijk. 'Het eten schijnt hier fantastisch te zijn.'

'Mooi.'

'Ik heb Tess gevraagd om die blauwe jurk van je in te pakken. Die ene die ik zo mooi vind.'

'Die past eigenlijk niet zo goed meer,' zegt ze voorzichtig. 'Weet je of ze nog iets anders heeft ingepakt?' Ze vermoedt dat ze geen hap kan eten, omdat ze anders uit de naden van die jurk barst.

'Geen idee. We kunnen wel even naar beneden?' oppert hij. 'Ze serveren geloof ik ook een lekkere high tea. Op het gazon.'

Ze schudt haar hoofd, denkend aan de calorierijke taarten, en eclairs op witte taartpapiertjes.

Knappende zomen.

'Niet als we straks ook al uitgebreid gaan eten.'

'Nou…' Hij geeft een klopje op het bed en glimlacht voorzichtig. 'Zullen we dan…?'

Het blijft lang stil.

Ze slaat haar armen om haar knieën. 'Eigenlijk niet, om eerlijk te zijn. Niet nu.'

Hij slaat zijn ogen ten hemel. 'Wat wil je dán?'

'Je hoeft niet zo te kijken, hoor,' zegt ze.

'Hoe kijk ik dan?'

'Doug, je denkt al jaren niet meer aan mijn verjaardag. En ook niet aan onze trouwdag. Of aan Valentijnsdag. En dan maak je nu een keer een groot gebaar en daarmee is alles ineens weer goed? Een dvd'tje op een queensize bed en ik moet alles maar vergeten?'

Hij gaat rechtop zitten en zwaait zijn benen naar de andere kant van het bed, zodat hij met zijn rug naar haar toe zit. 'Ach, er is altijd wel iets mis. Ik doe het nooit goed. Ik kom elke avond thuis, ik verdien een keurig salaris. Ik help met de kinderen. Ik boek een romantisch uitje. Maar nee hoor, het is nog niet genoeg.'

'Ik ben heus wel dankbaar,' protesteert ze. 'Maar het is nog dag. Het voelt… ongemakkelijk. Het is alsof we van nul naar honderd moeten.'

'Maar we zitten hier niet voor twee weken! Wat doe ik in vredesnaam verkeerd, Sara? Ik heb het gevoel dat wat jou betreft niets goed genoeg is.'

'Doe nou niet net alsof het allemaal mijn schuld is,' zegt ze fel. 'Je kunt het mij niet kwalijk nemen dat ik totaal vergeten ben hoe dat werkt, verleidelijk zijn. Daar zijn namelijk twéé mensen voor nodig.'

'Prima!' roept hij. 'Vergeet het maar. We pakken weer in en we gaan naar huis. Ik ga alleen nog even naar de badkamer,' zegt hij, en hij slaat de deur achter zich dicht.

'Je vergeet je kruiswoordpuzzel!' roept ze hem na, en ze smijt de krant achter hem aan.

Dan blijft het stil.

Ze staart naar zichzelf in de spiegel, naar die boze, vermoeide vrouw in het lichtblauwe bloesje. Ze staart, en langzaam stelt ze zich een andere vrouw voor: eentje met warrig haar, gretig, klaar om haar geliefde elk moment van de dag te bespringen, als ze ook maar even de kans krijgt. Haar buurvrouw Kath heeft haar ooit toevertrouwd dat zij en haar man vaak een 'vluggertje' doen als de kinderen naar school zijn. 'We kunnen het in zes minuten,' zei ze. 'Dan haalt hij de trein van tien over halfnegen nog.'

Sara staart, tuit haar lippen naar haar spiegelbeeld en voelt zich meteen belachelijk. Dan schrikt ze op van een klop op de deur.

'Roomservice.'

Doug hoort het niet door de ventilator in de badkamer. Ze doet open en er komt een man binnen met een champagne-emmer en glazen op een wagentje.

'Meneer en mevrouw Nicholls?' zegt hij.

'O,' zegt ze terwijl de man zachtjes neuriënd de fles openmaakt. 'Jeetje. Wat... aardig.' Ze weet niet precies wat ze moet doen. Ze staart door de openslaande deuren, net zoals Doug eerder die middag. Ze voelt zich schuldig en verschrikkelijk. En moet ze de man een fooi geven?

'Geweldig toch, die extraatjes van de zaak?' zegt de man opgewekt.

'Hoe bedoelt u?'

'Die gratis weekendjes weg. Jullie zijn het vierde stel van Trethick Johnson dat we deze week ontvangen. Uw man zit toch in het management? Want mensen van het management krijgen er allemaal gratis champagne bij. Hoewel sommigen van hen waarschijnlijk liever een geldbonus zouden willen, denk ik.'

Ze kijkt hem even aan, en neemt het glas aan dat hij voor haar ophoudt.

'Ja,' zegt ze. 'Ja, dat denk ik ook.'

'Maar goed, champagne is champagne, waar of niet?' Hij salueert als hij de kamer uit loopt. 'Geniet ervan.'

Ze zit op het bed als Doug uiteindelijk weer tevoorschijn komt. Hij kijkt naar de champagne-emmer en dan naar haar. Hij ziet er vermoeid uit, verslagen. Ze denkt aan hoe hard hij de afgelopen maanden heeft gewerkt.

'Wat is dit?' vraagt hij.

Ze denkt er even over na. 'Speciale aanbieding,' zegt ze uiteindelijk. 'Dit hoort volgens mij bij de kamer.'

Hij knikt alsof hem dat logisch lijkt en kijkt dan weer naar haar. 'Het spijt me,' mompelt hij.

Ze houdt een glas voor hem op. 'Mij ook,' zegt ze.

'Je hebt gelijk. Het is ook allemaal een beetje...'

Er lopen verse, diepe groeven van zijn neus tot halverwege zijn kin.

'Doug, stop.' Ze glimlacht. 'Champagne is champagne, waar of niet?'

Ze zitten naast elkaar op bed. Langzaam bewegen ze hun voeten tot die elkaar raken. Hij tikt haar glas aan met het zijne. De bubbels voelen als een klein schot hagel in haar keel, als kogeltjes.

'Ik zat te denken. Als we thuis zijn zal ik dat licht in de badkamer eens maken,' zegt hij. 'Dat is zo gebeurd.'

Ze neemt nog een slok van haar champagne en doet haar ogen dicht.

Buiten hoort ze mensen theedrinken op het gazon, en autobanden die het grind op de oprit doen opspatten. Er stijgt gelach op naar hun raam. Ze opent haar ogen en legt haar hoofd zachtjes op zijn schouder.

Het is tien over halfvijf in de middag.

'Zeg,' zegt ze. 'We hebben nog een paar uur voor we gaan eten.'

# Een vogel in de hand

Ze maakten altijd ruzie als ze op weg waren naar een etentje. Zij was nooit relaxt, beweerde Simon altijd als hij de auto startte. Niet als ze al een halfuur te laat waren, nee, bracht zij daar tegen in. Ze was nog bezig haar haar te doen in het spiegeltje van de zonneklep.

Het kwam misschien doordat zij op de een of andere manier altijd naast een hork terechtkwam. (Ze timede weleens hoelang het duurde voor een man haar vroeg wat zíj eigenlijk deed; haar huidige record stond op een krappe twee uur.) Het lag misschien aan het feit dat zij altijd de bob was. (Daar was nooit enig overleg over – ze vroeg hem: 'Wie rijdt er terug?' En dan reageerde hij altijd met een zogenaamd grappige geschrokken blik, en de biecht dat hij al een paar glazen ophad.) Maar wat nog erger was: dit keer vond het diner plaats in een partytent, een feit dat ze zich pas herinnerde toen ze al een kwartier van huis waren, en ze haar grijze stilettohakken al aanhad.

'Vind je het goed dat ik drink?' vroeg Simon toen ze het

grind van de parkeerplaats op reden. 'Ik heb de vorige keer immers gereden.'

Krista Nightingale (Beth vermoedde altijd dat ze haar naam zelf verzonnen had) was lifecoach en haar voormalige buurvrouw. Voor haar geen gewone etentjes; haar 'samenkomsten' vonden altijd plaats in ongebruikte brandweerkazernes of in met kaarsen verlichte kerken. Ze was altijd bezig met nieuwe detoxmethodes of ze ging gratis met haar rijke klanten mee op een reisje. Simon had er bij Beth op aangedrongen om Krista te vragen hoe zij ook zoiets zou kunnen doen ('Jij kunt mensen heel goed vertellen wat ze moeten doen.'), maar Beth was nooit een goede netwerker geweest. Het leek haar zo berekenend om iemand te complimenteren met haar handtas terwijl je eigenlijk haar adressenboekje wilde plunderen.

'Wow,' zei Simon met een blik op de bloedrode maharadja-achtige tent die Krista's hele tuin in beslag nam. Hij stond midden tussen de volop bloeiende bloemenborders die hun geur afgaven aan de warme avondlucht. Aan de bomen bungelden Chinese lantaarns die met hun zachte, rode gloed tegen de ondergaande zon afstaken.

'Rieten matten,' zei Beth wanhopig.

'Kom op, schat. Bekijk het van de zonnige kant. Het ziet er geweldig uit!'

'Ja, als je hakken niet als satéprikkers in de vloer zakken, dan is het geweldig.'

'Had dan andere schoenen aangetrokken.'

'Dat was een halfuur geleden een ontzettend goed advies geweest.'

'Je mag mijn schoenen wel lenen.'

'Haha.'

'Beth! Wat zie je er schitterend uit!' Krista liep over de vloermatten naar haar toe. Ze was zo iemand die zich moeiteloos tussen mensen kon bewegen, en her en der stukjes informatie kon oppikken die ze in perfect afgepaste porties bij weer andere mensen afleverde, als een soort sociale Robin Hood.

'Iedereen is er al. Nee, geeft niks! Geeft niks!' Ze wuifde Beth weg toen die zich begon te verontschuldigen. Beth staarde naar Krista's perfect rimpelloze voorhoofd en vroeg zich af of ze zich soms had laten botoxen. 'En het eten is toch te laat. Kom, dan haal ik een drankje voor jullie allebei.'

'Ik regel het zelf wel. Dit ziet erg echt fantastisch uit, Krista. Wijs me maar gewoon waar de bar is.' Simon gaf Krista een zoen op haar wang en verdween. Hij zou rustig een halfuur wegblijven, wist Beth. Om een hoop snacks te kunnen eten. En te wachten tot zij weer in een beter humeur zou zijn.

Krista duwde haar voorzichtig de tent in. 'Je kent de Chisholms, toch? En de McCarthy's? Hm. O, kijk. Laat me je voorstellen aan Ben. Hij zit in dezelfde branche als jij.'

En daar stond hij, recht voor haar, en hij tilde langzaam zijn hand op.

'Nou,' zei hij terwijl Beths mond kurkdroog werd, 'wij kennen elkaar al.'

Haar blik gleed opzij naar haar man, die de lekkerste zoutjes uit een schaal met Japanse mix aan het vissen was. 'Inderdaad.' Ze keek Krista aan en slikte, en trok haar mondhoeken weer tot een glimlach. 'We… Wij zijn collega's geweest.'

Krista leek verrukt. 'O, echt? Wat een toeval! Wat deden jullie dan voor werk?'

'We stelden brochures samen. Ik schreef de kopij, en Ben zorgde voor de illustraties.'

'Totdat Beth wegging.'

'Ja. Totdat ik wegging.'

Ze staarden elkaar even aan. Hij zag er nog precies hetzelfde uit, dacht ze, of nee – beter zelfs, hoe oneerlijk – en plotseling werd ze zich bewust van de roodharige dame die haar stralend aankeek.

Ben keek even naar de grond. 'En dit is mijn vrouw, Lisa.'

'Gefeliciteerd.' Haar glimlach was snel en naadloos. 'Wanneer zijn jullie getrouwd?'

'Anderhalf jaar geleden.'

'Dat was snel. Ik bedoel... toen we nog samenwerkten was je nog niet getrouwd.'

'Het was een stormachtige romance, of niet, liefje?' De vrouw liet haar arm om zijn schouder glijden, en haar hand bleef een tikje bezitterig om zijn hals hangen.

Ben knikte. 'En jouw man? Ben je...'

'Ben ik wat? Ben ik nog met hem getrouwd?' Het klonk feller dan haar bedoeling was. Ze lachte er half bij, en probeerde te doen alsof het een grap was.

'Ben je hier met hem?'

Ze herstelde zich. 'Ja, natuurlijk! Hij staat daar. Bij de bar.'

Zijn blik bleef net iets te lang hangen, alsof hij Simon beoordeelde. 'Ik geloof niet dat ik hem ooit heb ontmoet.'

'Nee, dat geloof ik ook niet.'

Ze voelde Krista's hand op haar rug. 'We gaan over twee minuten aan tafel. Sorry, maar ik moet even kijken hoe het gaat met de *pakoras*. Beth, jij bent geen veganist, toch? Ik weet zeker dat iemand zei dat hij veganistisch at. We hebben namelijk ook een curry met tofu.'

'Leuk je weer eens te zien, Beth.' Ben had zich al omgedraaid.

'Ja, heel leuk.' Ze bleef glimlachen tot ze bij Simon aan de andere kant van de tent was.

'Ik heb hoofdpijn.'

Simon gooide een pinda in zijn mond. 'Maar ik heb mijn broek nog niet eens uit.'

'Heel grappig. Moeten we echt blijven? Ik ga liever naar huis.' Ze keek om zich heen in de propvolle tent. Terwijl de avond viel, vermengde de geur van rozen en gemaaid gras zich met die van de Indiase specerijen. Op een kussen in de hoek zat een sitarspeler in kleermakerszit exotische muziek te maken. Engelse mensen konden helemaal niet op de grond zitten, dacht ze afwezig. Niet flexibel genoeg. Aan de andere kant van de tent was een man bezig een servet om zijn hoofd te wikkelen in een halfslachtige poging tot het maken van een tulband, en ze voelde plaatsvervangende schaamte.

'Ik heb echt hoofdpijn.'

Simon liet zijn glas nog eens volschenken door de man achter de bar. 'Je bent gewoon moe. We kunnen niet voor het eten al weggaan.' Hij gaf haar een kneepje en keek haar onderzoekend aan. 'Wacht nou nog een paar uur. Als we straks wat hebben gegeten voel je je vanzelf beter.'

Links naast haar stond een lege stoel. Zodra ze de naam in een keurig handschrift op het kaartje las, wist ze dat het onvermijdelijk was geweest.

'O,' zei hij toen hij het zag.

'Ja,' zei ze. 'Heb jij even mazzel.'

'Anders jij wel.'

Waarom had ze er eigenlijk mee ingestemd om vanavond te komen? Ze had wel negenentachtig smoezen uit de kast kunnen halen, zoals het feit dat ze op Google op zoek moest naar zeldzame medische aandoeningen, of een jas moest haken van het uitgevallen haar van de kat. Dus hoe was het mogelijk dat ze nu een paar centimeter bij deze man vandaan zat – een man die nog geen twee jaar geleden haar hele leven op zijn kop had gezet?

De man die haar had getransformeerd van een onzichtbare, ondergewaardeerde echtgenote tot een seksgodin, een flirtende poes. Een overspelige vrouw.

Ze keerde zich met klem om naar de man aan haar rechterzijde, die rode wangen had. 'Vertel eens,' begon ze, 'wat doe jij precies? Ik wil alles van je weten. Alles!'

Nog voor ze haar voorgerecht ophad, wist Beth inderdaad alles wat ze ooit had willen weten over vochtbestrijding, over stucwerk en afwateringsproblematiek. Niet dat ze veel had opgenomen van wat de forse man allemaal zei; al haar zintuigen waren ingesteld op Ben, links van haar, op Ben die zat te lachen, Ben die met de vrouw aan zijn andere zijde zat te kletsen.

Maar toen, na een reeks hartstochtelijke opmerkingen over ultramembranen en spouwmuren, ging Henry de Vochtbestrijder de tent uit, de tuin in, om een sigaret te gaan roken, en werden ze met zijn tweeën achtergelaten aan hun kant van de tafel.

Ze zaten er een paar minuten zwijgend bij en staarden naar de bloemstukjes.

'Leuk feestje.'

'Ja.'

'Je ziet er goed uit,' zei hij.

'Dank je.' Had ze nou die rode jurk maar aangedaan, dacht ze. Waarom had ze die rode jurk niet gewoon aangedaan?

'Ben je nog aan het werk?' vroeg hij.

'Ja. Bij een klein marketingbedrijf in de stad. En jij?'

'Ik zit nog steeds bij Farnworth's.'

'Aha.'

Ze vielen weer stil toen een verlegen tiener schone borden kwam neerzetten.

Beth vulde haar glas bij. 'Gefeliciteerd. Met je huwelijk.'

'Bedankt. Het was heel onverwacht.'

'Zo klinkt het net alsof het een ongelukje was.' Ze nam een flinke slok wijn.

'Nee. Ik had het alleen niet verwacht. Dat ik weer iets met iemand zou krijgen. Ik had gedacht dat dat nog wel even zou duren.'

'Ja, je had inderdaad altijd nogal last van bindingsangst.'

Ze voelde zijn ogen op haar rusten en bloosde. Hou toch je mond, maande ze zichzelf. Simon is veel te dichtbij.

Hij begon te fluisteren. 'Moet dit nu echt?'

Beth voelde een soort roekeloosheid in zich opkomen. Hoe vaak had ze dit gesprek al willen voeren? Hoe vaak had ze bij zichzelf alle dingen geoefend die ze tegen hem wilde zeggen? Toen ze aan tafel waren gegaan, had ze even gedacht dat hij zou opstaan en ergens anders zou gaan zitten. Hij kon hier toch niet zomaar zitten eten en drinken en doen alsof er niets aan de hand was?

'Moet dit echt, Beth?'

Ze tilde haar glas op. Haar man zat te lachen om iets wat Krista had gezegd. Hij keek even haar kant op en knipoogde.

'Waarom niet?' Ze zwaaide terug. 'Het is pas twee jaar geleden. Me dunkt dat dat lang genoeg is om een ruzie voor je uit te schuiven.'

'Gek,' zei hij met een strakke grijns. 'Ik herinner me jou helemaal niet als zo boos.'

'Boos?' zei ze sarcastisch. 'Waarom zou ik boos zijn?'

'Ik weet niet. Vooral gezien het feit dat jij, als ik het me goed herinner, degene was die alle beslissingen heeft genomen.'

'Beslissingen?'

Ben kwam wat dichterbij. 'Dat je me niet wilde zien? Dat je niet eens wilde praten, terwijl we dat hadden afgesproken?'

'Dat ik je niet wilde zien?' Ze draaide zich half om en keek hem aan. 'Hebben wij het wel over dezelfde relatie?'

'Beth, liefje, geef de wijn eens door.' Krista's stem doorkruiste hun gesprek.

Ze stak de fles snel in de lucht, alsof ze een trofee had gewonnen. 'Alsjeblieft,' zei ze, met onnatuurlijk harde stem.

'De dag dat je wegging,' siste hij naast haar, 'zouden wij elkaar zien in de Old Hen, om het over onze toekomst te hebben. En jij kwam niet opdagen. Ik weet wel dat je het er moeilijk mee had, maar was een telefoontje nou te veel gevraagd? Je hebt niks uitgelegd. Helemaal niks!'

'De Old Hen?'

Krista klonk er weer doorheen. 'En de witte? Sorry, schat. Ik kan er zelf niet bij.'

'Geen punt!' Ze leunde voorover met de gekoelde fles.

'En je wist dat ik jou niet meer kon bereiken omdat je je werktelefoon had ingeleverd. Wat moest ik dan denken? Vond jij dan niet dat ik na alles wat we hadden meegemaakt, na alles wat we elkaar hadden beloofd, beter had verdiend?'

Ze fluisterde terug: 'Het was de Coach and Horses. We hadden afgesproken in de Coach and Horses. En jíj was degene die niet kwam opdagen.'

Ze keken elkaar aan.

Lisa kwam tussen hen staan. Beth zag tot haar genoegen dat Ben schrok van Lisa's hand op zijn schouder. 'Wat vond je van de linzenpaté, liefste?'

'Heerlijk!' Zijn glimlach viel op zijn plek alsof iemand die naar zijn gezicht had gegooid.

'Dat dacht ik al. Ik krijg het recept van Krista.'

'Super!'

Er viel een korte, ongemakkelijke stilte.

Lisa knikte zuur. 'Jullie hadden het zeker over zaken, hè? Geeft niet… ga maar lekker verder met jullie marketinggesprekken. Dan ga ik op zoek naar de toiletten.'

'Die zijn daar.' Beth wees door de menigte. 'In het huis.'

'De Coach and Horses?' herhaalde Ben toen zijn vrouw was verdwenen.

De rijst werd voor Beths neus gezet. Ze gaf de kom aan Ben, en voelde een elektrische schok toen hun handen elkaar raakten. 'Ik heb twee uur zitten wachten.'

Ze staarden elkaar aan. Heel even verdween de tent. Daar zat ze weer, op een natte donderdag, te huilen in haar mouw in een lege pub.

'Hadden jullie het nou over pubs?' Henry de Vochtbestrijder was weer rechts van haar gaan zitten.

'Ja.' Ze slikte. 'Over de Coach and Horses.'

'O, die ken ik. Dat is toch die pub bij de ringweg? Daar is het toch altijd heel druk?'

Haar ogen vonden die van Ben. 'Niet druk genoeg, soms.'

'Jammer. Er zijn zo veel pubs die op de fles gaan. Het komt door de verhuurders. Die vragen exorbitante bedragen en zo gaat iedereen over de kop.'

Ze begonnen zwijgend aan hun hoofdgerecht, iets met kipfilet. Ze wist het niet zeker.

Ze proefde niets meer.

'Wil je nog wat wijn?'

Ze keek naar zijn hand terwijl hij haar glas volschonk, en herinnerde zich hoe ze had gehouden van de vorm van zijn vingers. Perfecte mannenhanden, lange, sterke vingers met rechte toppen, licht gebruind, alsof hij in de buitenlucht werkte. Ze vond altijd dat de handen van haar eigen man er ongunstig bij afstaken, en ze vond het vreselijk dat ze dat dacht.

'Ik weet niet wat ik moet zeggen,' zei hij tegen haar.

'Er valt niets te zeggen. Jij bent getrouwd, ik ben getrouwd. We hebben het achter ons gelaten.'

Ze voelde lichte druk en tot haar schrik drong het tot haar door dat het zijn dijbeen was tegen het hare.

'Heb jij dat echt?' vroeg hij zachtjes en de woorden gingen door haar heen als een aardbeving. 'Serieus?'

Ze had een halve portie chocolademousse op en de koffiekopjes stonden leeg voor hen op tafel. Ze voelde aan haar wijnglas en keek naar Bens roodharige vrouw, die geanimeerd zat te praten met een groepje mensen aan het andere eind van de lange tafel. Dat had ik kunnen zijn, dacht Beth.

'Dus we hebben allebei al die tijd gedacht dat de ander niet verder wilde,' zei Ben op zachte toon. Zijn been leunde nog steeds tegen die van haar. Ze wilde er niet aan denken hoe ze zich zou voelen als hij hem straks zou weghalen.

'Ik dacht dat jij mijn besluiteloosheid zat was.'

'Ik heb bijna een jaar op je gewacht. Ik had best nog een jaar kunnen wachten.'

'Dat heb je nooit gezegd.'

'Ik had gehoopt dat je dat wel snapte.'

Ze had om hem gerouwd. Stiekem, zodat haar nietsvermoedende echtgenoot het niet zou merken. Tranen in bad of in de auto, tranen om het verlies van wat had kunnen zijn en schuldbesef om wat er was geweest. Maar ook met een vaag soort opluchting dat er nu eindelijk een knoop was doorgehakt. Ze was niet van nature iemand die andere mensen bedroog; en door dit hele gebeuren had ze zich nergens meer op kunnen concentreren – niet op haar werk, niet op haar huis, niet op haar gezin. En het vooruitzicht dat ze Simons hart zou moeten breken vond ze bijna ondraaglijk.

Ben leunde naar haar toe, zijn blik strak op de dansvloer gericht. 'Hoe denk je dat het tussen ons zou zijn gelopen?'

Ze bleef zelf ook recht vooruitkijken. Haar man was nog met Krista aan het praten. Ze stopten even om te lachen om iemand die van zijn stoel gevallen was.

'Ik denk... dat je gek zou worden als je daar te lang over nadenkt.'

Hij mompelde zachtjes: 'Ik denk dat wij dan nu samen zouden zijn.'

Ze sloot haar ogen.

'Sterker nog, dat weet ik wel zeker.'

Ze keerde zich om en keek hem aan. Zijn ogen waren zacht, zoekend, angstaanjagend.

'Ik heb me bij niemand ooit zo gevoeld als bij jou,' zei hij.

De wereld om haar heen kwam tot stilstand. Ze voelde haar bloed kolken, haar hart tekeergaan. Twee jaar vielen in één klap weg.

Toen keek ze op, en zag Lisa aan het andere eind van de tafel. Lisa had zich omgedraaid en zat naar hen te kijken, haar gezicht heel even zonder masker, zodat je kon zien hoe de voortdurende waakzaamheid, het wantrouwen, zijn tol eiste. Ze schonk Beth een ongemakkelijke glimlach en sloeg haar ogen toen neer. Beth voelde de kleur naar haar wangen stijgen.

*Ja. Dat had ik kunnen zijn.*

Ze keek naar haar man. Hij zat te lachen. Hij had geen idee. En hij had nergens schuld aan. 'Het gaat toch goed met ons, hè?', had hij afgelopen zondagavond gevraagd. Terwijl hij het vroeg, had hij haar gezicht bestudeerd, wat hij anders nooit deed. Ze nam nog een slok van haar wijn en bleef even heel stil zitten. Toen stond ze op, en pakte haar handtas van de grond.

'Beth?'

'Het was goed je weer te zien, Ben,' zei ze.

Het onbegrip schoot over zijn gezicht. 'Je hebt helemaal nog niet verteld waar je nu werkt,' zei hij snel. Henry de Vochtbestrijder zat vlakbij te knikken op de maat van de muziek.

'Misschien… kunnen we een keer samen lunchen? We hebben nauwelijks bij kunnen praten.'

Ze keek weer naar Lisa. Ze legde haar hand zachtjes op zijn arm, heel even maar. 'Het lijkt me geen goed idee. We hebben het allebei achter ons gelaten, weet je nog?'

'Sorry – wat doe jij eigenlijk voor werk?' riep Henry haar na toen ze van tafel liep.

Simon stond bij de bar en keek naar de overgebleven notenmix. Hij was waarschijnlijk op zoek naar cashewnootjes, want daar was hij dol op. Hij vond er eentje en hield hem omhoog als een trofee voor hij hem in zijn mond gooide. Hij gooide altijd raak, besefte ze ineens.

'Laten we gaan,' zei ze, en ze legde haar hand op zijn schouder.

'Nog steeds moe?'

'Nou, ik dacht eigenlijk dat we maar eens vroeg naar bed moesten gaan.'

'Vroeg naar bed?' Hij keek op zijn horloge. 'Het is kwart over twaalf.'

'Een gegeven paard, mannetje.'

'Aha. Ik zal het niet in de bek kijken. Beloofd.' Hij glimlachte en hielp haar in haar jasje.

Misschien verbeeldde ze het zich maar en zag ze het niet echt: dat hij achteromkeek naar waar ze had gezeten, met een uitdrukking die ze niet begreep. En met de arm van haar man om haar heen zodat ze niet te diep weg zou zakken in de rieten matten, liep Beth voorzichtig tussen de tafels door naar de ingang van de tent, op weg naar huis.

# Krokodillenschoenen

Ze is net bezig zich uit haar badpak te werken als de Yummy Mummy's aankomen. Strak in de lak en superslank drommen ze om haar heen, luid kwebbelend en hun glimmende benen insmerend met dure bodylotion, zich totaal niet bewust van haar aanwezigheid.

Dit zijn vrouwen met designersportkleding, perfect haar, en tijd om koffie te drinken. Ze stelt zich hun echtgenoten voor, die namen hebben als Rupe of Tris, die argeloos hun envelop pen met ongelofelijke bonussen op hun hypermoderne keukentafels gooien, en die hun vrouwen omhelzen en meenemen voor een spontaan etentje buiten de deur. Deze vrouwen hebben geen man die tot de middag in zijn pyjamabroek rondloopt en die opgejaagd kijkt als zijn echtgenote oppert dat hij weer eens zou moeten solliciteren.

Het lidmaatschap van deze sportschool is een luxe die ze zich tegenwoordig eigenlijk niet kunnen veroorloven, maar Sam is nog verplicht om vier maanden te betalen en volgens

Phil kan ze er dan maar beter gebruik van maken. Het doet haar goed, zegt hij. Wat hij bedoelt is dat het hun allebei goeddoet als zij het huis uit is, even bij hem uit de buurt.

'Je moet echt in beweging blijven, mam,' zegt hun dochter, die met nauwelijks verholen afschuw naar Sams steeds minder duidelijke taille kijkt. Sam durft geen van beiden te zeggen hoe verschrikkelijk ze het vindt op de sportschool: de apartheid die er heerst, met aan de ene kant de strakke lichamen, dan de jonge personal trainers die hun gevoelens van walging zorgvuldig verborgen houden, en aan de andere kant de donkere hoekjes waar zij en alle andere dikzakken zich proberen te verschuilen.

Ze is op die leeftijd waarop alle verkeerde dingen blijven zitten waar ze zitten – het vet, de groef tussen haar wenkbrauwen – terwijl alle andere dingen – de zekerheid van een baan, huwelijksgeluk, dromen – geruisloos verdwijnen.

'Je wilt niet weten hoeveel ze dit jaar de prijzen hebben verhoogd bij Club Med,' zegt een van de vrouwen. Ze staat voorovergebogen en droogt haar dure kapsel met een handdoek, haar perfect gebruinde achterwerk nauwelijks verhuld door een dure kanten onderbroek. Sam moet zijdelings langs haar om haar niet aan te raken.

'Hou maar op! Ik heb geprobeerd om voor deze kerst een vakantie op Mauritius te boeken – de villa die we daar altijd huren is ineens veertig procent duurder!'

'Schandalig.'

Nou inderdaad, wat een schandaal, denkt Sam. *Wat vreselijk voor jullie.* Ze denkt aan de camper die Phil verleden jaar heeft gekocht om op te knappen. 'We kunnen er weekendjes mee naar de kust,' had hij opgewekt gezegd. Maar verder dan het repareren van de achterbumper is hij niet gekomen. Sinds hij zijn baan kwijt is, staat het ding op de oprit als een knagende herinnering aan wat ze allemaal nog meer kwijtgeraakt zijn.

Sam wurmt zich in haar onderbroek, en probeert haar bleke sinaasappelhuid onder haar handdoek te verstoppen. Ze heeft vandaag vier besprekingen met mogelijke klanten. Over een halfuur heeft ze een afspraak met Ted en Joel van de afdeling Gedrukte Media; ze gaan proberen om de deals waar ze aan hebben gewerkt binnen te slepen voor het bedrijf. 'We hebben dit echt nodig,' heeft Ted gezegd. 'En dan bedoel ik, als we de klanten niet binnenhalen…' Hij trok een gezicht. *O, fijn dat er verder geen druk op staat of zo.*

'Weet je nog dat verschrikkelijke hotel in Cannes dat Susanna had geboekt?'

Ze schaterlachen allemaal. Sam trekt haar handdoek nog wat steviger om zich heen en loopt naar de hoek om haar haar te drogen.

Als ze terugkomt zijn ze allemaal weg, en hangt er alleen nog een echo van kostbare parfums in de lucht. Ze slaakt een zucht van verlichting en ploft neer op het vochtige houten bankje.

Pas als ze weer aangekleed is realiseert ze zich dat de sporttas die ze onder het bankje vandaan vist weliswaar precies op die van haar lijkt, maar het niet is. In deze tas zitten geen comfortabele zwarte ballerina's waar ze mee over de stoep kan marcheren, en deals kan sluiten. Er zit een paar torenhoge slingbacks in van Christiaan Louboutin, van rood krokodillenleer.

Het meisje achter de balie vertrekt geen spier.
'Er was net iemand in de kleedkamer en die heeft mijn tas meegenomen.'
'Hoe heet ze?'
'Geen idee. Ze waren met zijn drieën. Een van hen heeft mijn tas.'
'Het spijt me, maar ik werk normaal altijd in onze vestiging op Hills Road. U kunt waarschijnlijk beter iemand aanschieten die hier wel altijd werkt.'
'Maar ik heb nu een vergadering. Daar kan ik toch moeilijk naartoe op mijn gympen.'
Het meisje monstert haar van top tot teen, en uit haar gezichtsuitdrukking spreekt dat haar gympen kledingtechnisch bepaald niet haar grootste probleem zijn. Sam werpt een blik op haar telefoon. Haar eerste afspraak is al over een halfuur. Ze slaakt een zucht, pakt de sporttas op en beent weg in de richting van de trein.

Ze kan echt de vergadering niet in op haar sportschoenen. Dat is wel duidelijk als ze bij de uitgeverij aankomt. Trump Tower zou nog povertjes afsteken tegen al het marmer en goud van dit kantoorgebouw. En het blijkt ook uit de blikken die Ted en Joel zijdelings op haar voeten werpen.
'Ben je lekker jong aan het doen?' vraagt Joel.

'Moet je daar niet ook een legging bij aan?' zegt Ted. 'Misschien is ze wel van plan om de onderhandelingen uit te voeren via het medium van moderne dans,' en hij zwaait zijn armen van links naar rechts, op een Isadora Duncan-achtige manier.

'Heel geestig.'

Ze aarzelt, vloekt, en graaft in haar tas naar de schoenen. Ze zijn maar een halve maat te groot. Zonder verder nog een woord te zeggen trekt ze haar gympen uit in de foyer, en doet de rode Louboutins aan. Als ze weer rechtop gaat staan, moet ze Joels arm vastgrijpen om overeind te blijven.

'Wow. Die zijn ook niet echt... jij.'

Ze schenkt Joel een woedende blik. 'Hoezo? Wat is dan wel "ik"?'

'Gewoon. Jij houdt van onopvallend. Gemakkelijke dingen.'

Ted trekt een grijns. 'Je weet toch wel wat ze zeggen over zulke schoenen, Sam?'

'Wat dan?'

'Nou, dat ze niet bedoeld zijn om op te staan.'

Ze geven elkaar grinnikend een por. Geweldig, denkt ze. *Nu moet ik de vergadering dus in als een callgirl.*

Als ze de lift uit stapt, lukt het haar nog net om de andere kant van de kamer te bereiken. Ze voelt zich stom, alsof iedereen naar haar kijkt, alsof het iedereen duidelijk is dat ze maar een vrouw van middelbare leeftijd is op de schoenen van een ander. Ze sleept zich stotterend de vergadering door en ze struikelt als ze wegloopt. De twee mannen zeggen niets, maar ze weten allemaal dat ze dit contract niet zullen krijgen. Maar ja, ze heeft geen keus. Ze zit de hele dag vast aan die belachelijke schoenen.

'Geeft niet, nog drie te gaan,' zegt Ted vriendelijk.

Tijdens de tweede vergadering is ze hun mediastrategie aan het uitleggen als ze merkt dat de managing director helemaal niet luistert. Hij zit naar haar voeten te staren. Gegeneerd raakt ze bijna de draad van haar verhaal kwijt. Maar als ze doorpraat, realiseert ze zich dat hij juist degene is die afgeleid is.

'En, wat vindt u van deze cijfers?' vraagt ze.

'Prima!' roept hij uit, alsof hij net uit een dagdroom ontwaakt. 'Ja, uitstekend.'

Ze ruikt een kans, en haalt een overeenkomst uit haar koffertje. 'Dus we zijn het eens over de voorwaarden?'

Hij staart weer naar haar schoenen. Ze tilt haar ene voet een stukje op en laat het bandje van haar hiel glijden.

'Uiteraard,' zegt hij. Hij neemt de pen van haar aan zonder naar de papieren te kijken.

'Geen woord,' zegt ze tegen Ted als ze in een jubelstemming weer weggaan.

'Ik zeg toch niks? Als je nog zo'n deal voor ons binnensleept, mag je voor mijn part omapantoffels dragen.'

Tijdens de volgende vergadering zorgt ze ervoor dat haar voeten de hele tijd zichtbaar zijn. Hoewel John Egmont er niet naar staart, ziet ze wel dat hij deze versie van haar anders beoordeelt. En gek genoeg bekijkt ze zichzelf daardoor ook met andere ogen. Ze is charmant. Ze houdt voet bij stuk over hun voorwaarden. Ze sleept ook dit contract binnen.

Ze nemen een taxi naar hun vierde afspraak.

'Het maakt me niet uit,' zegt ze. 'Ik kan niet lopen op deze dingen, en ik heb het verdiend.'

Het resultaat is dat ze niet, zoals gewoonlijk, gehaast en zweterig arriveren, maar dat ze kreukvrij bij de laatste locatie aankomen. Ze stapt uit en voelt dat ze rechter staat.

Ze is dan ook een beetje teleurgesteld als blijkt dat M. Price een mevrouw is. En het duurt niet lang voor ze doorhebben dat Miriam Price het keihard speelt. De onderhandelingen duren een uur. Als ze akkoord gaan met wat zij wil, maken ze bijna geen marge. Ze voelen zich in een hoek gedreven.

'Ik moet even naar het toilet,' zegt Sam. Eenmaal daar leunt ze over de wasbak en plenst wat water over haar gezicht. Dan bekijkt ze haar make-up en staart naar haar spiegelbeeld terwijl ze zich afvraagt hoe het verder moet.

De deur gaat open en Miriam Price stapt achter haar naar binnen. Ze knikken beleefd terwijl ze hun handen staan te wassen. En dan kijkt Miriam Price omlaag.

'Dat zijn echt fantastische schoenen! Geweldig!' roept ze uit.

'Nou eigenlijk...' begint Sam, maar ze zwijgt en glimlacht. 'Ja, ik vind ze zelf ook mooi.'

Miriam wijst ernaar. 'Mag ik eens kijken?'

Ze houdt de schoen vast die Sam heeft uitgetrokken en bekijkt hem van alle kanten. 'Is het een Louboutin?'

'Ja.'

'Ik heb een keer vier uur lang in de rij gestaan om een paar van zijn schoenen te kunnen bemachtigen. Hoe gestoord is dat?'

'O, totaal niet,' antwoordt Sam.

Miriam Price geeft de schoen bijna met tegenzin terug. 'Je ziet het meteen, of iets een goede schoen is. Mijn dochter gelooft me niet, maar hoe iemand zich kleedt, zegt zo veel over die persoon.'

'Dat zeg ik ook altijd tegen mijn dochter!' De woorden rollen uit haar mond voor ze er erg in heeft.

'Ik heb eigenlijk zo'n hekel aan dit soort onderhandelingen. Heb je anders volgende week tijd om een keer te lunchen? Ik denk dat wij er met zijn tweeën wel uit gaan komen.'

'Dat lijkt me een goed idee,' zegt Sam. Ze loopt het toilet uit zonder ook maar een beetje te wankelen.

Om iets na zeven uur komt ze thuis. Ze heeft haar gympen weer aan, en haar dochter, die op weg naar buiten is, trekt haar wenkbrauwen op alsof ze een soort zwerfster is.

'Dit is New York niet, mama. Je ziet er niet uit zo. Alsof je je echte schoenen bent verloren.'

'Dat is ook zo.' Ze steekt haar hoofd om de hoek van de zitkamer. 'Hoi.'

'Ha!'

Phil steekt een hand op. Hij is precies waar ze hem had verwacht: op de bank. 'Heb je... al iets aan het eten gedaan?'

'O. Nee. Sorry.'

Het punt is niet dat hij egocentrisch is. Het lijkt eerder alsof hij zich nergens meer toe kan zetten en zelfs geen blik bonen meer kan opwarmen. De successen van die dag verdampen op slag. Ze gaat koken, en probeert zich er niet al te zeer door te laten deprimeren. Dan schenkt ze nog snel twee glazen wijn in.

'Je raadt nooit wat mij vandaag is overkomen,' zegt ze, en ze geeft hem een glas. Dan vertelt ze het verhaal van de verwisselde schoenen.

'Laat eens zien?'

Ze loopt naar de gang en trekt de schoenen aan. Ze gaat iets rechter staan en loopt heupwiegend terug naar de zitkamer.

'Wow!' Zijn wenkbrauwen schieten zo ongeveer zijn haargrens in.

'Ongelofelijk toch? Ik zou ze zelf in geen miljoen jaar hebben gekocht. En ze doen ontzettend pijn aan je voeten. Maar ik heb vandaag drie deals gesloten, drie deals waar we helemaal niet op hadden gerekend. En ik denk zelf dat het door die schoenen komt.'

'Welnee. Hoewel je benen er wel fantastisch uitzien, zo.' Hij komt omhoog zodat hij rechtop komt te zitten.

Ze glimlacht. 'Dank je.'

'Jij draagt nooit zoiets.'

'Ik weet het. Maar ik heb nu eenmaal geen Louboutin-achtig leven.'

'Dat zou anders wel moeten. Je ziet er... je ziet er fantastisch uit.'

En hij is ineens zo schattig, zo blij voor haar, en toch zo kwetsbaar. Ze loopt naar haar man toe, gaat op zijn schoot zitten en slaat haar armen om zijn nek. Misschien komt het door de wijn. Ze kan zich niet heugen wanneer ze voor het laatst zo tegen hem heeft gedaan. Ze kijken elkaar in de ogen.

'Je weet toch wat ze zeggen over dit soort schoenen?' mompelt ze.

Hij kijkt verbaasd.

'Dat ze niet bedoeld zijn om op te staan.'

Op zaterdagochtend is ze iets na negenen in de sportschool. Ze is hier niet om zich af te matten in het zwembad of om een van die genadeloze machines te bestijgen. Ze is hier om iets anders. Iets wat haar licht doet blozen, als ze terugdenkt aan wat voor heerlijks het haar heeft gebracht. Ze is hier om de schoenen terug te brengen.

Ze blijft even staan bij de glazen deuren, en denkt aan Phils gezicht toen hij haar wakker maakte met een beker koffie.

'Ik dacht dat ik vandaag maar eens aan de camper ga beginnen,' zei hij vrolijk. 'Ik kan mezelf beter eens nuttig maken.'

En op dat moment ziet ze de vrouw bij de receptie staan. Het is een van de Yummy Mummy's, haar haar in een glanzende staart, die tegen iemand van het personeel tekeergaat. Op de balie staat een bekende sporttas. Ze aarzelt en voelt haar maag automatisch verkrampen van onbeholpenheid.

Sam kijkt naar de tas aan haar voeten. Dit is de laatste keer dat ze naar deze sportschool gaat. Ineens weet ze het zeker. Ze wil hier nooit meer baantjes trekken, of zweten, of zich in een hoekje verstoppen. Ze haalt diep adem, loopt met grote passen naar binnen en zet de tas voor de vrouw neer.

'U moet voortaan echt beter opletten of u wel de goede tas meeneemt,' zegt ze, terwijl ze haar eigen tas meegrist. 'Dat kan toch niet, zomaar andermans schoenen meenemen. Echt, wat voor mensen laten ze hier tegenwoordig toe als lid?' Sam draait zich resoluut om.

Als ze op het station aankomt, is ze nog aan het lachen. Ze heeft een bonus gekregen die een gat in haar zak brandt. En er wacht ergens een paar volkomen ondraagbare schoenen op haar.

# Overval

Inspecteur Miller wenste dat hij dat laatste zilveruitje had laten liggen. Hij voelde hoe het in zijn maagwand brandde. Hij sloeg snel een zuurremmer naar binnen en keek naar het meisje met de blauwe blouse en rok dat tegenover hem zat. Een keurige getuige: geen strafblad, al jaren dezelfde baan, woonde nog bij haar ouders. Zou ze waarschijnlijk nooit meer weggaan. Zo iemand deed het goed in de rechtbank.

'Dus u begrijpt wat ze vandaag gaan doen?'

'O, ja.'

Haar handen lagen samengedrukt op haar schoot, en ze had een open, directe blik. Ze leek wonderlijk kalm, gezien wat ze had meegemaakt.

'Dus u maakt zich geen zorgen?'

'Niet als ze achter de tralies belanden, nee.'

Hij keek haar strak aan. 'Oké. Voor we naar binnen gaan wil ik nog een keer uw verklaring doornemen. Dus u had de zaak net geopend…'

Alice Herring zat op de grond, haar rok verdraaid, haar schouder kloppend van de pijn.

De deur werd achter haar dichtgesmeten, wat het geschreeuw in de winkel deed verstommen. Toen ze opkeek stond er een man voor haar met een getrokken pistool.

Ze keek naar hem op. 'Ga je me neerschieten?'

'Hou je bek.' Hij was lang en mager, en zijn gezicht was niet goed te zien door de bruine panty die hij over zijn hoofd had getrokken. Ze meende een licht Oost-Europees accent te horen.

'Je hoeft niet zo onbeschoft te doen. Ik vraag het alleen maar.'

'Alsjeblieft. Niks doms doen.'

'Je hebt je pistool gericht op een ongewapende vrouw, met een panty over je hoofd. En dan noem je míj dom?'

Hij raakte zijn hoofd even aan. 'Het is geen panty. Het is een kous.'

Ze schrokken van het geluid van vallende meubels in de winkel. Zacht gevloek.

'Nee, ja, dat is natuurlijk een heel ander verhaal,' zei ze.

Het was een ochtend als alle andere. Althans, alle andere ochtenden waarop meneer Warburton de luiken opende en daarbij werd onderbroken door drie gemaskerde mannen die de juwelierszaak in stormden en hen dwongen op de grond te gaan zitten. '*Waar is de kluis? Doe die fucking kluis open!*' De ruimte werd een draaikolk van lawaai en actie, en de mannen om haar heen werden samen een waas.

Ze was op de alarmknop af gesprongen, maar de grote man

had haar bij haar pols gepakt, en die pijnlijk achter haar rug gedraaid. Hij had haar omlaaggeduwd, door de deuropening van het kantoortje van meneer Warburton. Ze viel lichtelijk geïrriteerd op de grond, want het was vandaag taartdag.

Op vrijdagochtend stelde meneer Warburton vaak een tripje naar de bakker voor, op een toon alsof het de eerste keer was dat hij zoiets bedacht. Ze wisten dat hij het niet graag toegaf, maar hij was nogal verzot op roomhoorntjes.

Alice ging rechtop zitten en bekeek haar overvaller. 'Je kunt dat pistool best even omlaag doen. Ik ga je echt niet proberen te overmeesteren.'

'Beloof je dat je je niet zult verroeren?'

'Ik beloof het. Kijk maar. Ik zit hier. Op de vloer.'

Hij keek even naar de deur. Zijn toon was bijna verontschuldigend. 'Het is zo voorbij. Ze willen alleen de sleutels van de kluis.'

'Dan hebben ze een pincode nodig. En die krijgen ze echt niet van meneer Warburton.'

'Ze hebben sleutels nodig. Dat was het plan.'

'Nou, dan deugt het plan dus niet.'

Alice ging voorzichtig verzitten en wreef over haar schouder terwijl de man toekeek. Hij leek wat van zijn stuk door het feit dat zij helemaal niet bang leek – voor zover je iemands ware emotie kon zien door een laag van veertig denier.

'Ik heb nog nooit een overval meegemaakt… Jij bent heel anders dan ik had verwacht.'

Hij keek haar aan en tikte nerveus met zijn voet. 'Hoezo? Wat had je dan verwacht?'

'Ik weet niet. Het is trouwens ook lastig om te zien wat je wel bent met dat ding over je hoofd. Is dat niet warm?'

Hij aarzelde. 'Een beetje.'

'Je hebt zweetplekken. Op je shirt.' Ze wees en hij keek omlaag. 'Dat zal door de adrenaline komen. Er komt vast een hoop adrenaline vrij als je besluit om een juwelier te bestormen. En je zult vannacht ook wel niet zo goed geslapen hebben. Ik zou tenminste heel slecht hebben geslapen als ik jou was.'

Ze keek toe terwijl hij begon te ijsberen.

'Ik heet Alice,' zei ze uiteindelijk.

'Ik heet... Nee, ik kan je niet zeggen hoe ik heet.'

Ze haalde haar schouders op. 'Ik ontmoet hier niet veel mannen. Hooguit mannen die een cadeau komen kopen voor hun vrouw. Of een verlovingsring. Wat niet het beste moment is om te flirten.' Ze zweeg even. 'Neem dat maar van mij aan.'

Hij bleef staan en keerde zich naar haar om. 'Zeg... ben je soms met mij aan het flirten?'

'Nee, ik maak gewoon een praatje. Wat kunnen we anders doen? Behalve vechten, of schreeuwen, of het kantoor kort en klein slaan.' Ze schrokken toen ze in de ruimte ernaast nog een knal hoorden. 'En daar zijn je vrienden kennelijk al mee bezig.'

Hij keek onzeker om zich heen. 'Denk je dan dat ik dit kantoor overhoop moet halen?'

'Ik zou wel de videoapparatuur uitschakelen als ik jou was. Dat lijkt me wel van belang voor een overvaller.'

Hij keek op.

'Hij hangt daar.' Ze wees naar de beveiligingscamera.

Hij stak zijn slaghout op en tikte met een flinke zwaai het kleine kastje van de muur. Alice dook opzij om de rondvliegende stukken te ontwijken. Ze pulkte een glassplinter uit haar mouw.

'Ik heb zo'n hekel aan die camera. Ik ben altijd bang dat meneer Warburton ziet dat ik per ongeluk mijn blouse in mijn onderbroek heb gepropt of zo.' Alice keek omhoog langs de muur, naar het olieverfschilderij van de zwoele Spaanse danseres. 'Dat schilderij zou ik ook maar aan flarden slaan. Ik bedoel, dat zou ik doen als ik jou was. Als ik een overvaller was.'

'Het is een spuuglelijk ding.'

'Echt.'

Zijn grijns was net zichtbaar onder het fijne weefsel. 'Wil jij het anders doen?'

'Mag het?'

Hij gaf haar de honkbalknuppel.

Ze keek ernaar, en keek toen weer naar hem.

'Is het wel verstandig om deze aan mij te geven?'

'O. Nee.' Hij nam hem weer terug en wrikte toen het schilderij van de muur. 'Je zou je voet erdoorheen kunnen stampen.' Hij gooide het voor haar op de grond.

Ze bleef even aarzelend staan en begon er toen enthousiast op te springen, een paar keer. Toen deed ze een stap naar achteren en schonk hem een grijns. 'Gek, maar dat voelde echt goed. Ik snap ergens wel waarom je dit doet.'

'Het was echt een heel lelijk schilderij,' beaamde hij.

Alice ging op een stoel zitten en ze bleven even stil, en luisterden naar het geluid van laden die werden geplunderd in de andere ruimte.

Ze schopte afwezig tegen het kapotte schilderdoek. 'Doe je dit vaak?'

'Wat?'

'Juweliers beroven?'

Hij aarzelde en slaakte toen een zucht. 'Dit is mijn eerste keer.'

'O... ik weet niet of ik al eens eerder iemands eerste ben geweest. Dus... hoe is het zo gekomen?'

Hij ging tegenover haar zitten en liet de honkbalknuppel tussen zijn knieën zakken. 'Ik ben Big Kev – dat is die lange – geld verschuldigd. Veel geld. Ik had een bedrijf, maar dat liep mis. En toen was ik zo stom om geld van hem te lenen, en nu zegt hij dat dit de enige manier is om hem terug te betalen.'

'Hoeveel rente rekent hij?'

'Ik had tweeduizend geleend, en nu, acht maanden later, wil hij tienduizend van me hebben.'

'O. Dat is niet best. Dan had je beter een creditcard kunnen nemen. Die van mij rekent zestien procent. Zolang je maar niet elke maand alleen rente afbetaalt. Je wil niet weten hoeveel mensen daardoor in de problemen komen. Hier – bij de mijne verdien je ook nog punten. Kijk maar.'

Terwijl ze haar creditcard uit haar zak trok, werden ze onderbroken door nog meer neerstortende dingen en gevloek. Hij keek gespannen naar de deur.

'Ik weet niet of dat de toonbank was, maar die is van gehard glas,' merkte Alice op. 'En de dingen in de bakken van de kleine toonbank zijn niks waard. Dat zijn bijna allemaal zirkonen. We noemen het altijd de Voordeellijn.'

'Voordeellijn?'

'Niet in het bijzijn van klanten, natuurlijk. Mijn verloofde heeft er ooit eentje voor me gekocht. Ik was zo trots, totdat meneer Warburton waar iedereen bij was vertelde dat hij nep was. Sinds die tijd ben ik als de dood dat een man mij hooguit goed genoeg vindt voor een zirkoon.'

Hij schudde zijn hoofd. 'Wat vreselijk. Ben je nog met die man?'

'O, nee.' Ze snoof. 'Ik had al vrij snel door dat ik niet kon trouwen met een man zonder boekenplank.'

'Had hij dan geen boeken?'

'Nog geen *Reader's Digest* in zijn wc.'

'Er zijn hier in dit land veel mensen die nooit een boek lezen.'

'Hij had er niet één. Geen thriller of niks. Zelfs niks van Jeffrey Archer. Ik bedoel, wat zegt dat over iemands karakter? En ik had sowieso beter moeten weten. Hij ging ervandoor met een meisje van de knakendrogist dat honderdvierendertig duckfacefoto's van zichzelf op Instagram had gezet. Ik heb ze geteld. Wie zet er überhaupt honderdvierendertig foto's van zichzelf op het internet? En dan ook nog allemaal met zo'n duckface?'

'Duckface?'

'Ja, zo heet dat. Als ze zo'n pruilmond trekken. Ze denken dat het er sexy uitziet.' Ze tuitte haar lippen overdreven en hij moest een lachje onderdrukken. 'Ik mis hem gek genoeg helemaal niet. Maar ik word soms wel een beetje verdrietig van het idee dat...'

'Sst!' Het geschreeuw zwol ineens aan. De man met de kous over zijn hoofd gebaarde dat ze stil moest zijn, en hij draaide zijn hoofd om naar de deurpost. Ze hoorde dringend gemompel.

'Ik zei het toch? Meneer Warburton is de enige die het weet.'

Hij leunde de andere ruimte in, en ze hoorde gesmoorde stemmen. Toen draaide hij zich terug naar haar.

'Big Kev zegt dat ik jou moet... mishandelen. Om te zorgen dat jouw baas hem de code geeft.'

'O, dat doet hem niks. Hij mag me niet zo. Hij zegt altijd dat ik hem aan zijn ex doe denken. Dan had je beter Clare kunnen nemen. Die werkt hier altijd op dinsdag. Daar heeft hij een enorm zwak voor. Hij geeft haar altijd koekjes als hij denkt dat niemand het ziet.' Ze zwijgt even. 'Clare zal het wel vreselijk vinden dat ze dit nu allemaal mist. Ze is gek op drama.'

Hij deed de deur dicht en zei op fluistertoon. 'Kan je niet huilen? Dat je net doet alsof ik je pijn doe? Dat komt er misschien schot in.'

Ze haalde haar schouders op. 'Als het helpt. Maar eerlijk gezegd denk ik niet dat meneer Warburton ermee zit als hij denkt dat ik in gevaar ben.'

'Echt niet? Probeer het dan tenminste.'

Alice haalde diep adem en keek hem strak aan. 'Help! Au! Je doet me pijn!'

Hij schudde zijn hoofd misprijzend. 'Nee. Dat slaat nergens op.'

'Hoor eens, ik heb hier geen ervaring mee. En acteren is niet mijn ding. In de toneelstukken op school was ik altijd Derde Boom op Links. Of ik mocht het decor schilderen.'

'Je moet… buiten adem lijken. Alsof je heel bang bent.' Hij pakte een stoel op en smeet die door het kantoor. Hij trok een wenkbrauw op toen die tegen de muur versplinterde.

'Maar ik ben helemaal niet bang,' siste ze. 'Ik bedoel, jij bent natuurlijk overduidelijk een sterke kerel. Maar…'

'Maar?'

'Ik heb gewoon het gevoel dat jij me niks zult aandoen.'

Dit leek hem niet lekker te zitten. 'Je weet helemaal niets van mij.' Hij kwam een stap dichterbij zodat hij boven haar uittorende. 'Ik zou je wat aan kunnen doen. Echt.' En hij pakte zijn honkbalknuppel op en sloeg het koffiezetapparaat aan flarden, waardoor er koud bruin vocht en glasscherven op de vloerbedekking terechtkwamen.

Ze keek ernaar. 'Je begint de smaak te pakken te krijgen, hè?'

'Ben je nou bang… Alice?'

'Ja… zeker…'

Hij kwam nog wat dichterbij, zijn honkbalknuppel bevroren in zijn hand. Ze staarden elkaar aan. Toen liet hij de knuppel vallen, en kusten ze elkaar, heel snel.

'Jij bent absoluut meer waard dan een zirkoon.'

'Ik heb nog nooit iemand door een pantykous heen gekust,' zei ze.

'Het is wel een beetje raar.'

'Ja, echt. Wat nou als ik een gat maak... hier... zodat je lippen erdoor kunnen.' Met haar nagels maakte ze een kleine opening.

Toen ze weer stopten bracht hij zijn hand naar zijn neus. De kous was gaan ladderen en het gat was groter geworden, zodat ze nu op zijn ogen na zijn hele gezicht kon zien.

'Shit, wat moet ik nou doen?'

'Hier.' Ze tilde haar rok op. 'Je mag er wel een van mij.'

Hij stond er als betoverd bij terwijl ze er een van haar been stroopte. 'Fijn om je gezicht te kunnen zien,' zei ze terwijl ze naar hem opkeek. 'Je bent heel... knap, meneer... eh...'

'Tomasz. Ik heet Tomasz. Jij ook.'

Haar stem klonk zacht, welwillend. 'Ik trek hem wel even over je hoofd. Als je wilt.'

Ze kusten nog eens, en stopten zodat ze haar kous voorzichtig over zijn hoofd kon trekken.

'Ik zie niks,' zei hij toen ze een stap achteruit had gedaan.

'O, dat klopt. Het is honderd denier. Weet je wat, ik trek hem hier gewoon een beetje strakker.... Dan kun je misschien...' Ze ging achter hem staan.

'Wat doe je?'

'Het spijt me zo.'

'Wat?'

'Dit.' En met een bijna onhoorbare klap liet ze de honkbalknuppel neerkomen op zijn hoofd.

'Dus,' zei inspecteur Miller toen ze door de gang liepen, 'bent u klaar voor de spiegelconfrontatie?'

'O ja. Ik ben er helemaal klaar voor.'

'Juffrouw Herring, ziet u de mannen die Warburtons juwelierswinkel hebben beroofd hiertussen staan?'

Ze staarde naar de rij mannen achter de spiegelwand en tikte met haar vingers tegen haar onderlip. Ze draaide zich om naar de inspecteur. 'Het spijt me – het is lastig te zeggen zonder hun kousen.'

'Hun kousen?'

'Over hun hoofd. Nu ze die niet dragen ben ik negenennegentig procent zeker, maar als ik ze met zo'n kous zou zien, zou ik het honderd procent zeker weten.'

Er werden kousen geregeld. Dit leek haar te amuseren.

'Nummer een – absoluut,' zei ze. 'Hij was degene met het pistool. En nummer drie, die met die oren. Hij is degene die meneer Warburton heeft geslagen.'

Inspecteur Miller kwam een stap dichterbij. 'Nog een?'

Ze tuurde door het glas. 'Hm. Nee.'

Twee agenten wisselden een blik. Inspecteur Miller bestudeerde haar gezicht. 'Weet u het heel zeker? Volgens uw baas waren ze met zijn drieën.'

'O nee, het waren er echt maar twee. De enige andere man in de winkel was een klant, zoals ik al eerder heb gezegd. Hij kwam voor een verlovingsring, geloof ik. Aardige gast. Buitenlands accent.'

Millers maagzweer speelde weer op. 'Meneer Warburton is er vast van overtuigd. Drie mannen, zei hij.'

Met iets zachtere stem antwoordde ze: 'Maar hij heeft een flinke mep op zijn hoofd gehad. En tussen ons gezegd en gezwegen, hij ziet sowieso bijna niks. Door al dat getuur naar de edelstenen.' Ze glimlachte. 'Kan ik dan nu weer weg?'

Miller staarde haar aan. Hij slaakte een zucht. 'Prima. We houden contact.'


'Ben je er klaar voor?'

Hij sloeg zijn lange benen van elkaar en stond glimlachend op van het parkbankje. 'Wat zie je er mooi uit, Alice.'

Ze bracht een hand naar haar haar. 'Ik ben net op de foto gegaan voor de plaatselijke krant. Kennelijk ben ik een soort van held: "Meisje stopt roofoverval. Redt klant."'

'Je hebt me gered, dat klopt inderdaad.'

Ze stak haar hand op en streelde even over de bult op zijn hoofd. 'Doet het nog pijn?'

'Het is al minder beurs.' Tomasz pakte haar vingers en kuste ze. 'Waar gaan we naartoe?'

'Ik weet niet. Naar de bibliotheek?'

'O, ja. Ik hoopte dat je me de afdeling waargebeurde misdaden wilde laten zien. En dan koop ik voor jou een... roomhoorntje?'

'Kijk,' zei Alice Herring, terwijl ze hem bij de arm pakte, 'dat noem ik nou een goed plan.'

# Een oude jas

De voering van de jas is helemaal kapot. Evie houdt hem omhoog en laat haar vinger langs de gescheurde zoom glijden en vraagt zich af of ze de rafelige randjes van de stof misschien nog aan elkaar kan stikken. Ze keert de jas om en kijkt naar de sleetse stof, de licht glimmende ellebogen, en ze realiseert zich dat dat toch geen zin zou hebben.

Ze weet precies wat voor nieuwe jas ze zou willen. Ze ziet hem twee keer per dag in een etalage hangen van de winkel waar ze altijd langs loopt, en ze houdt dan steeds even in, gewoon om ernaar te kunnen staren. Pauwblauw, met een zilverkleurige bontkraag. Klassiek genoeg om een paar jaar mee te kunnen, maar apart genoeg om niet te lijken op een doorsnee jas uit een van de grote winkelketens. Hij is schitterend.

En hij kost honderdvijfentachtig pond.

Dus buigt Evie steeds haar hoofd en loopt door.

Nog niet zo lang geleden zou Evie de jas gewoon hebben gekocht. Ze zou hem in haar lunchpauze van het rek hebben gepakt, hem hebben geshowd aan de meiden van Marketing, en met de chique tas van de winkel naar huis zijn gegaan, en het gewicht van de tas zou steeds zo lekker tegen haar benen vallen.

Maar een poosje terug, zonder erom gevraagd te hebben, waren ze ineens officieel opgenomen in de gelederen van het In De Knel Zittende Midden. Petes uren werden zomaar met dertig procent teruggeschroefd. De wekelijkse boodschappen kosten vijftien procent meer dan eerst. Brandstof is inmiddels zo duur dat ze haar auto hebben verkocht, en nu loopt ze de drie kilometer naar haar werk. De hypotheek, die altijd zo betaalbaar had geleken, hangt nu als een molensteen om hun nek. Ze zit 's avonds aan de keukentafel over kolommen met cijfers gebogen en waarschuwt haar puberdochters voor onnodige uitgaven zoals haar moeder haar waarschuwde voor Foute Mannen.

'Kom, schat. Laten we naar bed gaan.' Petes hand landt zachtjes op haar schouder. 'Ik ben bezig met de boekhouding.'

'Zie het dan zo: als we lekker tegen elkaar aan kruipen houden we elkaar warm. Dat scheelt in de verwarmingskosten,' voegt hij er ernstig aan toe. 'Serieus, ik doe het echt niet voor mijn eigen lol.'

Ze glimlacht zwakjes, als in een reflex. Hij legt zijn arm om haar heen. 'Kom nou, liefje. Het komt wel goed. We hebben wel ergere dingen doorstaan.'

Ze weet dat hij gelijk heeft. Ze hebben tenminste allebei

werk. Vrienden van hen blijven dapper glimlachen terwijl ze vragen naar nieuw werk afwimpelen met: 'O... er zitten een paar dingen in de pijplijn.' Twee stellen hebben hun huis moeten verkopen en zijn kleiner gaan wonen, en die zoeken nooit meer contact, alsof de schaamte over hun terugval op de ladder te groot is.

'Hoe is het met je vader?'

'Gaat prima.' Elke avond na zijn werk rijdt Pete naar zijn vaders huis met een warme maaltijd. 'Maar met de auto gaat het een stuk minder.'

'Zeg dat nou niet!' jammert ze.

'Ik weet het. Ik denk dat de startmotor aan zijn eind is. Luister,' zegt hij als hij haar gezicht ziet, 'geen paniek. Ik breng hem wel even naar Mike, om te vragen of hij een mooie prijs voor ons kan maken.'

Ze zegt niks over de jas.

De meiden van Marketing maken zich geen zorgen over startmotoren of verwarmingskosten. Ze verdwijnen nog steeds met de lunch de stad in en als ze terugkomen, tonen ze hun aankopen met de stalen blik van een jager die terugkomt met zijn trofeeën. Op maandagochtend komen ze terug met verhalen over weekendtripjes naar Parijs of Lissabon, ze gaan elke week uit eten in een pizzeria (terwijl Evie hun bezweert dat ze veel liever haar boterham met kaas eet). Ze doet haar best om hen niet te benijden. Twee van hen hebben geen kinderen; Felicity heeft een man die drie keer zo veel verdient als zij. Ik heb Pete en de meiden, houdt Evie zichzelf stellig voor, en we zijn allemaal gezond en we hebben een dak boven ons hoofd, en dat is heel veel meer dan veel andere mensen hebben. Maar als ze hen soms hoort praten over Barcelona of als ze alweer een nieuw paar schoenen laten zien, klemmen haar kaken zich zo hard op elkaar dat ze vreest dat haar tandglazuur het niet overleeft.

'Ik heb een nieuwe jas nodig,' zegt ze uiteindelijk tegen Pete. Ze flapt het er ineens uit, zoals iemand anders toegeeft dat hij ontrouw is geweest.

'Maar je stikt toch van de jassen?'

'Nee. Ik heb er maar één, en die heb ik al vier jaar. En dan heb ik nog een regenjas en die zwarte die ik op eBay heb gekocht, die een kapotte mouw bleek te hebben.'

Pete haalt zijn schouders op. 'Dus? Als je een nieuwe jas nodig hebt, moet je er eentje kopen.'

'Maar de jas die ik leuk vind, is hartstikke duur.'

'Hoe duur?'

Ze vertelt het hem en ziet hoe hij wit wegtrekt. Pete vindt het al gestoord om meer dan een tientje uit te geven aan de kapper. Het nadeel van het feit dat zij al hun hele huwelijk de gezinsboekhouding doet, is dat zijn kostenthermostaat ergens halverwege de jaren tachtig is blijven steken.

'Is het soms een... designerjas?'

'Nee. Het is gewoon een goeie wollen jas.'

Hij blijft even stil. 'We moeten ook Kates schoolkamp nog betalen. En mijn startmotor.'

'Weet ik. Het geeft niet. Ik ga hem niet kopen.'

De volgende ochtend steekt ze de straat over, op weg naar

haar werk, zodat ze de jas niet hoeft te zien. Maar de jas heeft zich al in haar geheugen geprent. Elke keer als haar vingers blijven haken aan haar kapotte voering ziet ze hem voor zich. Ze ziet hem als Felicity terugkomt van lunchpauze met een nieuwe jas (rood, met zijden voering). Het voelt op de een of andere manier als een symbool voor alles wat er in hun leven misgegaan is.

'We halen een nieuwe jas voor je,' zegt Pete zaterdagochtend als hij ziet dat ze heel voorzichtig haar arm uit haar mouw trekt. 'We vinden vast wel iets wat je mooi vindt.'

Ze blijven staan voor de etalage, en ze kijkt hem zwijgend aan. Hij geeft haar een kneepje in haar arm. Ze lopen nog een paar zaken af en komen uiteindelijk terecht bij Get the Look, een winkel waar haar dochters gek op zijn; het hangt er vol met 'fun fashion', en het personeel lijkt allemaal twaalf jaar en loopt kauwgum te kauwen, en de muziek is er oorverdovend. Pete heeft normaal een bloedhekel aan shoppen, maar hij lijkt aan te voelen hoe down ze is, en hij gedraagt zich ongewoon vrolijk. Hij gaat alle rekken langs, en houdt een donkerblauwe jas op met een kraag van nepbont. 'Kijk – deze lijkt precies op de jas die jij zo mooi vindt! En hij is maar...' hij tuurt op het prijskaartje, 'negenentwintig pond!'

Ze laat zich door hem in de jas helpen, en bekijkt zichzelf in de spiegel.

De jas is iets te krap bij de armen. De kraag is leuk, maar ze vermoedt dat hij binnen een paar weken gaat klitten als de vacht van een oude kat. De snit rekt en zakt op plekken waar dat niet te bedoeling is. De wolmix bevat maar heel weinig wol.

'Je ziet er schitterend uit,' zegt Pete lachend.

Al liep ze in een gevangenisuniform rond, dan zou Pete nog zeggen dat ze mooi was. Ze vindt dit een verschrikkelijke jas. Ze weet dat de jas haar telkens als ze hem aantrekt een verwijt zal maken: 'Je bent drieënveertig en je draagt een goedkope jas uit een winkel voor tieners.'

'Ik ga er even over nadenken,' zegt ze, en ze hangt de jas terug op de hanger.

De lunchpauze is inmiddels een soort marteling. Vandaag bestellen de meiden van Marketing kaartjes voor een optreden van een boyband van vijftien jaar geleden. Bij wijze van groepsuitje. Ze zitten op een computerscherm te kijken naar de beste plaatsen.

'Heb jij geen zin, Evie? Een avondje uit met de meiden? Kom op, joh, het wordt lachen!'

Ze kijkt naar de prijzen van de kaartjes: vijfenzeventig pond per stuk, en het vervoer komt er nog bij.

'Nee, dat is niks voor mij,' zegt ze glimlachend. 'Ik vond hen vroeger al niks.'

Dat is uiteraard een leugen. Ze was groot fan. Ze beent naar huis, en staat zichzelf toe heel even naar de jas te kijken. Ze voelt zich kinderachtig, opstandig. En dan, als ze hun oprit oploopt, ziet ze Pete's benen onder de auto uitsteken.

'Wat doe jij nou? Het regent!'

'Ik dacht, laat ik de auto zelf maar eens proberen te maken. Dat scheelt weer een paar pond.'

'Maar je hebt helemaal geen verstand van auto's?'

'Ik heb wat gedownload van internet. En Mike zei dat hij er daarna nog even naar kijkt om te controleren of ik het wel goed gedaan heb.'

Ze staart hem aan en voelt haar hart een beetje samentrekken van liefde. Hij was altijd al vindingrijk.

'Ben je dan al bij je vader geweest?'

'Ja. Met de bus.'

Evie staart naar haar mans doorweekte, zwart bevlekte broek en slaakt een zucht. 'Ik maak wel een ovenschotel voor hem. Als je er dan een paar dagen niet naartoe kunt, heeft hij in elk geval iets te eten.'

'Je bent geweldig.' Hij geeft haar een kushand vol olievlekken.

Misschien omdat ze merken dat ze down is, zijn de meisjes heel lief onder het eten. Pete is ergens anders met zijn hoofd, en staart naar tekeningen van de ingewanden van zijn motor. Evie kauwt op haar macaroni met kaassaus en houdt zich voor dat er wel ergere dingen zijn dan een jas niet kunnen betalen terwijl je hem zo graag zou willen hebben. Ze herinnert zich dat haar moeder er altijd de 'hongerige kindjes in Afrika' bij haalde als ze met lange tanden aan haar groente zat.

'Ik haal morgen die jas van negenentwintig pond. Als jij dat goedvindt.'

'Hij stond je prachtig.' Pete geeft haar een kus op haar hoofd. Ze ziet aan zijn gezicht dat hij wel weet hoe vreselijk ze het vindt. Als de meisjes van tafel zijn, steekt hij zijn hand naar haar uit en zegt zachtjes: 'Het komt echt wel weer goed, hoor.' Ze hoopt maar dat hij gelijk heeft.

Felicity heeft een nieuwe handtas. Evie probeert de commotie verder te negeren als de tas uit zijn doos wordt gehaald, en vervolgens uit zijn katoenen stoftas, en ten slotte wordt opgehouden zodat iedereen hem kan bewonderen – het is zo'n tas die een maandsalaris kost, eentje waarvoor je op een wachtlijst moet voor het privilege er eentje te mógen kopen. Evie doet alsof ze opgaat in spreadsheets zodat ze niet hoeft te kijken. Ze schaamt zich voor de golven jaloezie waardoor ze wordt overspoeld als ze de bewonderende o's en ah's hoort. Ze heeft helemaal niks met handtassen. Ze benijdt Felicity alleen omdat haar financiele zekerheid haar in staat stelt om zonder een spoortje angst zoiets duurs te kopen. Zelf moet ze tegenwoordig twee keer nadenken voor ze een plastic tasje bij de boodschappen koopt.

Maar dat is nog niet alles. Myra heeft een nieuwe bank besteld. En ze hebben het over hun aanstaande uitje. Felicity zet haar tas op haar bureau en grapt dat ze liever zo'n tas heeft dan een baby.

In haar eigen lunchpauze loopt Evie naar Get the Look. Ze loopt blindelings en met gebogen hoofd door over straat en houdt zich voor dat het maar een jas is. Je moet wel heel oppervlakkig zijn om te denken dat het iets over je zegt wat voor kleren je draagt, toch? Als een mantra telt ze haar zegeningen op een hand. En dan blijft ze voor de andere winkel staan, omdat haar aandacht wordt getrokken door een groot rood bord in de etalage: UITVERKOOP. Haar hart maakt een onverwacht sprongetje.

Zenuwachtig gaat ze naar binnen en weigert te luisteren naar het stemmetje in haar hoofd.

'Die blauwe wollen jassen,' zegt ze tegen de winkelbediende. 'Hoeveel gaat daar nu af?'

'Alles in de etalage gaat nu weg voor de helft van de prijs, mevrouw.'

Negentig pond. Oké, dat is nog steeds een heleboel geld, maar het is wel de helft. Dat is toch niet niks? 'Ik wil hem graag in maat 40,' zegt ze voor de rede kan toeslaan.

De winkelbediende komt terug als Evie net haar creditcard uit haar tas heeft gehaald. Het is een prachtige jas, houdt ze zichzelf voor. Hij gaat jaren mee. Pete zal het wel begrijpen.

'Het spijt me, mevrouw. We hebben hem niet meer in maat 40.'

'Pardon?'

'Het spijt me zeer.'

Evie voelt zich verslagen. Ze staart naar de etalage en laat haar portemonnee weer in haar tas glijden. Ze glimlacht teleurgesteld. 'Ach, nou, het is misschien maar goed, ook.' Ze loopt niet door naar Get the Look. Dan houdt ze het liever bij haar oude jas.

'Hallo, daar.'

Ze hangt haar jas op als Pete zijn hoofd om de hoek steekt. Ze sluit haar ogen als hij haar een kus geeft.

'Je bent helemaal doorweekt.'

'Het regent.'

'Had dan even gebeld, dan was ik je komen halen.'

'Doet de auto het dan weer?'

'Voorlopig wel. Mike zei dat ik het best goed had gedaan. Ben ik geweldig of niet?'

'Je bent super.'

Ze houdt hem een poosje stevig vast en loopt dan de troostrijke warmte van haar keuken in. Een van de meisjes heeft koekjes gebakken, en Evie snuift de bakgeur op. Dit is wat telt, zegt ze bij zichzelf.

'Er ligt trouwens iets voor je op tafel.'

Evie kijkt om en ziet de tas. Ze staart Pete aan. 'Wat is dat?'

'Doe nou maar open.'

Ze tilt de tas op en kijkt erin. Ze verstijft.

'Geen paniek. Het is een cadeau van mijn vader. Omdat je altijd voor hem kookt.'

'Wat?'

'Hij wil niet steeds jouw eten blijven aannemen zonder dat hij er iets voor terug kan doen. Je kent hem toch. Ik had hem verteld over de jas, en je gelooft het niet, maar er was ineens uitverkoop. Dus toen zijn we de jas met de lunch gaan halen.'

'Dus je vader heeft een jas voor me gekocht?'

'Word nou niet opeens emotioneel. Ik heb hem uitgekozen en hij heeft hem betaald. Hij had berekend dat het goed was voor dertig steak pies en twintig stukken appelcrumble. Hij vond het een goeie deal, gezien wat jij allemaal voor hem doet.'

De meisjes en hij wisselen een blik. Evie barst in lachen uit terwijl ze de tranen uit haar ogen veegt.

'Jemig, mam,' zegt Letty, 'je hoeft niet meteen zo emo te worden. Het is maar een jas.'

Evie loopt naar haar werk. Ze is aan de vroege kant; het kantoor is nog bijna leeg. Felicity verdwijnt naar het toilet om zich op te maken, en Evie gooit neuriënd de marketingbudgetten op haar bureau. Als ze daar staat, ziet ze een rekeningoverzicht onder de designertas uit piepen, en ze controleert even of het een overzicht van de zaak is. Verleden week is hun tijdens een vergadering op het hart gedrukt dat ze 's avonds geen financiële overzichten op hun bureau mochten laten slingeren. Maar als ze beter kijkt, ziet ze dat het een persoonlijk overzicht is: van een creditcard. Evie knippert met haar ogen als ze het totaalbedrag ziet.

Maar het is echt een getal van vijf cijfers.

'Ga je mee?' vraagt Felicity in de lunchpauze. 'We wilden die nieuwe Thai een keer proberen. Dan kun je pronken met je nieuwe jas!'

Evie denkt er even over na, maar haalt dan haar lunch uit haar tas. 'Vandaag maar niet,' zegt ze. 'Maar toch bedankt.'

Als ze weggaan, draait ze zich om en strijkt de jas glad op de rugleuning van haar stoel, en aait even over de kraag. En al is Evie helemaal niet zo dol op haar boterhammen met kaas, ze eet ze allemaal op. En ze smaken haar geweldig.

# Dertien dagen met John C.

Ze was er bijna langs gelopen. De laatste honderd meter was Miranda met een soort afwezige vastberadenheid doorgelopen, zich afvragend wat ze die avond zou koken. Ze had geen aardappels meer.

Niet dat deze route haar nog veel afleiding bood. Elke avond kwam ze terug van haar werk en trof ze Frank voor alweer een 'niet te missen' voetbalwedstrijd op de buis (vanavond was het Kroatië tegen een of ander Afrikaans land), en dan trok ze haar gympen aan en ging ze een kilometer lopen over het voetpad langs het park, en weer terug. Het weerhield haar ervan om tegen Frank te gaan zeuren, en het toonde hem tegelijk dat ze ook een leven had naast hem. Als hij tenminste de moeite nam om op te kijken van de televisie.

Dus hoorde ze bijna het gerinkel in de verte niet, dat ze onbewust had weggeschreven in dezelfde categorie als de claxons, de sirenes en de andere achtergrondgeluiden van de stad. Maar toen klonk het ineens schril en heel dichtbij, en ze keek achterom en toen ze zag dat er verder niemand was, vertraagde ze haar pas en volgde het geluid, de struiken in. En daar lag het half verstopt in het hoge gras – een mobieltje.

Miranda Lewis stond stil, keek naar het lege voetpad voor haar en pakte het toen op – het was hetzelfde model als haar eigen telefoon. In de seconde die het duurde voor ze dat had geregistreerd hield het rinkelen op. Ze stond zich af te vragen of ze de telefoon moest terugleggen toen er een belletje klonk waarmee een sms werd aangekondigd. Hij was van 'John C.'.

Ze keek om zich heen en voelde zich bijna betrapt. Toen ze bedacht dat het misschien de eigenaar was, die de vinder wilde vragen om hem de telefoon terug te bezorgen, aarzelde ze even en klikte op het bericht om het te openen:

Waar ben je schat. Al twee dagen niks van je gehoord!!!

Miranda staarde ernaar en stopte de telefoon toen fronsend in haar zak en liep door. Het had geen zin om hem in het gras te laten liggen. Ze zou thuis wel beslissen wat ze ermee zou doen.

Miranda, zo mocht haar beste vriendin Sherry graag zeggen, was ooit nogal een knappe meid geweest. Als een ander dat 'ooit' had benadrukt zou Miranda misschien beledigd zijn, maar Sherry voegde er altijd aan toe dat de jongens twintig jaar geleden letterlijk aan haar voeten lagen. Miranda's dochter Andrea trok altijd een gezicht als Sherry dit opmerkte, alsof het hele idee dat haar moeder ook maar een beetje aantrekkelijk kon zijn lachwekkend was. Maar

Sherry bleef het toch herhalen, want Sherry was heel boos op Frank, omdat ze vond dat hij Miranda niet op waarde wist te schatten.

Altijd als Sherry met haar mee wandelde moest ze aanhoren wat Frank allemaal had misdaan, en vergeleek ze hem met Richard. Richard vond het vreselijk als Sherry de kamer uit ging. Richard regelde elke vrijdagavond een avondje 'qualitytime' voor hun tweetjes. Richard legde briefjes op haar kussen. Dat is omdat jullie geen kinderen hebben, omdat jij meer verdient dan hij en omdat Richard een mislukte haartransplantatie achter de rug heeft, dacht Miranda dan altijd, hoewel ze dat nooit hardop zei.

Maar de laatste anderhalf jaar was ze Sherry's mening anders gaan bezien. Want heel eerlijk gezegd ergerde ze zich de laatste tijd aan Frank. Aan zijn gesnurk. Aan het feit dat ze hem er altijd aan moest herinneren om de vuilniszak in de keuken te verwisselen, ook al liep die duidelijk over. Aan het feit dat hij klaagde dat er geen melk was, alsof de melkfee hun huisje had overgeslagen, ook al werkte zij evenveel als hij. Aan hoe zijn hand op zaterdagavond altijd over haar heen gleed, alsof het een routinekwestie was, zoiets als autowassen, hoewel hij daar waarschijnlijk meer affectie in legde.

Miranda wist dat ze mazzel had dat haar huwelijk al eenentwintig jaar duurde. Ze geloofde dat er bijna niets was wat je niet kon oplossen met een stevige wandeling en een dosis frisse lucht. De afgelopen negen maanden had ze dan ook elke dag twee kilometer gelopen.

Terug in de keuken, met een kop thee naast zich, had ze na

een heel korte aanval van gewetensnood het berichtje nog eens geopend.

> Waar ben je schat. Al twee dagen niks van je gehoort!!!

De gebrekkige interpunctie en gruwelijke spelfout onderstreepten de wanhoop alleen maar. Ze vroeg zich af of ze John C. misschien moest bellen om uit te leggen wat er was gebeurd, en dat zij de telefoon had gevonden, maar de boodschap was zo persoonlijk dat dat haar ongepast leek.

De telefoonnummers van de eigenaar, dacht ze. *Ik scrol erdoor, en dan vind ik haar vanzelf.* Maar er stond helemaal niets in de lijst met namen. Geen enkele clou, op John C. na. Het voelde allemaal wat vreemd. Ik wil hem niet bellen, dacht ze ineens. Ze voelde zich uit balans door die rauwe emotie, alsof iemand haar huis was binnengedrongen, haar veilige haven. Ze zou de telefoon naar het politiebureau brengen, besloot ze, en toen viel haar oog op een ander icoontje: agenda. En in die agenda stond het, bij de datum van de volgende dag. 'Bellen met reisbureau'. En daaronder: 'Haar, Alistair Devonshire, 14.00 uur'.

De kapper was zo gevonden; de naam kwam haar al bekend voor en toen ze hem opzocht in het telefoonboek, besefte ze dat ze er waarschijnlijk heel vaak langs gelopen was. Het was een discreet chique kapsalon, in een zijstraat van de grote winkelstraat. Ze zou de receptioniste vragen om aan degene die er die dag een afspraak had om twee uur te vragen of ze soms haar telefoon kwijt was.

Maar toen gebeurde iets dat Miranda's vastbeslotenheid deed wankelen. Ze zat in de bus en ze had weinig anders te doen dan de opgeslagen foto's te bekijken. En daar was hij, een lachende, donkerharige man, met een beker aan zijn mond, en zijn ogen opgeslagen tijdens een of ander intiem moment: John C... Ze bekeek nog meer berichtjes. Ze kwamen bijna allemaal van hem.

> Het spijt me dat ik gisteravond niet kon bellen W was in een rothumeur, ik denk op zoek naar clous. De hele avond aan je gedacht.

> Zie je voor me in je jurk, mijn Scharlakenrode Dame. Zoals hij langs je huid valt.

> Kan jij donderdagavond wegkomen? Heb tegen W gezegd dat ik naar een congres moet. Droom van mijn lippen op jouw huid.

En nog een paar waardoor Miranda Lewis, een vrouw die altijd dacht dat er nog maar weinig was wat haar kon verrassen, de telefoon diep in haar tas wegstopte en bad dat niemand haar vuurrode wangen kon zien.

Ze stond bij de receptie, haar oren gonzend van het zeurende geluid van een stuk of tien föhns, en had al spijt dat ze hier nu was, toen de vrouw op haar afkwam.

'Hebt u een afspraak?' vroeg ze. Haar steile, auberginekleurige haar was nonchalant opgestoken, en uit haar blik sprak haar volkomen gebrek aan interesse in Miranda's antwoord.

'Nee,' zei Miranda. 'Eh... is er misschien iemand die hier een afspraak heeft om twee uur?'

'U hebt geluk. Ze heeft afgebeld. Dus Kevin heeft plek voor u.' Ze draaide zich om. 'Ik pak even een cape voor u.'

Miranda werd op een stoel gezet en staarde naar haar eigen spiegelbeeld; een licht verbluft kijkende vrouw met het begin van een onderkin en nietszeggend haar dat ze niet had gefatsoeneerd sinds ze uit de bus was gestapt.

'Hallo.'

Miranda schrok toen er een jongeman achter haar verscheen.

'Wat kan ik voor u doen? Alleen even bijwerken?'

'O, eh, nee, dit is een misverstand. Ik wilde alleen...'

Op dat moment maakte haar telefoon een geluidje, en ze verontschuldigde zich mompelend terwijl ze in haar tas graaide. Ze drukte de sms open en schrok een beetje. De telefoon die ze had gepakt was niet die van haar.

Zit te denken aan onze laatste keer. Je laat mijn bloed kolken

'Kunnen we weer? Als ik eerlijk ben is dit niet het beste kapsel voor u.' Hij pakte een slappe lok op.

'O nee?' Miranda staarde naar de sms, bedoeld voor degene die eigenlijk in deze stoel had moeten zitten. *Je laat mijn bloed kolken*.

'Zullen we eens wat anders doen? Dat we u een wat modernere look geven? Wat vindt u daarvan?'

Miranda aarzelde. 'Ja,' zei ze, en ze keek de vrouw in de spiegel aan.

Voor zover zij wist had ze Franks bloed nog nooit laten kolken. Hij zei wel eens dat ze er leuk uitzag, maar dat leek hij te doen omdat hij dacht dat dat moest en niet omdat hij dat echt meende. Het was de spits van Arsenal die Franks bloed deed kolken. Hij zat vaak met zijn voeten op het kleed voor de televisie te stampen van opwinding.

'Zullen we eens lekker gek doen?' vroeg Kevin, met de kam in zijn hand.

Miranda dacht aan haar dochter, die hoorbaar geeuwde als Sherry doordraafde over hun vriendjes van vroeger. Ze dacht aan Frank, die niet eens opkeek van de buis als ze thuiskwam van haar werk. *Hoi, schat*, zei hij altijd en dan stak hij zijn hand op als groet. Een hand. Alsof ze een hond was.

'Weet u wat,' zei Miranda. 'Geef mij maar het kapsel dat je de vrouw die hier anders om twee uur zou komen zou hebben gegeven.'

Kevin trok een wenkbrauw op. 'O... goede keuze.' Hij leek ineens meer waardering voor haar te hebben. 'Dit wordt leuk.'

Ze had die avond niet langs het voetpad gerend. Ze had in de keuken gezeten om de berichtjes nog eens te lezen, en schrok op en wierp een schuldbewuste blik in de richting van de zitkamer toen er een nieuwe sms binnenkwam. Haar hart maakte een sprongetje toen ze de naam las. Ze aarzelde, maar opende hem toch.

> Maak me zorgen om je. Dit duurt te lang. Trek het nog net
> als je hiermee wil stoppen maar wil wel weten dat het goed
> met je gaat. Xxx

Ze staarde naar het bericht en zag de liefhebbende bezorgdheid en de poging tot humor. Toen keek ze op en zag haar spiegelbeeld met het kortere kapsel en de rossige kleur die volgens Kevin zijn beste werk was, die week.

Misschien kwam het wel doordat ze helemaal niet meer op zichzelf leek. Misschien kwam het doordat ze het vreselijk vond als iemand leed, en John C. leed overduidelijk. Misschien kwam het ook wel doordat ze al een paar glazen wijn ophad. Maar met licht trillende vingers typte ze een antwoord.

> Alles goed. Kan nu alleen moeilijk contact opnemen.

Ze drukte op 'verzenden', en met bonzend hart en bijna zonder te durven ademhalen wachtte ze op het antwoord:

> Gelukkig. Laten we snel afspreken, Scharlaken Dame.
> Ben down zonder jou. X

Wel een beetje gladjes, maar ze moest er toch om lachen.

Na die eerste avond werd het steeds gemakkelijker om te reageren. John C. sms'te haar een paar keer per dag, en zij gaf antwoord. Soms, als ze op haar werk was, zat ze te denken wat ze allemaal zou zeggen, en dan zeiden haar collega's iets over haar rode wangen of over het feit dat ze zo afgeleid leek, en dan keken ze elkaar veelbetekenend aan. Ze glimlachte en las hun nooit de les. Waarom zou ze, als ze over een halfuur weer een sms van John C. zou krijgen, waarin hij zijn hartstocht verklaarde, en vertelde hoe wanhopig graag hij haar weer wilde zien?

Een keer had ze de telefoon met zo'n bericht expres open op haar bureau laten liggen, in de wetenschap dat Clare Trevelyan zich niet zou kunnen inhouden en het zou lezen – en de inhoud in de rookruimte zou bespreken. Mooi zo, dacht ze. Laat ze maar denken. Ze vond het wel een leuk idee dat ze de mensen nog eens kon verrassen. Laat ze maar denken dat iemand hartstochtelijke gevoelens voor haar koesterde, dat ze iemands Scharlaken Dame was. Haar ogen gingen ervan glinsteren, en haar tred kreeg iets verends en ze durfde te zweren dat de jongen die de post rondbracht iets langer aan haar bureau bleef staan dan anders.

Als het weleens tot haar doordrong dat het niet door de beugel kon wat ze deed, stopte ze die gedachte meteen weg. Het was maar een spelletje. John C. was blij. Frank was blij. Die andere vrouw zou hem waarschijnlijk wel weer een keer op een andere manier weten te bereiken, en dan was het voorbij. Ze probeerde er niet aan te denken hoe erg ze dit zou missen, en ze dacht aan de dingen die hij had geopperd om samen te doen.

Bijna twee weken later besefte ze dat ze hem niet langer aan het lijntje kon houden. Ze had hem verteld dat ze een probleem had met haar telefoon, en dat ze zat te wachten op een nieuwe, en had geopperd dat ze tot die tijd alleen per sms zouden communiceren. Maar zijn berichtjes werden steeds dringender:

> Waarom niet dinsd.? Anders kan ik pas de week daarna weer.

> De English Gentlemen. Even iets drinken in de lunchpauze. Alsjeblieft!

> Wat doe je me aan?

Maar het ging verder. John C. begon haar leven in beslag te nemen. Sherry bekeek haar achterdochtig en merkte op dat ze er zo goed uitzag, en dat Frank blijkbaar eindelijk wakker was geworden, al had ze dat nooit voor mogelijk gehouden. Maar John C.'s berichtjes hadden gezorgd voor een intimiteit die Miranda nog nooit bij een andere man had gevoeld. Ze hadden hetzelfde gevoel voor humor, en waren in staat om in afkortingen de meest complexe en rauwe emoties tot uitdrukking te brengen. Omdat ze hem de waarheid niet kon zeggen, vertelde ze hem haar wensen en heimelijke verlangens, haar dromen om eens naar Zuid-Afrika te gaan.

> Dan neem ik je mee. Ik mis je stem, Scharlaken Dame

Haar antwoord deed haar blozen om haar eigen lef:

> Ik hoor je in mijn dromen

Uiteindelijk stuurde ze hem het cruciale bericht:

English Gentlemen. Donderdag. 20.00 uur

Ze wist niet waarom ze het had gedaan. Een deel van haar, de oude Miranda, wist dat dit zo niet verder kon. Dat dit een bevlieging was. Maar al wilde ze het niet bij zichzelf toegeven, de nieuwe Miranda was John C. gaan zien als háár John C. Miranda was wel niet de oorspronkelijke eigenaresse van het mobieltje, John C. zou toch moeten toegeven dat er iets tussen hen was. Dat de vrouw met wie hij de afgelopen dertien dagen had gecommuniceerd iemand was die hem raakte, die hem aan het lachen maakte, die hem bezighield. Dat zou hij toch moeten erkennen. Want zijn berichtjes hadden van haar een ander mens gemaakt; iemand die weer was gaan leven.

Donderdagavond stond ze voor de spiegel, waar ze als een puber op haar eerste afspraakje werk maakte van haar make-up.

'Waar ga je heen?' vroeg Frank, die opkeek van de televisie. Hij leek een beetje te schrikken, ook al had ze een lange jas aan. 'Wat zie je er leuk uit.' Hij kwam snel overeind. 'Wilde ik nog zeggen. Ik vind je haar leuk zo.'

'O, ja,' zei ze, en ze bloosde licht. 'Ik ga even wat drinken met Sherry.'

Doe je blauwe jurk aan, had John C. haar opgedragen. Ze had er speciaal eentje gekocht, met een laag decolleté en een split in de rok.

'Veel plezier,' zei Frank. Hij draaide zich weer om naar de televisie en pakte de afstandsbediening op.

Miranda's zelfvertrouwen verdampte even toen ze in de pub kwam. Op weg ernaartoe had ze zich twee keer bijna bedacht, en ze wist nog steeds niet wat ze zou zeggen als ze een bekende tegen het lijf zou lopen. Bovendien was dit geen pub waar mensen zich netjes voor kleedden, waar ze te laat achter kwam, zodat ze haar jas aangehouden had. Maar na een half glas wijn bedacht ze zich, en liet de jas van haar schouders glijden. De minnares van John C. zou helemaal niet verlegen zijn als ze in haar blauwe jurk in haar eentje aan de wijn zat.

Op een gegeven moment kwam er een man naar haar toe die haar iets te drinken aanbood. Ze schrok ervan, en toen ze zich realiseerde dat hij het niet was, sloeg ze het aanbod af. 'Ik wacht op iemand,' zei ze, en ze genoot van zijn spijtige blik toen hij afdroop.

Hij was al bijna een kwartier te laat toen ze haar telefoon oppakte. Ze zou hem wel even een berichtje sturen. Ze was er net mee begonnen toen ze opkeek en een vrouw voor haar tafeltje zag staan.

'Zo,' zei de vrouw.

Miranda keek haar verbaasd aan. Het was een redelijk jonge, blonde vrouw, met een wollen jas aan. Ze zag er vermoeid uit, maar haar blik was koortsachtig, intens.

'Pardon?' zei ze.

'Jij bent het toch, de Scharlaken Dame? Jemig, ik had gedacht dat je veel jonger zou zijn.' Het klonk als een sneer. Miranda legde de telefoon neer.

'O, neem me niet kwalijk. Ik had me moeten voorstellen. Ik ben Wendy. Wendy Christian, Johns vrouw, weet je wel?'

De schrik sloeg Miranda om het hart.

'Je wist toch wel dat hij er eentje had?' De vrouw hield een mobieltje zoals dat van haar omhoog. 'Hij heeft het anders vaak genoeg over me gehad, lees ik hier. O, nee.' Ze haalde theatraal uit met haar stem. 'Je wist natuurlijk helemaal niet dat je de afgelopen twee dagen helemaal niet met hem hebt zitten kletsen? Ik heb zijn telefoon namelijk gepikt. Dus al die berichtjes kwamen van mij.'

'O shit!' zei Miranda zachtjes. 'Luister, er is een misverst–'

'Een misverstand? Dat kun je wel zeggen, ja. Deze vrouw hier kan niet met haar handen van mijn echtgenoot afblijven,' verkondigde ze met een luide en licht trillende stem. 'En nu heeft ze besloten dat het misschien toch allemaal een misverstand was.' Ze leunde over de tafel. 'Ik zal je zeggen, hoe je ook mag heten, dat het van mijn kant een misverstand was om met een man te trouwen die denkt dat hij gewoon kan blijven rondneuken ook al heeft hij een vrouw en twee kleine kinderen.'

Miranda voelde de mensen in de pub stilvallen, en ze voelde de collectieve blik branden.

Wendy Christian keek haar meewarig aan. 'Arm schaap. Dacht je nou echt dat je de eerste was? Laat me je uit de droom helpen, je bent al nummer vier. En dan heb ik het alleen nog maar over de vrouwen waar ik achter gekomen ben.'

Miranda's blik werd ineens heel troebel. Ze wachtte tot de gebruikelijke pubgeluiden weer hun aanvang namen, maar het bleef maar stil. Drukkend stil, zelfs. Uiteindelijk griste ze haar jas en haar tas op en liep langs de vrouw naar de deur, met vuurrode wangen en haar hoofd gebogen, zodat ze de beschuldigende blikken niet hoefde te zien.

Het laatste wat ze hoorde toen ze de deur achter zich dichtgooide was het rinkelen van een telefoon.

'Ben jij dat, schat?' Frank stak een hand op toen hij haar langs de deur van de zitkamer hoorde lopen. Miranda was ineens heel dankbaar voor die onweerstaanbare aantrekkingskracht van de televisie. Haar oren gonsden na van de beschuldigingen van de verbitterde vrouw. Haar handen trilden nog steeds.

'Wat ben je vroeg terug!'

Ze haalde diep adem en staarde naar zijn boven de bank uitstekende achterhoofd.

'Ik had eigenlijk helemaal geen zin om uit te gaan,' zei ze langzaam.

Hij keek achterom. 'Dat zal Richard wel fijn vinden. Die vindt het maar niks als Sherry een avondje weggaat, toch? Hij is zeker bang dat iemand haar van hem afpakt.'

Miranda bleef doodstil staan. 'En jij?'

'Ik wat?'

'Ben jij nooit bang dat iemand mij van jou afpakt?' Ze stond onder hoogspanning, alsof er veel meer van zijn antwoord afhing dan hij zelf wist.

Hij keek haar aan en glimlachte. 'Ja, natuurlijk. Je was een ontzettend lekker wijf, weet je nog wel?'

'Was?'

'Kom eens hier,' zei hij. 'Kom eens hier en geef me een knuffel. Dit zijn de laatste vijf minuten van Uruguay tegen Kameroen.' Hij stak zijn hand uit en na enige aarzeling pakte ze hem vast.

In de keuken ging ze op zoek naar de telefoon. Haar vingers trilden niet meer.

> Beste John C., een huwelijk is meer waard dan een paar sms'jes. Knoop dat maar in je oren.

Ze drukte op 'verzenden', zette de telefoon toen uit en stopte hem diep in de vuilnisbak weg. Ze slaakte een zucht, schopte haar schoenen uit en zette toen twee koppen thee, waar ze mee naar de zitkamer liep, net toen Uruguay een penalty nam waardoor Frank verrukt op het tapijt begon te springen. Miranda ging zitten, staarde naar het scherm en glimlachte een beetje om haar man, en probeerde het dringende gepiep van een telefoon, ergens diep in haar gedachten, te negeren.

# Margot

Het was niet het feit dat de vlucht zeven uur vertraging had dat de laatste druppel was, dacht Em terwijl ze de man met de baard alweer een stootje moest geven, omdat hij met zijn billen haar stoel op schoof. Het was zelfs niet het idee dat de kerstdagen bij de familie weer voor de deur stonden. De laatste druppel was het koortje dat die kerstliederen zong. Dat stralende, in sweaters gestoken groepje dat twee uur lang, zonder onderbreking hun toonloze kerstmedley had gezongen.

'Hoelang ben jij al aan het wachten?'

De Amerikaanse vrouw plantte haar knokige oude hand pardoes op Ems been, waardoor die opschrok. Em schonk de vrouw het soort glimlach dat je nu eenmaal schenkt aan onbekenden in smaragdgroene jasjes met bijpassende tulbanden die ergens tussen de vijfenzestig en de honderdvijf zouden kunnen zijn.

'Sinds elf uur. En u?'

'Ik zit hier nu drie uur. Ik verveel me nu al een ongeluk. En als dat stel daar hun mond niet heel snel houdt, sla ik ze om hun oren met mijn fles gin uit de *duty-free*.' De Amerikaanse vrouw hoestte heftig in een paarse zakdoek. 'Waar ben je naar op weg, kindje?'

'Engeland. Terug naar mijn ouders.'

'Aha, kerst bij de familie. Wat fijn voor je.' Ze trok een gezicht. 'Zo stel ik me persoonlijk de hel voor. Kom, dan gaan we een borrel halen.'

Het klonk als een bevel. Maar wat had ze anders te doen? En dus liep Em achter het piepkleine, felgekleurd geklede dametje aan, dat de overige passagiers autoritair aan de kant bonjourde en twee dubbele whisky's bestelde. 'Met ijs. En Schotse, niet van die Ierse troep. Ik heet Margot,' zei ze met raspende stem, en ze sloeg haar drankje in één teug achterover en tikte op de bar om nog eentje. 'Dan moet je me nu maar eens vertellen waarom zo'n knap meisje zo ontzettend treurig uit haar ogen kijkt. Los van het feit dat de kerstdagen natuurlijk onuitstaanbaar zijn.'

Em slikte en probeerde geen grimas te trekken. Wat maakte het uit? Ze zou deze vrouw toch nooit meer zien. 'Nou, ik ga ze thuis vertellen dat mijn man bij me weg is. Aan mijn broer en zijn perfecte echtgenote, hun drie perfecte kinderen, mijn zusje en haar verloofde, en mijn ouders. Die al vierendertig jaar getrouwd zijn.'

'Voor wie?'

'Hoe bedoelt u?'

'Niks zeggen. Zijn secretaresse. Wat oersaai, zeg, zo voorspelbaar.'

Dit ergerde Em. Lag het er zo dik bovenop? Ze was de laatste tijd niet meer in staat geweest om haar gezicht op te maken. Ze was op dit moment zelfs niet meer in staat tot de meest basale dingen.

'Liefje, kop op. Het is niet het eind van de wereld. Geloof me. Tegen de tijd dat je aan nummer vier toe bent, voel je er niks meer van. En wie wil er nou perfect zijn? Bleh.' Ze kakelde en tikte tegen Ems glas. 'Opdrinken. Het is goed voor je.'

Em aarzelde.

'Allemachtig, je wordt heus niet meteen een alcoholist als je jezelf eens wat gunt. Het is kerst! We zitten hier in het vagevuur! Proost! Dan gaan we.'

'Waar gaan we naartoe?'

Op het vliegveld was het een warme, kolkende massa van lichtgeraakte passagiers, die gebukt gingen onder ingedeukte cadeautjes en die lastiggevallen werden door winkelpersoneel, terwijl ondertussen overal het gekweel van het kerstkoor te horen was. Margots klauwtje greep Emmy bij haar mouw helemaal tot de *duty-free*, waar ze in de Chanel-winkel halt hield.

'Sta stil.' Terwijl de winkeljuffrouw met verbijstering toekeek, haalde Margot zonder blikken of blozen een rode Chanel-lippenstift uit de verpakking en kleurde Ems lippen behoedzaam. 'Als het even tegenzit, moet je je glimlach gewoon opschilderen. Dat zei mijn moeder altijd. Ze neemt hem,' zei ze tegen het winkelmeisje. 'Waar ligt de mascara?' Het meisje leek even versteend, maar stak toen haar hand in een la en haalde er eentje tevoorschijn.

'Zo,' zei Margot toen ze klaar was. 'En nu een luchtje.' Ze besproeide Em met iets heel duurs voor ze de geopende verpakking aan het hen aangapende winkelmeisje gaf. 'Liefje. Je moet echt meer testers neerzetten, want wat moet je anders, als klant? Kom, Emmy. We gaan, schat.'

Em werd in de richting van de dure winkeltjes geduwd. Margot kirde over schoenen, tassen, diamanten kettingen ('Heb je meer aan dan aan alimentatie!'). Em was een beetje dizzy van de whisky en ze bleef maar giechelen om Margots gevloek en getier.

'Wat is er toch mis met al die vervloekte mensen? Het lijkt wel een stel zombies! O kijk, Hermès. Vind je Hermès ook niet fantastisch?'

'Ik... ik weet niet.'

Onder warme lampen haalde Margot de ene na de andere sjaal uit de vitrine, om ze om Ems hals te draperen. 'Zo! Staat je geweldig! Je bent toch veel mooier dan een of ander snollerig secretaressetje uit New Jersey, of niet soms?' De blauwe sjaal voelde heerlijk. Zelfs de winkeldame glimlachte even goedkeurend. Toen keek Em naar het prijskaartje.

'O, jemig... Ik heb het een beetje warm. Ik moet geloof ik even...'

Margot keek de winkelbediende aan en rolde met haar ogen. 'En dan beweren ze altijd dat Britse meisjes zo goed kunnen drinken. Ga maar even wat water op je gezicht gooien, kindje. Maar pas op je make-up.'

Op het toilet staarde Em naar haar spiegelbeeld. Een beetje rood van de alcohol, dat wel, maar met de mascara en die rode lippen was ze iemand die ze niet herkende. Ze ging rechtop staan, en streek haar haren glad. Toen glimlachte ze.

...*mooier dan een of ander snollerig secretaressetje uit New Jersey.*

Toen ze uit het toilet kwam, stond Margot naar het scherm met vertrektijden te turen. 'Heathrow, toch? Dan mag je eindelijk, kiddo. Je ziet er een stuk beter uit. Gaat het weer? Wat was het leuk, hè?'

'Ja... maar... ik weet niet eens...'

'Niks over iemand weten is juist het leukst. Ga nou maar, vergeet die lul van een bedrieger en zeg tegen je familie dat het allemaal wel goed komt. Want dat is ook zo. Dag hoor!' Margot pakte haar bij haar arm, hoestte, en met een vrolijk zwaaigebaar verdween ze in de menigte.

Em trakteerde zichzelf op een taxi op Heathrow. Het leek haar iets wat Margot zou voorstellen. Ze zag de grauwe straten van West-Londen aan zich voorbijschieten en vroeg zich af of ze eigenlijk wel weg wilde uit New York. Het was tenslotte de stad van het nieuwe begin.

Maar eerst moest ze dit nog even doorstaan. Ze zocht in haar tas naar haar nieuwe lippenstift, en pas op dat moment zag ze het – een klein tasje met HERMÈS erop. Ze trok de tissue weg en haalde de blauwzijden sjaal tevoorschijn. Ernaast stond haastig geschreven op de achterkant van een geprinte brief: 'Vrolijk kerstfeest – laat ze maar eens wat zien, kiddo! Proost, Margot.'

Op de voorzijde het briefhoofd van een oncologisch centrum in Florida.

Em bond de sjaal voorzichtig om haar hals. Ze deed haar ogen dicht en hief in gedachten het glas op het piepkleine vrouwtje met de groene tulband.

'Proost, Margot,' fluisterde ze. 'Jij ook een vrolijk kerstfeest.'

# Kerstcadeaus

Pink Fritillary. Typisch Davids moeder om om een parfum te vragen waar verder geen mens ooit van heeft gehoord. Chrissie heeft het hele West End al afgelopen, en bij elk warenhuis kreeg ze te horen: 'O nee, dat verkopen wij niet. Probeer het eens bij…'

Als ze zich door de mensenmassa's wurmt, begint ze zich af te vragen of Diana het soms expres heeft gedaan. Gewoon zodat ze met Kerstmis kon verzuchten: *Ach. David zei dat jij parfum voor me zou kopen. Maar goed… dit is ook… leuk, hoor.* Dat genoegen gunt Chrissie haar niet. Ze sjokt Oxford Street af en ontwijkt de afgematte mensen met al die glimmende tasjes, duikt de ene na de andere winkel in, terwijl haar schoenen beginnen te knellen, en haar oren tuiten van de ingeblikte klanken van 'Jingle Bells'. Ooit, denkt ze, zal ze eraan denken dat het een slecht plan is om op 23 december je cadeautjes te gaan kopen.

Bij Selfridges haalt alweer een winkelbediende haar schouders op, met een blik van: zegt me niets. Chrissie kan wel janken. Buiten is het gaan regenen. Ze voelt het gewicht van de draagtassen aan haar schouders trekken en doet iets wat ze nog nooit heeft gedaan. Ze loopt zo'n hippe bar in en bestelt een groot glas wijn. Ze drinkt het snel leeg, en met een branieachtig gevoel geeft ze een veel te grote fooi en vertrekt weer, alsof dit soort dingen voor haar de normaalste zaak van de wereld is.

'Oké,' zegt ze terwijl ze naar de deur loopt. 'Nog één laatste poging.' En dan ziet ze het, een zeldzame aanblik op een verregende Londense straat: een taxi met een brandend lichtje. Ze duikt de stoep af en de taxi zwenkt uit om naar haar toe te kunnen rijden.

'Eh... naar Liberty, denk ik.' Ze zwaait haar tassen op de achterbank en zakt daar dankbaar in weg. Altijd als ze op de achterbank van een Londense taxi zit, heeft ze het gevoel dat ze ergens van gered wordt.

'Dat "denkt" u?'

'Ik heb een specifiek parfum nodig. Voor mijn schoonmoeder. Liberty is mijn laatste hoop.'

Ze ziet alleen zijn geamuseerde blik in de spiegel en het kortgeknipte haar op zijn achterhoofd.

'Kan uw man daar niet mee helpen?'

'Die doet niet aan shoppen.'

De chauffeur kijkt verbaasd. In zijn opgetrokken wenkbrauwen gaat een hele wereld schuil. En dan maakt haar telefoon een geluidje:

*Heb je nog dollars gehaald voor mijn trip naar NY?*

Ze moest weer helemaal naar huis om haar paspoort te halen, want de bank wilde anders geen geld wisselen. Dat is de reden waarom ze nu zo laat is.

*Ja*

Ze wacht even, maar hij reageert niet meer.

'Koopt u dan wel zelf cadeaus?' vraagt ze aan de chauffeur.

'Ja, vind ik hartstikke leuk. Ik moet er wel bij zeggen dat mijn dochter dit jaar weer bij ons is komen wonen omdat ze een kind heeft gekregen, dus… we moeten een beetje op onze uitgaven letten.'

'Is ze alleen?' De wijn heeft haar tong losgemaakt. Dat is een van de redenen waarom David niet graag heeft dat ze drinkt.

'Ja. Ze had een man, ietsje ouder, maar hij zei dat hij geen kinderen wilde. Ze werd zwanger, en toen bleek dat hij dat ook echt meende. Het is wel krap, thuis, en we moeten echt op de kleintjes letten, maar…' Ze hoort de glimlach in zijn stem. 'Het is zo geweldig.'

'Ik wil geen kinderen,' had David tegen haar gezegd, meteen al bij het begin. 'Nooit gewild, ook.' Ze had de woorden aangehoord alsof hij ze door een geluiddemper uitsprak. Ergens is ze er altijd van uitgegaan dat hij nog wel van gedachten zou veranderen.

'Wat een geluk voor haar. Dat ze u heeft.'

'Hebt u kinderen?'

'Nee,' zei ze.

De taxi sluit geduldig aan in de rij in de overvolle, natte straat. Naast de wagen klinkt een oorverdovend 'Jingle Bells' uit een winkel. De chauffeur kijkt op.

'Hebt u zin in de kerstdagen?'

'Niet echt. Mijn schoonmoeder mag me niet zo. En ze blijft tien hele dagen. Met haar andere zoon, die niet praat maar gromt en die onze afstandsbediening in zijn broekzak houdt. Ik vermoed dat ik vooral veel in de keuken zal schuilen.'

'Dat klinkt niet echt gezellig.'

'Het spijt me. Ik zit te klagen. Het komt doordat ik net een groot glas witte wijn heb gehad. Daardoor zeg ik ineens precies wat ik denk.'

'Doet u dat dan anders nooit? Zeggen wat u denkt?'

'Nee, nooit. Wel zo veilig.' Ze probeerde de woorden te maskeren met een vrolijke glimlach, maar er valt even een pijnlijke stilte. Kom op, maant ze zichzelf.

'Weet u,' zegt hij, 'mijn vrouw heeft een vriendin die bij Liberty werkt. Ik bel wel even. Hoe heet het parfum?'

Ze luistert mee, ze kan zich niet inhouden. Zijn stem klinkt zacht, lief. Voor hij ophangt, lacht hij om een grapje met zijn vrouw. Zij en David maken nooit grapjes. Dat besef maakt haar op de een of andere manier triester dan al het andere.

'Vergeet Liberty. U moet naar een klein parfumwinkeltje vlak achter Covent Garden, zegt ze. Zal ik daarnaartoe rijden?'

Ze leunt voorover. 'O ja, graag!'

'Ze kende het luchtje. Ze zei dat het heerlijk is. En heel duur.' Hij grijnst samenzweerderig.

'Yep. Dat klinkt als iets wat Diana zou willen hebben.'

'Maar dan staat u wel in een goed blaadje, toch? Houd u vast, ik ga een U-bocht maken.'

Hij steekt snel de weg over, en ze lacht als ze naar de andere kant van de wagen wordt geslingerd. Hij grinnikt. 'Vind ik altijd zo leuk om te doen. Er komt een dag en dan word ik gepakt.'

'Houdt u van uw werk?' Ze komt weer overeind.

'Heel erg. Mijn klanten zijn over het algemeen heel aardig... Ik stop ook niet voor iedereen, snapt u. Alleen voor mensen die er oké uitzien.'

'Dus ik zag er wel oké uit?' Ze moet weer lachen.

'U zag er gespannen uit. En ik vind het vreselijk als een vrouw gespannen is.'

Ze weet meteen waar hij op doelt. Het is een uitdrukking die ze de laatste jaren niet van haar gezicht krijgt: het fronsende voorhoofd, de samengeperste lippen. *Wanneer ben ik zo'n vrouw geworden? Toen mijn baas vertrok en Ming de Verschrikkelijke de boel overnam? Toen mijn man elke avond achter de laptop kroop, om te kletsen met mensen die ik niet ken? Toen ik ben gestopt met mezelf te bekijken in etalages?*

'Ik heb u beledigd.'

'Nee... het zou alleen fijn zijn als ik niet steeds zo gespannen keek. Vroeger was ik nooit zo.'

'Misschien moet u op vakantie.'

'O, nee. Zijn moeder moet tegenwoordig mee op reis. Wat

niet bepaald voelt als vakantie. Maar hij mag heel vaak voor de zaak op reis naar de meest geweldige locaties.'

De chauffeur steekt zijn hand op om een collega in een andere taxi te begroeten. 'Waar zou u anders naartoe willen? Als u overal heen zou kunnen?'

Ze denkt na. 'Mijn beste vriendin, Myra, woont in Barcelona. Ze heeft daar haar eigen restaurant, midden in het centrum. Ze is een ongelofelijk goede kok. Ik denk dat ik daarnaartoe zou gaan. Ik heb haar al in geen jaren gezien. We mailen wel, maar dat is toch anders. O. Sorry. Telefoon.' Ze zoekt in haar tas en kijkt op het verlichte schermpje.

> En vergeet die stilton niet mee te nemen die mijn moeder zo lekker vindt, van dat kleine speciaalzaakje.

De moed zakt haar in de schoenen. Dat was ze dus helemaal vergeten.

'Alles in orde?' vraagt de chauffeur.

'Ik ben de kaas vergeten. Ik had naar een of andere winkel in Marylebone gemoeten.'

'Helemaal naar Marylebone? Voor een stukje kaas?'

'Ze houdt alleen van een specifieke soort stilton.'

'Jemig. Wat een lastpak,' zegt hij. 'Zal ik weer omkeren? Het is wel heel druk daar.'

Ze slaakt een zucht en pakt haar tassen bij elkaar. 'Nee, dan kan ik beter met de metro. Ik heb waarschijnlijk mijn taxibudget toch al overschreden. Kunt u hier misschien stoppen?'

Hij kijkt haar aan. 'Nee, weet u wat, ik zet de meter wel uit.' En dat doet hij.

'Maar dat kan toch niet!'

'Het is al gebeurd. Ik doe het één keer per jaar. Elk jaar. En dit jaar bent u de gelukkige. Dit is het plan – we doen het parfum, dan rijden we terug via die kaaswinkel, en dan zet ik u daarna bij uw metrostation af. Een kerstcadeautje... Nou zeg... ik wilde juist weer een glimlach zien.'

Er is iets vreemds gebeurd. Haar ogen hebben zich gevuld met tranen. 'Sorry,' zegt ze en ze veegt over haar gezicht. 'Ik weet ook niet wat ik heb.'

Hij lacht geruststellend. Waardoor ze alleen nog maar harder wil huilen.

'We gaan dat luchtje regelen. Dan voelt u zich vast weer wat beter.'

Hij heeft gelijk over de drukte op de weg. Ze zitten in de file, en slaan zo nu en dan een achterafstraatje in. Heel Londen voelt grijs en nat en slechtgehumeurd. Ze is blij dat ze in de gezellige taxi zit, een stap verwijderd van de afschuwelijke buitenwereld. Hij praat over zijn vrouw, vertelt dat hij graag voor dag en dauw opstaat met de baby, zodat zijn dochter kan blijven slapen, en dat hij dan met het kleine wurm op schoot zit, en dat dat hem dan aanstaart. Als hij uitgespraat is, is ze bijna vergeten waarom hij de wagen heeft geparkeerd. 'Ik wacht hier. Laat de tassen maar liggen,' zegt hij.

De parfumwinkel is een fantastisch geurend toevluchtsoord. 'Pink Fritillary,' zegt ze, en als ze het handschrift van haar man bekijkt, bedenkt ze dat het waarschijnlijk een veel te verfijnde geur is voor zo'n chagrijnige, onbehouwen vrouw.

'Ik vrees dat we geen flacon van vijftig milliliter meer hebben,' zegt de vrouw, die iets van achter haar pakt. 'We hebben alleen nog een verpakking van honderd milliliter. Of we hebben de eau de toilette, in plaats van het parfum. Is dat goed?'

Het parfum kost twee keer zo veel als ze had begroot. Maar de gedachte aan Diana's gezicht... *O!* zou ze uitroepen, en haar mondhoeken zouden naar haar kaak zakken. *Je hebt de goedkope versie gekocht. Nou ja, dan gebruik ik hem gewoon voor doordeweeks...*

'Het parfum is prima,' zegt Chrissie. Ze zal zich in januari wel druk maken over de kosten. Het meisje verpakte het parfum in zes lagen roze tissuepapier.

'Hebbes!' zegt Chrissie als ze weer in de taxi is gestapt. 'Oké. Dan nu naar Marylebone.'

Ze kletsen en ze leunt door het luik naar voren. Ze vertelt hem van het paspoort en de dollars, en hij schudt zijn hoofd. Ze vertelt hem hoe ze van haar werk hield tot de nieuwe supervisor kwam, een man bij wie je geen goed kunt doen. Over David vertelt ze verder niet zo veel, want dat voelt als verraad. Maar ze zou zoveel willen vertellen. Ze zou willen vertellen hoe eenzaam ze zich voelt. Dat ze het gevoel heeft dat ze ergens een clou mist: al dat overwerk, al die zakenreisjes. Dat ze zich dom en moe en oud voelt.

En dan zijn ze bij de kaaswinkel. Door de etalage ziet ze de enorm lange rij, maar dat lijkt de taxichauffeur niet te deren. Hij juicht als ze eindelijk weer terugkomt met het zware, stinkende stuk kaas. 'Je bent klaar!' zegt hij, alsof ze een wonder heeft verricht, en ze juicht onwillekeurig mee.

En dan maakt haar telefoon weer geluid:

> Ik had je heel specifiek opgedragen om de Christmas pudding van Waitrose te kopen. Nou heb je die van Marks & Spencer. Dus ik moest net zelf naar Waitrose, aangezien jij maar niet thuiskomt, en daar zijn ze dus uitverkocht. Hoe moeten we dit nu weer oplossen?

Het voelt als een klap in haar gezicht. Ineens ziet ze hen vieren voor zich aan tafel, en hoort ze David veelbetekenend zijn excuses aanbieden aan zijn familie omdat zij de 'verkeerde' *Christmas pudding* heeft geregeld. En dan knapt er iets.

'Ik trek het niet meer,' zegt ze.

'Wat trekt u niet meer?'

'Kerst. Ik kan daar niet gaan zitten met die kaas en de verkeerde *Christmas pudding* en… met die mensen. Ik kan het gewoon niet meer.'

Hij parkeert de auto. Ze staart naar haar tassen. 'Waar ben ik toch mee bezig? U zegt dat u niet veel hebt, maar u hebt een gezin waar u stapeldol op bent. Ik heb dure stilton en drie mensen die me niet eens mogen.'

Hij draait zich om in zijn stoel. Hij is jonger dan ze had gedacht. 'Wat houdt je dan nog tegen?'

'Ik ben getrouwd!'

'Volgens mij is een huwelijk een partnerschap, en geen gevangenisstraf. Waarom gaat u niet naar die vriendin? Zou die het niet leuk vinden om u te zien?'

'Ze zou het geweldig vinden. Haar man zou het zelfs leuk vinden. Ze vragen me zo vaak of ik kom. Ze... ze zijn zo... vrolijk.'

Hij trekt zijn wenkbrauwen op. De lachrimpeltjes vormen een waaier aan de zijkant van zijn ogen.

'Ik kan toch niet zomaar... gaan?'

'U hebt uw paspoort in uw tas. Dat hebt u me zelf verteld.'

Er vonkt iets in haar maag, een flits, als brandende cognac op een gestoomde *Christmas pudding*.

'Ik kan u afzetten op King's Cross. Dan neemt u de Piccadilly Line naar Heathrow, en daar springt u op een vliegtuig. Ik meen het. Het leven is maar zo kort. Te kort voor zo'n gespannen gezicht.'

Ze denkt aan een kerst zonder Diana's afkeuring. Zonder haar man die haar zijn onvriendelijke rug toekeert, en zijn halfdronken gesnurk.

'Hij zou het me nooit vergeven. Het zou het eind van mijn huwelijk betekenen.'

De chauffeur lacht. 'En zou dat zo verschrikkelijk zijn?'

Ze staren elkaar aan. 'We gaan ervoor,' zegt ze ineens.

'Hou je vast.' En met piepende banden maakt hij voor de tweede keer een U-bocht.

De hele weg door de zijstraten voelt ze haar hart bonzen. Er borrelt steeds maar gegiechel bij haar op. Myra's antwoord komt snel en onomwonden:

Chrissie denkt aan haar supervisor, die kwaad op zijn horloge zal staren als ze niet op haar werk zal verschijnen na de kerstvakantie. Ze denk aan Diana's geschokte ongeloof. Ze denkt aan Barcelona en Myra's man en diens hartelijke omhelzingen en hun verbaasde gelach. En dan zijn ze bij King's Cross station. En de taxi komt piepend tot stilstand.

'Gaat u het echt doen?'

'Ik ga het echt doen. Dank u wel…'

'Jim,' zegt hij. En hij steekt zijn hand door het luikje om de hare te kunnen schudden.

'Chrissie,' zegt ze. Ze trekt de tassen van de stoel. 'O, al die spullen…'

En dan kijkt ze op. 'Hier: geeft u het parfum aan uw vrouw. En de cadeaubonnen zijn voor uw dochter.'

'Dat hoeft u toch niet…'

'Alstublieft. Ik zou er heel blij om zijn.'

Hij aarzelt, en neemt dan hoofdschuddend de tassen in ontvangst. 'Dank u zeer. Daar gaan ze heel erg blij mee zijn.'

'De stilton wilt u zeker niet hebben, hè?'

Hij trekt een vies gezicht. 'Dat spul vind ik echt niet te eten.'

'Ik ook niet.'

Ze beginnen allebei te lachen.

'Ik voel me wel een beetje… uitzinnig, Jim.'

'Ik denk dat ze dit bedoelen met de ware kerstgeest,' zegt hij. 'Ik zou er maar gewoon in meegaan.'

Ze rent in de richting van de stationshal, bijna huppelend, als een klein meisje. Dan blijft ze even staan, dumpt de kaas met groot ceremonieel in een vuilnisbak en kijkt dan nog net op tijd op om hem te zien wegrijden, met een hand als groet in de lucht. En als zij door de mensenmassa naar de ticketbalie holt en hij zich weer bij het kruipende kerstverkeer voegt, zijn ze allebei nog steeds aan het lachen.

# Een week in Parijs

# 1

*Parijs, 1998*

Liv Halston houdt zich stevig vast aan de reling van de Eiffeltoren, kijkt door de ruitvormige gaten op de grond naar Parijs, dat zich onder haar uitstrekt, en vraagt zich af of er ooit iemand zo'n rampzalige huwelijksreis heeft gehad als deze.

Om haar heen staan toeristen met het hele gezin te gillen en weg te duiken voor het uitzicht, of ze leunen theatraal tegen het hekwerk zodat hun vrienden een foto van hen kunnen nemen, terwijl een bewaker onbewogen toekijkt. Vanuit het westen trekt een enorme massa dreigende donderwolken hun kant op. Een stevige wind kleurt haar oren roze.

Iemand gooit een papieren vliegtuigje en ze ziet het in een kurkentrekkerbaan naar beneden vallen, af en toe opgetild door een windvlaag, tot hij te klein wordt en ze hem uit het oog verliest. Ergens daarbeneden, tussen de elegante Boulevard Haussmann en de piepkleine binnenplaatsjes, de klassiek aangelegde parken en de zachtjes meanderende oevers van de Seine, is haar nieuwe man. De man die haar na twee dagen huwelijksreis meldde dat het hem heel erg speet, maar dat hij die ochtend een werkafspraak had. Het was in dat gebouw aan de rand van de stad waar hij haar over had verteld. Het zou niet lang duren. Zij zou zich wel redden, toch?

Ze vertelde diezelfde echtgenoot dat hij kon oprotten en nooit meer terug hoefde te komen als hij echt zou gaan.

David dacht dat ze een grapje maakte. Dat dacht zij ook van hem. Hij lachte half.

'Liv – dit is heel belangrijk.'

'Dat is onze huwelijksreis ook,' antwoordde ze. Hoe ze elkaar toen aankeken: alsof ze iemand voor zich hadden die ze nog nooit eerder hadden gezien.

'O jee. Ik geloof dat ik maar weer naar beneden ga.' Een Amerikaanse vrouw met een enorme buideltas om haar middel en ontbijtkoekkleurig haar trekt een gezicht en wurmt zich behoedzaam langs haar. 'Ik trek het niet, die hoogte. Voel je het kraken?'

'Het was me niet opgevallen,' zegt Liv.

'Mijn man is net als jij. Ook zo'n ijskoude. Die zou hier rustig de hele dag kunnen staan. Ik ben alleen al van die vervloekte lift op van de zenuwen.' Ze werpt een blik op de man die ingespannen foto's staat te nemen met een dure camera, huivert en loopt naar de lift, terwijl ze zich steeds stevig vasthoudt aan de reling.

Hij is bruin geschilderd, de Eiffeltoren; de kleur van chocola. Vreemd, zo'n lelijke kleur voor zo'n verfijnd bouwwerk. Ze draait zich al om, om dat tegen David te zeggen, maar ineens realiseert ze zich dat hij er natuurlijk helemaal niet is. Toen hij voorstelde een week naar Parijs te gaan, zag ze zichzelf hier met hem staan. Met zijn tweetjes, hun armen om elkaar heen geslagen, misschien 's avonds, neerkijkend op de lichtstad. Ze zou hebben getold van geluk. Hij zou haar weer zo aangekeken hebben als toen hij haar ten huwelijk had gevraagd. En zij zou de gelukkigste vrouw van de wereld zijn geweest.

Vervolgens werd het geen week, maar vijf dagen, vanwege een vergadering in Londen, op vrijdag, die hij niet kon missen. En ineens bleven er van die vijf dagen nog maar twee dagen samen over, vanwege nog meer vergaderingen waar hij per se bij moest zijn. En nu staat Liv te huiveren in de zomerjurk die ze heeft gekocht omdat hij precies dezelfde kleur heeft als haar ogen en ze dacht dat hij dat wel zou opmerken. De lucht wordt grijs en het begint te motregenen. Ze vraagt zich af of ze op school genoeg Frans heeft geleerd om een taxi aan te houden om haar naar het hotel te brengen, of dat ze in haar huidige stemming net zo goed in de regen terug kan lopen. Ze gaat in de rij staan bij de lift.

'Laat je de jouwe hier ook achter?'

'Mijn wat?'

De Amerikaanse staat naast haar. Ze glimlacht en knikt naar Livs glimmende trouwring. 'Je man.'

'Die – die is hier niet. Hij... hij had het druk vandaag.'

'O, dus hij is hier voor zaken? Wat heerlijk voor je. Hij doet het werk en jij mag lekker mooie dingen gaan bekijken.' Ze lacht. 'Dat heb je goed voor elkaar, *honey*.'

Liv werpt nog een blik omlaag naar de Champs Élysées en ineens krijgt ze een akelig gevoel, diep vanbinnen.

'Ja,' zegt ze. 'Wat een bofkont, hè?'

Haastig getrouwd, lang berouwd, hadden haar vrienden haar gewaarschuwd. Voor de grap, maar aangezien David en zij elkaar pas drie maanden en elf dagen kenden toen hij haar ten huwelijk vroeg, zag ze de kern van waarheid heus wel.

Ze wilde geen grote bruiloft; haar moeders afwezigheid zou dan een schaduw over het feest hebben geworpen. Dus was ze met David naar Italië gevlucht, naar een kerk in Rome, waar ze een witte jurk had gekocht van een ontwerper van eenvoudig uitziende maar schrikbarend dure kleren in de Via Condotti. Ze begreep bijna niets van de ceremonie totdat David een ring om haar vinger schoof. Davids vriend Carlo, die had geholpen om alles te organiseren en die optrad als een van de getuigen, grapte achteraf dat ze alleen maar had gezegd dat ze David zou eren en gehoorzamen en dat ze alle overige echtgenotes die David aan zijn harem wilde toevoegen zou accepteren. Ze heeft vierentwintig uur aan één stuk gelachen. Ze wist dat het goed zat. Ze wist het al vanaf het moment dat ze hem voor het eerst zag. Ze wist het zelfs toen haar vader zo aangeslagen leek door het nieuws, en dat meteen maskeerde met zijn hartelijke felicitaties. Ze begreep dat ze zelf misschien nooit had gedroomd van een grote bruiloft, maar dat haar vader dat kennelijk wel had gedaan. Ze wist het toen ze haar schamele bezittingen naar Davids huis verhuisd had – het glazen bouwwerk boven op een suikerfabriek aan de oever van de Thames; een van de eerste dingen die hij had ontworpen en gebouwd. In de zes weken tussen haar bruiloft en haar huwelijksreis werd ze elke ochtend wakker in het Glazen Huis, omringd door de hemel, en lag ze naar haar man te staren in de wetenschap dat ze bij elkaar hoorden. Soms was een gevoel te sterk om niets mee te doen.

'Vind je jezelf niet… nou ja… een beetje jong?' Jasmine stond haar benen te waxen boven de wasbak in de keuken. Liv zat aan tafel en keek naar haar terwijl ze een stiekeme sigaret rookte. David hield niet van roken. Ze had tegen hem gezegd dat ze vorig jaar gestopt was. 'Het is geen geintje, Liv. Jij bent altijd zo impulsief. Je hebt een keer je haar helemaal kort laten knippen voor een weddenschap. En je hebt je baan zomaar opgezegd omdat je op wereldreis wilde.'

'Alsof ik de enige ben die ooit zoiets heeft gedaan.'

'Je bent wel de enige die ze allebei op dezelfde dag heeft gedaan. Ik weet het niet, Liv. Ik vind het zo… Het gaat allemaal zo snel.'

'Dat weet ik wel. Maar het voelt zo goed. We zijn zo gelukkig samen. Ik kan me gewoon niet voorstellen dat hij ooit iets zou doen waar ik boos of verdrietig van word. Hij is…' Liv blies een rookkringetje naar de tl-verlichting, '…perfect.'

'Ja, het is een dotje. Ik kan gewoon niet geloven dat uitgerekend jij gaat trouwen. Jij hebt altijd gezworen dat je dat nooit wilde.'

'Weet ik.'

'Au. Fuck, dat deed pijn.' Ze trok een stuk wax van haar been en keek bedenkelijk naar wat er nog op haar been bleef plakken. 'En het is een ongelofelijk lekker ding. En dat huis van hem klinkt ook geweldig. Beter dan dit hok.'

'Als ik naast hem wakker word, heb ik het gevoel alsof ik in een of andere glossy ben beland. Het is allemaal zo ontzettend volwassen. Ik heb er bijna niks van mezelf neergezet. Hij heeft linnen beddengoed. Dat geloof je toch niet? Linnen beddengoed!' Ze blies weer een ringetje rook. 'Van linnen, dus.'

'Jaja, en wie moet dat straks allemaal strijken?'

'Ik niet. Hij heeft een schoonmaakster. Hij zegt dat ik dat soort dingen allemaal niet hoef te doen. Volgens mij heeft hij wel door dat ik heel slecht ben in huishoudelijk werk. Hij vindt dat ik moet promoveren.'

'Promoveren?'

'Hij vindt dat ik te slim ben om verder niks te doen met mijn leven.'

'Daaruit blijkt maar weer hoe kort hij je nog maar kent.' Jasmine draait een rondje met haar enkel, op zoek naar ontsnapte haren. 'En? Ga je dat doen?'

'Geen idee. Er gebeurt nu zo veel, met de verhuizing en trouwen en alles. Ik moet eerst maar eens wennen aan het idee dat ik getrouwd ben.'

'En je bent zijn vrouw.' Jasmine keek haar aan met een vals grijnsje. 'Mijn hemel. Je bent zijn vrouwtje.'

'Hou op. Ik word er nog steeds een beetje eng van.'

'Vrouwtje.'

'Nokken!'

Dus ging Jasmine nog even een poosje door, totdat Liv haar een tik gaf met een theedoek.

Als ze terugkomt is hij al in het hotel. Ze had besloten om te gaan lopen en het is gaan stortregenen, dus is ze nu doorweekt en plakt haar jurk aan haar benen. Als ze langs de receptie loopt, zou ze zweren dat de conciërge haar bekijkt met een blik die hij voorbehoudt voor het soort vrouw wier man naar vergaderingen gaat op zijn huwelijksreis.

Als ze binnenkomt, is David aan het bellen. Hij draait zich om, ziet haar staan en breekt het gesprek af. 'Waar hing je uit? Ik maakte me zorgen.'

Ze trekt het natte vestje van haar schouders en pakt een hangertje uit de kast. 'Ik ben de Eiffeltoren op geweest. En toen ben ik teruggelopen.'

'Je bent kletsnat. Ik zal even een bad voor je maken.'

'Ik hoef geen bad.' Ze wil heel graag in bad. De hele ellendige wandeling lang naar het hotel was dat het enige waar ze aan kon denken.

'Dan bestel ik thee.'

Terwijl hij de telefoon oppakt om roomservice te bestellen, draait zij zich om, loopt de badkamer in en doet de deur achter zich dicht. Ze voelt dat David haar nakijkt, ook al is de deur allang dicht. Ze weet zelf ook niet waarom ze zo koppig doet. Ze was van plan om aardig te zijn als ze weer terug was, om de dag een beetje in te halen. Het was tenslotte maar één vergadering. En ze wíst al vanaf hun eerste date hoe hij was, toen hij haar door Londen rondreed en haar vertelde over de achtergrond en het ontwerp van elk modern bouwwerk van glas en staal waar ze langs kwamen.

Maar toen ze de drempel van de hotelkamer over stapte,

gebeurde er iets. Ze zag hem aan de telefoon en alleen al het feit dat ze meteen wist dat het voor zijn werk was, perste haar wankele goede wil uit haar. *Jij was helemaal niet bezorgd*, denkt ze boos. *Jij had het over welke glasdikte het best zou zijn voor de entree van dat nieuwe gebouw, of dat de dakconstructie het gewicht van een extra ventilatieschacht wel zou kunnen dragen.*

Ze laat het bad vollopen, gooit er duur hotelbadschuim bij, een zucht van opluchting slakend als ze zich in het warme water laat zakken.

Een paar minuten later klopt David op de deur en komt de badkamer in. 'Thee,' zegt hij, en hij zet het kopje op de rand van het marmeren bad.

'Bedankt.'

Ze wacht tot hij weer weggaat, maar hij gaat zitten op het deksel van de wc, leunt voorover en kijkt haar aan. 'Ik heb een tafeltje voor ons gereserveerd bij La Coupole.'

'Voor vanavond?'

'Ja. Daar heb ik nog over verteld. Dat is die brasserie met die fantastische muurschilderingen van kunstenaars die –'

'David, ik ben echt heel moe. Ik heb een heel stuk gelopen. Ik geloof niet dat ik zo'n zin heb om er vanavond nog uit te gaan.' Ze kijkt hem niet aan als ze het zegt.

'Maar ik weet niet of het nog wel lukt om de reservering om te zetten.'

'Sorry. Ik bestel gewoon liever iets bij de roomservice en dan wil ik naar bed.'

*Waarom doe je dit?* gilt ze inwendig tegen zichzelf. *Waarom saboteer je je eigen huwelijksreis zo?*

'Hoor eens, het spijt me van vandaag, oké? Maar ik probeer de Goldsteins al maanden te pakken te krijgen. En nu waren ze toevallig in Parijs, en wilden ze mijn ontwerpen wel eens zien. Dit gaat om dat gebouw waar ik het over had, Liv. Dat grote. En volgens mij vonden ze het mooi.'

Liv staart naar haar tenen, die roze en glimmend boven het water uit komen. 'Nou, fijn dat het goed ging.'

Ze zitten er zwijgend bij.

'Ik haat dit. Ik vind het vreselijk dat jij zo verdrietig bent.'

Ze kijkt naar hem op, naar zijn blauwe ogen, naar zijn haar dat altijd een beetje slordig zit, naar hoe hij zijn hoofd in zijn handen houdt. Ze aarzelt even en steekt dan haar hand uit. Hij pakt hem vast.

'Let maar niet op mij. Ik stel me aan. Je hebt gelijk. Ik weet dat dit voor jou een ontzettend belangrijke deal is.'

'Dat is het echt, Liv. Ik zou jou anders nooit alleen laten. Hier werk ik al maanden naartoe. Jaren, zelfs. Als ik dit binnenhaal, is ons bedrijf binnen. Dan heb ik mijn reputatie gevestigd.'

'Weet ik toch. Hé, we zeggen het eten niet af. Ik voel me na het bad vast wel beter. En dan kunnen we gaan plannen wat we morgen gaan doen.'

Zijn vingers omsluiten die van haar. Vanwege de zeepvlokken glijden ze bijna weg.

'Nou... dat is dus het punt. Ze willen dat ik morgen met hun projectmanager ga praten.'

Liv wordt heel stil. 'Wat?'

'Ze laten hem speciaal overvliegen. Ik heb met hem afgesproken in hun suite in het Royal Monceaux. Ik dacht, misschien wil je daar wel naar de spa terwijl ik met hen bezig ben? Het schijnt fantastisch te zijn.'

Ze kijkt hem aan. 'Dat meen je niet.'

'Ja, echt. Volgens de Franse *Vogue* is het de beste –'

'Ik heb het niet over die klotespa.'

'Liv – dit betekent dat ze dit echt willen. Daar moet ik nu gebruik van maken.'

Als ze weer kan praten, klinkt haar stem vreemd gesmoord. 'Vijf dagen. Meer dan dat hebben we niet voor onze huwelijksreis, David. Nog geen week. Wil je nou echt beweren dat ze niet nog tweeënzeventig uur kunnen wachten om je te spreken?'

'We hebben het hier over de Goldsteins, Liv. Zo gaat dat met miljardairs. Je hebt je te schikken naar hun agenda.'

Ze staart naar haar voeten, naar de pedicure die haar zo veel had gekost, en ze weet nog dat ze samen met de pedicuremevrouw heeft gelachen toen ze zei dat haar voeten om te zoenen waren, zo mooi.

'Ga alsjeblieft weg, David.'

'Liv. Ik –'

'Laat me met rust.'

Ze kijkt hem niet aan als hij opstaat van de wc-bril. Als hij de badkamerdeur achter zich dichttrekt, doet Liv haar ogen dicht en laat zich onder het warme water glijden tot ze helemaal niets meer hoort.

# 2

*Parijs, 1912*

'Niet naar Bar Tripoli.'
'Wel naar Bar Tripoli.'
Voor zo'n grote vent kon Édouard Lefèvre soms wel heel veel weg hebben van een klein jongetje dat net te horen had gekregen dat er wat voor hem zwaaide. Hij keek me aan met een gepijnigde blik en blies de lucht uit zijn wangen. 'Ah – laten we dat nou niet vanavond doen, Sophie. Laten we ergens lekker gaan eten. Laten we eens een avondje niet aan onze financiële sores denken. We zijn net getrouwd! Het is onze *lune de miel*!' Hij maakte een afwerend gebaar in de richting van het uithangbord van de bar.

Ik stak mijn hand in mijn jaszak en trok er een handvol schuldbekentenissen uit die ik daarin gestoken had. 'Lieve man van me, we kunnen het ons niet veroorloven een avondje niet aan onze financiële sores te denken. We hebben geen geld om uit eten te gaan. Nog geen centime.'

'Maar het geld van de Galerie Duchamps –'

'Dat is al op aan de huur. Je had al sinds de zomer niet meer betaald, weet je nog.'

'En het spaargeld in het potje?'

'Heb ik twee dagen geleden uitgegeven toen jij iedereen in Ma Bourgogne zo nodig op ontbijt moest trakteren.'

'Dat was ons bruiloftsontbijt! Ik vond het belangrijk om onze terugkeer naar Parijs te vieren.' Hij dacht even na. 'Het geld in mijn blauwe pantalon?'

'Gisteravond.'

Hij klopte op zijn zakken en het enige wat hij daarin voelde was zijn zakje tabak. Hij keek zo verslagen dat ik bijna in de lach schoot.

'*Courage*, Édouard. Zo erg is het niet. Als je dat liever hebt, ga ik wel alleen naar binnen en dan zal ik je vrienden heel netjes vragen of ze alsjeblieft hun schuld willen voldoen. Dan kan jij je er verder buiten houden. Een vrouw afpoeieren vinden ze vast een stuk moeilijker.'

'En dan gaan we weer?'

'En dan gaan we weer.' Ik stak mijn hand omhoog en gaf hem een zoen. 'En dan gaan we iets eten.'

'Ik weet niet of ik nog wel zin heb om te eten,' mopperde hij. 'Ik krijg maagpijn van dat geklets over geld.'

'Jij hebt heus nog wel zin in eten, Édouard.'

'Ik zie niet in waarom we dit zo nodig nu moeten doen. Onze *lune de miel* hoort een hele maand te duren. Een maand lang alleen maar liefde! Ik heb het aan een van mijn cliënten uit de betere kringen gevraagd, want die weet precies hoe het hoort. Ik heb vast nog wel ergens wat… O wacht, daar heb je Laure. Laure! Kom eens hier, dan kun je mijn vrouw ontmoeten!'

In de drie weken dat ik nu mevrouw Lefèvre was, en eerlijk gezegd, ook in de maanden daarvoor, was ik erachter gekomen dat de schulden van mijn nieuwe man nog groter waren dan zijn talent als kunstschilder. Édouard was een ongelofelijk vrijgevige man – maar financieel gezien had hij maar weinig om die vrijgevigheid te rechtvaardigen. Hij verkocht zijn schilderijen met een gemak waar zijn vrienden aan de Académie Matisse jaloers op moesten zijn, maar hij deed maar zelden zoiets onprettigs als er geld voor vragen. Hij nam genoegen met een gestaag groeiende stapel smoezelige schuldbriefjes. Vandaar dat messieurs Duchamp, Bercy en Stiegler het zich konden veroorloven om zijn verfijnde kunstwerken aan hun muren te hangen en eten op hun tafels te zetten, terwijl Édouard wekenlang leefde op brood, kaas en rillettes.

Toen ik ontdekte hoe hij er financieel voor stond, was ik geschokt. Niet omdat hij geen geld had – toen ik Édouard voor het eerst ontmoette, wist ik meteen al dat hij niet rijk kon zijn – maar vanwege de onverschilligheid waarmee die zogenaamde vrienden hem schijnbaar behandelden. Ze beloofden hem geld, maar kwamen nooit over de brug. Ze namen zijn drank, zijn gastvrijheid aan, maar gaven er bijna niets voor terug. Édouard was altijd degene die voorstelde samen te gaan eten en drinken, die ervoor zorgde dat iedereen het naar zijn zin had, maar als er betaald moest worden was hij op de een of andere manier steeds de enige die nog in de bar was.

'Vriendschap is belangrijker dan geld,' had hij gezegd, toen ik zijn boekhouding deed.

'Dat is een bewonderenswaardig uitgangspunt, liefste. Maar helaas kan je van vriendschap niet leven.'

'Ik ben met een zakenvrouw getrouwd!' riep hij trots. Ik geloof dat ik in die dagen had kunnen verkondigen dat ik steenpuisten doorprikte voor de kost en dan was hij nog trots op me geweest.

Ik tuurde door het raam van Bar Tripoli en probeerde te zien wie daarbinnen zaten. Toen ik me weer omdraaide, stond Édouard te praten met een vrouw. Dat was niet ongebruikelijk; mijn man kende iedereen in het 5$^e$ en 6$^e$ arrondissement. Je kon nog geen vijftig meter lopen zonder dat er begroetingen, sigaretten en beste wensen werden uitgewisseld. 'Sophie!' riep hij. 'Kom eens! Ik wil je voorstellen aan Laure LeComte.'

Ik aarzelde maar heel even; uit de rouge op haar wangen en haar avondschoentjes viel op te maken dat Laure LeComte een *fille de Rue* was. Toen we elkaar pas leerden kennen, had hij me verteld dat hij die meisjes vaak als model gebruikte; ze waren daar perfect geschikt voor, zei hij, omdat ze totaal niet verlegen waren over hun lichaam. Het had me misschien moeten schokken dat hij mij, zijn vrouw, met zo'n meisje wilde laten kennismaken. Maar ik kwam er al snel achter dat Édouard niet veel ophad met de gebruikelijke etiquette. Ik wist dat hij hen leuk vond, dat hij zelfs respect voor hen had, en ik wilde niet dat hij minder over mij zou denken.

'Het is een genoegen kennis met u te maken, mademoiselle,' zei ik. Ik stak mijn hand uit, en gebruikte het formele *vous* als blijk van respect. Haar vingers voelden zo belachelijk zacht dat ik moest kijken om te zien of ik ze wel echt vasthad.

'Laure heeft vaak voor me geposeerd. Weet je wel, dat schilderij van de vrouw in de blauwe stoel dat jij zo mooi vond? Dat was Laure. Ze is een voortreffelijk model.'

'Dat is te veel eer, monsieur Lefèvre,' zei ze.

Ik glimlachte hartelijk. 'Dat schilderij herinner ik me inderdaad. Een prachtig plaatje.'

De vrouw keek wat verbaasd. Achteraf bedacht ik dat ze waarschijnlijk niet zo vaak complimenten kreeg van een andere vrouw. 'Ik vond het altijd een soort koninklijke uitstraling hebben.'

'Koninklijk. Sophie heeft volkomen gelijk. Dat is precies hoe jij eruitziet op dat schilderij,' zei Édouard.

Laures blik schoot van hem naar mij, alsof ze probeerde in te schatten of ik haar soms in de maling nam.

'Toen mijn man mij voor het eerst schilderde leek ik net een vreselijke ouwe vrijster,' zei ik snel, om haar op haar gemak te stellen. 'Zo ernstig en grimmig. Édouard zei geloof ik dat ik op een stijve hark leek.'

'Zoiets zou ik nooit zeggen.'

'Maar je dacht het wel.'

'Het was een vreselijk schilderij,' stemde Édouard in. 'Maar dat was honderd procent mijn schuld.' Hij keek me aan. 'En nu kan ik onmogelijk nog een slecht schilderij van jou maken.'

Ik kon hem nog steeds niet recht in de ogen kijken zonder een beetje te blozen. Het viel even stil. En ik wendde mijn blik af.

'Mijn felicitaties met uw huwelijk, madame Lefèvre. U mag zich gelukkig prijzen. Maar niet zo gelukkig als uw man zich mag prijzen, denk ik.'

Ze knikte eerst naar mij, en toen naar Édouard, waarna ze haar rokken een stukje van het natte trottoir tilde en wegliep.

'Kijk me niet zo aan en plein public,' berispte ik hem, terwijl we haar nakeken.

'Dat vind ik juist zo leuk,' zei hij. Hij stak een sigaret op en leek heel erg in zijn nopjes met zichzelf. 'Je krijgt altijd zo'n schattig blosje.'

Édouard zag een man die hij wilde spreken in de *tabac*, dus liet ik hem gaan en stapte zelf Bar Tripoli binnen, waar ik een paar minuten aan de bar ging staan. Ik keek naar monsieur Dinan, die in zijn gebruikelijke hoekje zat. Ik vroeg om een glas water, dronk dat leeg en wisselde een paar woorden met de barman. Toen liep ik naar de hoek en begroette monsieur Dinan, terwijl ik mijn hoed afzette.

Hij keek op. Het duurde een paar seconden voor het tot hem doordrong wie ik was. Ik vermoedde dat hij me alleen herkende aan mijn haar. 'Ah. Mademoiselle. Hoe gaat het met u? Een frisse avond, vindt u niet? Is alles goed met Édouard?'

'Hij maakt het uitstekend, monsieur, dank u. Maar ik vroeg me af of u misschien twee minuutjes hebt om het over iets persoonlijks te hebben.'

Hij keek de tafel rond. De vrouw rechts van hem keek hem streng aan. De man tegenover hem was te druk in gesprek met zijn disgenoot om er iets van te merken. 'Volgens mij heb ik met u niets persoonlijks te bespreken, mademoiselle?' Hij keek zijn vrouwelijke gezelschap aan terwijl hij dat zei.

'Zoals u wenst, monsieur. In dat geval bespreken we het hier. Het gaat om een eenvoudige betaling voor een schilderij. Édouard heeft u een bijzonder fraaie gouache verkocht – *De markt bij Grenouille* – waarvoor u hem…' ik keek op mijn papiertje '…vijf francs zou betalen? Hij zou het zeer waarderen als u dat bedrag nu zou betalen.'

De hartelijke uitdrukking verdween van zijn gezicht. 'U bent Édouards deurwaarder?'

'Dat lijkt me wat overdreven uitgedrukt, monsieur. Ik kom hier alleen om Édouards financiën in het gareel te krijgen. En deze rekening staat al ruim zeven maanden uit, als ik me niet vergis.'

'Ik wil het hier waar mijn vrienden bij zijn niet over financiële kwesties hebben.' Hij wendde zich woedend van mij af. Maar daar had ik me al op voorbereid.

'In dat geval vrees ik dat ik gedwongen ben om hier te blijven staan tot u het er wel over wilt hebben, monsieur.'

Alle ogen rond het tafeltje waren nu op mij gericht, maar ik vertrok geen spier. Ik geneerde me niet zo snel. Ik was opgegroeid in een bar in St.-Péronne; vanaf mijn twaalfde hielp ik mijn vader al om dronkenlappen op straat te zetten, maakte ik het herentoilet schoon en hoorde ik het soort vuige praat aan waar straatmeisjes nog van zouden blozen. Monsieur Dinans theatrale afkeuring boezemde mij geen enkele angst in.

'Nou ja, in dat geval staat u hier nog de hele avond. Want ik heb een dergelijk bedrag niet bij me.'

'Vergeef me, monsieur, maar ik heb een poosje aan de bar gestaan voor ik naar u toe kwam. En ik heb toen toevallig gezien dat uw portefeuille uiterst goed gevuld was.'

Hierop schoot zijn mannelijke gezelschap in de lach. 'Volgens mij heeft ze je te pakken, Dinan.'

Maar hij werd alleen maar nog bozer.

'Wie bent u eigenlijk? Hoe haalt u het in uw hoofd mij zo in verlegenheid te brengen? Édouard kan hier onmogelijk achter zitten. Hij weet hoe het zit met de vriendschap tussen beschaafde heren. Hij zou hier nooit zo brutaal binnenkomen om geld te eisen en iemand voor gek te zetten bij zijn vrienden.' Hij kneep zijn ogen tot spleetjes. 'Aha! Nu herinner ik het me weer... u bent dat winkelmeisje. Édouards winkelmeisje van La Femme Marché. Hoe kunt u in vredesnaam weten hoe men zich in Édouards kringen dient te gedragen? U bent...' hij spuugde me de woorden bijna toe, 'provinciááls.'

Hij wist dat dat hard zou aankomen. Ik voelde de kleur opstijgen vanuit mijn borst. 'Als het tegenwoordig een provinciaalse kwestie is dat men graag te eten heeft, dan ben ik dat inderdaad, monsieur. En zelfs een winkelmeisje kan zien dat Édouards vrienden misbruik maken van zijn vrijgevige natuur.'

'Ik heb hem gezegd dat ik hem zal betalen.'

'Zeven maanden geleden. Zeven maanden geleden hebt u hem gezegd dat u hem zou betalen.'

'En moet ik me nu aan u verantwoorden? Sinds wanneer bent u Édouards *chien méchant*?' vroeg hij bits. Ik verstijfde heel even. En toen hoorde ik Édouards diepe, galmende stem achter me: 'Hoe noem je mijn vrouw?'

'Je vróúw?'

Ik draaide me om. Zo'n donkere blik had ik nog nooit gezien bij mijn man. 'Dus je bent niet alleen horkerig maar ook nog doof, Dinan?'

'Je bent met haar getrouwd? Met dat zure winkelmeisje?'

Édouards vuist schoot zo snel uit dat ik hem bijna niet zag. Hij kwam ergens vanachter mijn rechteroor en raakte Dinan zo hard op zijn kin dat hij letterlijk een eindje opveerde, voor hij achteroverviel. Hij landde tussen een paar stoelen en zijn omhoogschietende benen hadden ook het tafeltje doen omvallen. Zijn vrouwelijke gezelschap gilde toen de fles wijn brak en er medoc op hun kleren spatte.

Het werd heel stil in de bar; de violist stopte midden in een noot. De sfeer was geladen. Dinan knipperde met zijn ogen en kwam moeizaam overeind.

'Bied je verontschuldigingen aan aan mijn vrouw. Zij is tien keer meer waard dan jij.' Édouards stem klonk grommend.

Dinan spuugde iets uit wat een tand zou kunnen zijn. Hij stak zijn kin omhoog. Er sijpelde een dun rood straaltje precies over het midden van die kin, en hij stamelde, zo zachtjes dat ik dacht dat ik de enige was die het hoorde: '*Putain.*'

Brullend stortte Édouard zich op hem. Dinans vriend sprong weer boven op Édouard, en begon tegen zijn schouders, zijn hoofd en zijn brede rug te stompen. Maar het was alsof hij een mug was, het raakte Édouard nauwelijks. Ik hoorde Édouard zeggen: 'Hoe durf je mijn vrouw zo te beledigen!'

'Jij schurk!' Toen ik me omdraaide zag ik dat Michel LeDuc weer iemand anders begon te slaan.

'*Arrêtez, gentlemen! Arrêtez-vous!*'

De bar ontplofte. Édouard duwde zich omhoog, schudde Dinans vriend van zich af alsof hij een jas afdeed en gooide een stoel achter hem aan. Ik hoorde, nee, ik voelde het hout versplinteren tegen de rug van de man. De flessen vlogen over onze hoofden. Vrouwen gilden, mannen vloekten, klanten haastten zich naar de uitgang, terwijl straatjongens naar binnen wilden om zich in het strijdgewoel te storten. In de chaos zag ik mijn kans schoon. Ik boog voorover en trok de portefeuille uit de jaszak van de kreunende Dinan. Ik haalde er een briefje van vijf franc uit en ruilde het voor een handgeschreven briefje.

'Ik heb een reçu voor u geschreven,' schreeuwde ik hem toe, met mijn mond dicht bij zijn oor. 'Dat hebt u misschien ooit nog nodig als u besluit Édouards schilderij te verkopen. Hoewel u eerlijk gezegd gek zou zijn als u dat deed.' En toen stond ik op. 'Édouard!' riep ik terwijl ik om me heen keek waar hij was. 'Édouard!' Ik wist niet of hij me boven al die commotie uit wel kon horen.

Ik dook weg voor een rondvliegende fles en liep door de vechtende menigte op hem af. De straatmeiden stonden in een hoek te lachen en te joelen. De waard stond schreeuwend zijn handen te wringen en het gevecht zette zich voort op straat, waar de tafeltjes in het rond vlogen. Alle mannen waren om zich heen aan het slaan – ze stortten zich met zo veel genoegen in het gevecht dat ik me afvroeg of het nog wel om een ruzie ging.

'Édouard!'

En toen zag ik monsieur Arnault in de hoek bij de piano. 'O. Monsieur Arnault!' gilde ik, terwijl ik me een weg naar hem toe baande, mijn rokken hoog opgetild om over de lichamen en omgevallen stoelen te kunnen stappen. Hij gleed over een bankje, duidelijk in de hoop dat hij naar de uitgang zou kunnen ontsnappen. 'Twee houtskooltekeningen! Van vrouwen in het park? Weet u nog?' Hij keek me aan en ik articuleerde duidelijk: 'U bent Édouard nog geld verschuldigd voor die twee houtskooltekeningen.' Ik zakte op mijn hurken, met een hand boven mijn hoofd om mezelf te beschermen en de andere in mijn zak om de schuldbriefjes daaruit te trekken. Ik ging er snel doorheen, en dook weg voor een schoen. 'Vijf francs voor de twee tekeningen, ja?'

Achter ons schreeuwde iemand toen er een bierkroes door het raam vloog.

Monsieur Arnaults ogen waren groot van angst. Hij keek even achter me en zocht toen nerveus in zijn zak naar zijn portefeuille. Hij haalde de briefjes er zo snel uit dat ik er pas later achter kwam dat hij me twee francs te veel had gegeven. 'Hier!' siste hij, en toen sprintte hij naar de deur, zijn hoed stevig op zijn hoofd gedrukt.

Dus dat was het. We hadden elf – nee, twaalf francs. Genoeg om het een poosje mee uit te zingen.

'Édouard,' riep ik weer, en ik zocht het café af. Ik zag hem nog net staan, in de hoek, waar een man met een snor in de kleur van een vossenstaart vruchteloze pogingen deed hem te meppen, terwijl Édouard de man bij de schouders van zich af hield. Ik liep erheen en legde mijn hand op zijn arm. Mijn man keek me even niet-begrijpend aan, alsof hij was vergeten dat ik er ook bij was. 'Ik heb het geld. We moeten gaan.'

Hij leek me niet te horen.

'Ik meen het,' zei ik. 'We moeten gaan.'

Hij liet de man vallen, die langs de muur omlaaggleed, en voelde even met een vinger in zijn mond terwijl hij iets mompelde over een gebroken tand. Ik had hem vast bij zijn mouw, en trok hem richting de uitgang. Mijn oren tuitten van de herrie en ik worstelde me langs de mannen die van buiten waren gekomen. Niet te geloven, ze wisten niet eens waar het gevecht om ging.

'Sophie!' Édouard trok me met een ruk naar achteren toen er met een grote boog een stoel vlak voor me op de grond viel, zo dichtbij dat ik de lucht voelde trillen. Ik vloekte van schrik, en bloosde toen ik zag dat mijn man me had gehoord.

En toen stonden we buiten in de avondlucht, waar mensen onder hun tot dakjes gevouwen handen door de ramen naar binnen stonden te kijken, het geluid van schreeuwende mensen en brekend glas in onze oren. Ik bleef staan bij de lege tafeltjes, veegde mijn rokken omlaag en viste er de glassplinters uit. Naast ons zat een bloedende man op een stoel, die met zijn ene hand zijn oor vasthield en met de andere aandachtig rookte.

'Zullen we maar naar huis gaan?' zei ik, en ik trok mijn jas recht en keek omhoog naar de lucht. 'Volgens mij gaat het zo weer regenen.'

Mijn man zette zijn kraag op, haalde zijn handen door zijn haar en slaakte een korte zucht. 'Ja. Ja. Ik denk dat we wel toe zijn aan een hapje eten.'

'Neem me niet kwalijk dat ik vloekte. Dat was niet erg damesachtig.'

Hij gaf een klopje op mijn hand. 'Ik heb niets gehoord.'

Ik stak mijn hand uit om een houtsplinter van zijn mouw te vegen en kuste hem. Toen liepen we met ferme passen in de richting van het Panthéon, terwijl het gerinkel van de gendarmebellen weergalmde over de Parijse daken.

Ik was twee jaar eerder naar Parijs verhuisd, waar ik een kamer had in de Rue Beaumarchais, zoals alle meisjes die voor La Femme Marché werkten. De dag dat ik hen achterliet om te gaan trouwen, stonden de meisjes aan weerszijden in de gang om me toe te juichen, met pollepels tegen pannen slaand.

We trouwden in St.-Péronne, en omdat mijn vader er niet meer was, werd ik weggegeven door Jean-Michel, de man van mijn zusje. Mijn man was charmant en hartelijk en gedroeg zich tijdens de driedaagse bruiloft als een voorbeeldige bruidegom, maar ik wist hoe opgelucht hij was om de smorende Noord-Franse provincie achter zich te mogen laten en weer snel terug te kunnen naar Parijs.

Ik kan je niet zeggen hoe gelukkig ik was. Ik had nooit gedacht de liefde te zullen vinden, laat staan dat ik zou trouwen. En ik zou het nooit publiekelijk toegeven, maar ik hield zo hartstochtelijk veel van hem, dat ik zelfs bij Édouard Lefèvre zou zijn gebleven als hij niet met me had willen trouwen. Hij had maar zo weinig tijd voor conventie, dat ik ervan uitging dat het wel het laatste was wat hij zou willen.

Toch was hij het die opperde om te gaan trouwen.

We waren een maand of drie samen toen Hans Lipmann op een middag op bezoek kwam in zijn studio (ik stond onze kleren te wassen, aangezien Édouard was vergeten om geld te reserveren voor zijn wasvrouw). Monsieur Lipmann was nogal een dandy en ik geneerde me een beetje dat hij me in mijn huisjurk moest zien. Hij liep de studio rond, bewonderde Édouards nieuwste werk, en bleef toen staan voor het schilderij dat Édouard van mij had gemaakt op de avond van Quatorze Juillet, toen Édouard en ik voor het eerst onze gevoelens voor elkaar hadden uitgesproken. Ik bleef in de badkamer om Édouards kragen te schrobben, en probeerde geen last te hebben van de wetenschap dat Lipmann mij op het schilderij in mijn ondergoed kon zien. Hun stemmen daalden een paar minuten tot fluistersterkte en ik kon niets verstaan, tot mijn nieuwsgierigheid uiteindelijk de overhand kreeg. Ik droogde mijn handen af en liep de studio in, waar ze boven een paar schetsen hingen die Édouard van mij had gemaakt bij het grote raam. Monsieur Lipmann draaide zich om, begroette me kort en vroeg of ik ook voor hem wilde poseren. Geheel gekleed, uiteraard. Kennelijk had mijn gezicht fascinerende hoeken, en er was ook iets met mijn bleke huid. Was Édouard dat niet met hem eens? Ja, natuurlijk – hij had het immers zelf ook gezien. Hij lachte.

Édouard niet.

Ik stond op het punt om ja te zeggen (ik mocht Lipmann wel, hij was een van de weinige kunstenaars die me als een gelijke behandelden) maar ik zag dat Édouards glimlach verstarde.

'Nee. Ik vrees dat mademoiselle Bessette het daar veel te druk voor heeft.'

Er viel een korte, ongemakkelijke stilte. Lipmann bekeek ons geamuseerd.

'Maar Édouard, we hebben toch wel vaker modellen gedeeld. Ik dacht dat –'

'Nee.'

Lipmann keek even naar zijn voeten. 'Wat jij wilt, Édouard. Het was me een genoegen u weer te zien, mam'selle.' Hij tilde zijn hoed naar me op en vertrok. Édouard zei hem niet gedag.

'Wat ben je toch een rare,' zei ik later tegen hem. Hij zat in bad en ik knielde op een kussen achter hem om zijn haren te wassen. Hij was al de hele middag stil geweest. 'Je weet toch dat ik alleen maar oog heb voor jou. Ik zou desnoods nonnenkleren hebben aangetrokken voor monsieur Lipmann als dat jou gelukkig zou maken.' Ik schonk langzaam een kan warm water over zijn achterhoofd en keek naar het omlaagglijdende schuim. 'En trouwens, hij is getrouwd. Gelukkig getrouwd. Én hij is een heer.'

Édouard bleef stil. Toen draaide hij zich ineens helemaal om, zodat het water over de rand van het bad gutste.

'Ik moet zeker weten dat je van mij bent,' zei hij, en hij keek zo gespannen, zo ellendig, dat het even duurde voor ik iets kon zeggen.

'Ik ben toch de jouwe, rare dwaas.' Ik nam zijn gezicht in mijn handen en kuste hem. Zijn huid was nat. 'Ik ben al de jouwe sinds je voor het eerst in La Femme Marché kwam en vijftien belachelijke sjaals kocht, alleen maar omdat je mij zo nodig wilde zien.' Ik gaf hem nog een kus. 'Ik was al de jouwe toen je tegen Mistinguett zei dat ik de mooiste enkels in heel Parijs had, toen ze mij voor gek wilde zetten omdat ik op klompen liep.'

Weer kuste ik hem. Hij sloot zijn ogen. 'Ik was de jouwe toen je mij voor het eerst tekende en het tot me doordrong dat er nooit iemand zo naar me zal kijken als jij. Alsof je alleen het mooiste in me zag. Alsof ik een stuk bijzonderder was dan ik zelf denk.'

Ik pakte een handdoek en wreef voorzichtig het water van zijn neus en ogen. 'Snap je het nu? Je hebt niets te vrezen. Ik ben van jou, Édouard, helemaal, honderd procent. Ik kan niet geloven dat je daaraan twijfelde.'

Hij keek me aan en zijn grote bruine ogen stonden kalm en wonderlijk vastberaden.

'Trouw met me,' zei hij.
'Maar jij zegt altijd dat –'
'Morgen. Volgende week. Zo snel mogelijk.'
'Maar jij –'
'Trouw met me, Sophie.'

Dus trouwde ik met hem. Ik kon Édouard nooit iets weigeren.

De ochtend na het gevecht in Bar Tripoli sliep ik uit. We waren uitgelaten om onze plotselinge rijkdom, hadden te veel gegeten en gedronken en waren opgebleven tot in de kleine uurtjes, opgaand in elkaars lichaam, of in de slappe lach bij het terugdenken aan Dinans woedende gezicht. Slaperig probeerde ik mijn hoofd van het kussen te tillen en veegde ik mijn haar uit mijn gezicht. Het wisselgeld dat op tafel had gelegen was weg; Édouard was waarschijnlijk brood gaan halen. Ik werd me vaag bewust van zijn stem, buiten op straat, en liet mijn herinneringen aan de avond ervoor komen en gaan in een prettige waas. Maar toen het erop begon te lijken dat hij niet boven zou komen, trok ik een ochtendjas om me heen en liep naar het raam.

Hij had twee baguettes onder zijn arm gestoken en stond te praten met een beeldschone blonde vrouw, in een getailleerde groene *robe-manteau* met breedgerand hoedje van bont. Toen ik omlaagkeek, gleden haar ogen omhoog, naar mij. Édouard, die haar blik volgende, tilde zijn hand op om me te groeten.

'Kom eens naar beneden, *chérie*. Ik wil je aan iemand voorstellen.'

Ik had helemaal geen zin om aan iemand te worden voorgesteld. Ik wilde dat hij weer bovenkwam en dat ik mijn benen om hem heen kon slaan en dat ik hem onder het ontbijt zou bedelven onder de kussen. Maar ik slaakte een zucht, trok een jas aan en liep de trap af, naar de voordeur.

'Sophie, dit is Mimi Einsbacher. Een goede vriendin van me. Ze heeft een aantal schilderijen van me gekocht en ze heeft ook een paar keer voor me geposeerd.'

Alweer eentje? dacht ik afwezig.

'Van harte gefeliciteerd met jullie huwelijk. Édouard heeft er... nooit iets van verteld.'

Iets aan de manier waarop de vrouw me aankeek toen ze dit

zei, en aan haar snelle blik op Édouard, gaf me een ongemakkelijk gevoel.

'*Enchantée, mam'selle*,' zei ik, en ik stak mijn hand naar haar uit. Ze nam hem aan alsof het een dode vis was.

We stonden erbij in die korte, ongemakkelijke stilte. Twee fluitende straatvegers werkten elk aan een kant van de straat. De putten stroomden weer eens over, en die lucht, in combinatie met de hoeveelheid wijn die we de avond ervoor hadden gedronken, maakte me ineens misselijk.

'Neem me niet kwalijk,' zei ik terwijl ik achteruit naar de deur liep. 'Ik ben niet echt gekleed voor gezelschap. Édouard, ik ga de haard aanmaken en koffiezetten.'

'Koffie!' riep hij handenwrijvend. 'Het was me een genoegen je weer te zien, Mimi. Ik kom – sorry, wíj komen snel eens kijken naar je nieuwe appartement. Zo te horen is het prachtig.'

Hij liep fluitend de trap op.

Terwijl Édouard zijn jas afschudde, schonk ik hem een kop koffie in en stapte weer in bed. Hij zette een bord tussen ons in, brak een stuk brood voor ons af en gaf dat aan me.

'Heb je met haar geslapen?' Ik keek hem niet aan toen ik het vroeg.

'Met wie?'

'Mimi Einsbacher.'

Ik heb geen idee waarom ik het wilde weten; ik had hem nog nooit zoiets gevraagd.

Hij schudde even met zijn hoofd, alsof het er niet toe deed. 'Zou kunnen,'

Toen ik niet reageerde, deed hij een oog open en keek me

ernstig aan. 'Sophie, je weet dat ik geen heilige was voor ik jou leerde kennen.'

'Ja, dat weet ik.'

'Ik ben ook maar een man. En voor wij elkaar hadden ben ik heel lang vrijgezel geweest.'

'Dat weet ik ook. Ik zou ook niet willen dat je anders was dan je bent.' Ik draaide me naar hem toe en kuste hem zachtjes op zijn schouder.

Hij stak zijn hand uit en trok me tegen zich aan, en slaakte alweer een diepe zucht van tevredenheid. Ik voelde zijn warme adem tegen mijn oogleden. Hij liet zijn vingers door mijn haar glijden en hield mijn hoofd wat naar achteren zodat ik hem aankeek.

'Mijn liefste vrouw. Je hoeft maar één ding te onthouden: ik heb nooit geluk gekend tot ik jou ontmoette.'

Wat kunnen mij dan die Mimi en haar soort verder schelen? dacht ik, en ik liet mijn brood vallen en liet mijn been over hem heen glijden terwijl ik zijn geur opsnoof en al weer bezit van hem nam.

Ik geloofde het nog bijna, ook.

Mimi Einsbacher kwam – wat een toeval – voorbijlopen toen wij de woensdag daarop de studio uit kwamen (ik moest snel naar *la poste* om een brief te versturen aan mijn zus); dus het was logisch dat Édouard met haar ging ontbijten. Wat had het voor zin dat hij alleen zou eten? En twee dagen later wéér. Het was een koude dag in november en Édouard zette mijn goede vilten hoed op mijn hoofd toen ik de zware eikenhouten deur naar de Rue Soufflot opendeed. Ik lachte en sloeg zijn handen weg. 'Hij zit achterstevoren! Édouard! Stop! Zo loop ik voor gek!' Zijn grote hand landde op mijn schouder en raakte mijn hals. Ik hield van het gewicht.

'Nou ja, zeg. Goedemorgen!' Mimi droeg een mintgroene cape met een bontstola, en haar middel was zo ingesnoerd dat ik vermoedde dat haar lippen eigenlijk blauw aangelopen waren onder haar lippenstift. 'Wat een verrukkelijk toeval!'

'Madame Einsbacher. Wat een genoegen om u zo snel alweer te zien.' Ik had het gevoel dat mijn hoed er scheef en belachelijk uitzag.

'Mimi! Wat leuk.' Édouard liet mijn schouder los, boog zijn hoofd en kuste haar gehandschoende hand. Ik kromp inwendig ineen bij die aanblik, maar ik wees mezelf terecht. *Niet zo kinderachtig*, hield ik mezelf voor. *Édouard heeft toch voor jou gekozen?*

'En waar bent u naar op weg, op deze kille ochtend? Weer naar het postkantoor?' Ze hield haar tas voor zich. Hij was van krokodillenleer.

'Ik heb een afspraak in Montmartre met een handelaar. Mijn vrouw gaat iets te eten voor ons kopen.'

Ik draaide mijn hoed om op mijn hoofd, en wenste dat ik mijn zwarte had opgedaan. 'Nou ja, dat zou kunnen,' zei ik. 'Als jij je gedraagt.'

'Zie je nu wat ik allemaal moet verduren?' Édouard leunde voorover om me een kus op mijn wang te geven.

'Allemachtig. Ze is wel streng voor je.' Mimi's glimlach was iets raadselachtigs.

Édouard sloeg zijn sjaaltje om zijn hals, en bekeek ons allebei eens goed. 'Jullie zouden elkaar moeten leren kennen. Het zou goed zijn als Sophie hier een vriendin had.'

'Ik heb genoeg vriendinnen, Édouard,' protesteerde ik.

'Maar al je vriendinnen van de winkel werken overdag. En ze wonen helemaal in het 9$^e$. Terwijl je met Mimi zou kunnen koffiedrinken als ik druk ben. Ik vind het vreselijk als je alleen bent.'

'Welnee.' Ik schonk hem een glimlach. 'Ik ben heel tevreden met mijn eigen gezelschap.'

'O, maar Édouard heeft volkomen gelijk. En je wilt hem toch ook niet tot last zijn. Bovendien ken je bijna niemand in zijn kringen. Als ik jou nu eens gezelschap houd? Als gunst aan Édouard. Het lijkt me enig.'

Édouard straalde. 'Geweldig!' zei hij. 'Mijn twee lievelingsdames samen de hort op. Nou, dan wens ik jullie een fijne dag toe. Sophie, *chérie*, ik ben voor het eten thuis.'

Hij draaide zich om en liep weg in de richting van de Rue St.-Jacques.

Mimi en ik staarden elkaar aan en heel even meende ik iets ijzigs in haar ogen te zien.

'Goh, wat leuk,' zei ze. 'Zullen we gaan?'

# 3

*Place des Vosges, 1998*

Ze hadden de hele ochtend gepland; lekker lui beginnen met een ontbijtje bij Café Hugo aan de Place des Vosges, rondslenteren tussen de winkeltjes en boetiekjes in het 2$^e$ arrondissement, misschien wat wandelen langs de Seine en langs de stalletjes met tweedehands boeken. David zou na de lunch een uur of twee verdwijnen voor zijn bespreking; zij zou dan gebruikmaken van de geweldige spa in het Royal Monceaux terwijl hij zaken deed. Ze zouden elkaar weer zien in de bar voor een vroege cocktail en daarna zouden ze lekker gaan eten in een brasserie in de buurt. De dag was gered. Zij zou lief doen. Begripvol. Daar ging het tenslotte om in een huwelijk: de kunst van het compromissen sluiten. Dat heeft ze zichzelf vandaag al sinds ze opstond een paar keer voorgehouden.

Maar tijdens het ontbijt rinkelt Davids telefoon.

'De Goldsteins,' zegt ze als hij eindelijk uitgepraat is. Haar *tartine* ligt onaangeroerd voor haar.

'Het loopt anders. Ze willen me vanochtend al zien in hun kantoor, in de buurt van de Champs Élysées.'

Als ze niet reageert, legt hij zijn hand over de hare en zegt: 'Het spijt me ontzettend. Ik ben hooguit een paar uurtjes weg.'

Ze kan geen woord uitbrengen. Dikke, zoute tranen van teleurstelling verzamelen zich achter haar ogen.

'Ik weet het, dit is niet leuk. Maar ik zal het goedmaken. Het punt is alleen…'

'… dat dit belangrijker is.'

'Dit gaat om onze toekomst, Liv.'

Liv kijkt hem aan en weet dat haar frustratie van haar gezicht af te lezen valt. En gek genoeg is ze heel kwaad op hem omdat het zijn schuld is dat zij zich nu zo gedraagt.

Hij knijpt in haar hand. 'Kom op, liefje. Ga anders nu iets doen waar ik niet zo'n zin in heb en dan zien we elkaar later. Zo moeilijk is het toch niet om hier een paar uur zoet te zijn. Dit is Parijs!'

'Tuurlijk. Ik had alleen nooit gedacht dat mijn huwelijksreis zou bestaan uit vijf dagen in Parijs en dat ik dan maar van alles moest verzinnen om de tijd te doden.'

Zijn stem klinkt licht geërgerd. 'Sorry. Ik heb niet het soort werk dat ik maar gewoon achter me kan laten.'

'Nee. Dat is me volkomen duidelijk.'

Zo is het de avond ervoor in La Coupole ook gegaan. Het kostte hun moeite om veilige gespreksonderwerpen te vinden. Ze zaten voor de vorm te glimlachen en hun veel te beleefde conversatie had een onderstroom van allerlei dingen die ze niet uitspraken. Als hij iets zei, kromp zij ineen omdat hij zich zo overduidelijk niet op zijn gemak voelde. Als hij niets zei, vroeg ze zich af of hij soms met zijn hoofd bij zijn werk was.

Toen ze weer in hun suite terug waren, keerde Liv zich in bed van hem af, te boos om door hem aangeraakt te willen worden. Om vervolgens in paniek te raken toen hij dat niet eens probeerde.

In de zes maanden dat ze nu bij elkaar zijn hadden ze, voor zover ze zich kan herinneren, nooit ruziegemaakt. Tot nu hier, in Parijs. De huwelijksreis glipt door haar vingers; ze voelt het.

David is de eerste die het zwijgen doorbreekt. Hij weigert haar hand los te laten. Hij leunt over tafel en veegt teder een lok haar uit haar gezicht. 'Het spijt me. Dit is het laatste, echt. Geef me nog een paar uur, en dan ben ik helemaal van jou, ik beloof het. Misschien blijven we wat langer, en dan... dan halen we de verloren uren in.' Hij doet een poging tot glimlachen. Ze draait zich naar hem toe, ontwapend. Ze wil zo graag dat ze zich weer normaal voelt, als zichzélf. Ze staart naar haar hand in de zijne, de koperen gloed van haar nieuwe trouwring, nog niet helemaal vertrouwd aan haar vinger.

Ze is helemaal de kluts kwijt door de afgelopen achtenveertig uur. Het geluksgevoel van de afgelopen maanden lijkt ineens heel breekbaar, alsof het fundament een stuk wankeler is dan ze hadden gedacht.

Ze zoekt zijn ogen. 'Ik hou van je, echt waar.'
'En ik hou van jou.'
'Ik ben een vreselijk claimerige, chagrijnige vriendin.'
'Vrouw.'

Ondanks alles moet ze glimlachen. 'Ik ben een vreselijk claimerige, chagrijnige vrouw.'

Hij grijnst en geeft haar een kus en ze zitten aan de rand van de Place des Vosges te luisteren naar het geronk van de brommertjes buiten, het verkeer dat langzaam in de richting van de Rue Beaumarchais kruipt. 'Gelukkig vind ik vreselijk en chagrijnig onweerstaanbaar aantrekkelijke karaktertrekken in een vrouw.'

'Je vergeet claimerig.'

'Dat vind ik zelfs de mooiste.'

'Ga nou maar,' zegt ze, en ze maakt zich voorzichtig van hem los. 'Ga maar, gladde architect die je bent, voor ik je meesleur naar het hotelbed en je helemaal niet meer naar die irritante vergadering van je kunt.'

De sfeer tussen hen in wordt ruimer en relaxter. Ze slaakt een zucht die ze onbewust had ingehouden.

'En wat ga jij dan doen?'

Ze kijkt toe terwijl hij zijn spullen bijeenpakt: sleutels, portemonnee, jasje, telefoon.

'Ik denk dat ik ergens kunst ga kijken.'

'Zodra we klaar zijn stuur ik je een sms. Dan spreken we ergens af.' Hij geeft haar nog een kushand. 'En dan gaan we het uitgebreid hebben over wat jij allemaal gaat doen in dat hotelbed.'

Halverwege de straat draait hij zich om en steekt een hand op: '*À bientôt*, mevrouw Halston!'

Ze blijft glimlachen tot hij uit het zicht verdwenen is.

De conciërge heeft haar gewaarschuwd dat ze rond dit tijdstip uren in de rij zou moeten staan bij het Louvre, en dus loopt ze in plaats daarvan naar het Musée D'Orsay. David heeft haar verteld dat de architectuur van het gebouw bijna net zo indrukwekkend is als de kunst die er hangt. Maar zelfs hier staat om tien uur 's ochtends al een rij die zich als een slang om het hele gebouw slingert. De zon schijnt al fel en ze is vergeten een hoedje mee te nemen.

'Geweldig,' mompelt ze bij zichzelf, terwijl ze achteraan in de rij gaat staan. Ze vraagt zich af of ze wel binnenkomt voordat David klaar is met zijn vergadering.

'Het duurt niet zo lang. Ze laten de mensen vrij snel door.' De man voor haar draait zich om en knikt naar het begin van de rij. 'Je moet het eens zien als de toegang gratis is. Dán staat er pas een rij.' Hij draagt een keurig linnen jasje en heeft het air van iemand die niet hoeft te werken voor zijn geld.

Als hij haar glimlachend aankijkt, vraagt ze zich af of het feit dat ze uit Engeland komt in grote letters op haar gezicht te lezen staat. 'Passen al deze mensen er eigenlijk wel in?'

'Zeker. Het is net zoiets als die tijdmachine uit *Doctor Who*, de Tardis.'

Als ze glimlacht, steekt hij zijn hand uit. 'Tim Freeland.'

'Liv Worth – Halston. Liv Halston.' Ze vergist zich nog steeds in haar achternaam.

'Aha. Volgens die poster is er nu een grote Matisse-tentoonstelling. Dat is waarschijnlijk de reden waarom de rij zo lang is. Ik zal mijn paraplu even opsteken. Dan heb je niet zo'n last van de zon.'

Hij komt elk jaar hier voor het tennis, vertelt hij terwijl ze steeds een paar passen vooruitkomen, en al zigzaggend naar voren bewegen. Alle tijd die niet opgaat aan tennis, vult hij met bezoekjes aan zijn favoriete plekken. Hij vindt het hier veel fijner dan in het Louvre, waar het voor de schilderijen uitpuilt van de toeristen. Hij moet een beetje lachen als hij dat zegt, zich bewust van de ironie.

Hij is lang en gebruind, met donkerblond haar, dat hij achterovergekamd heeft zoals hij vermoedelijk al sinds zijn tienerjaren doet. Uit de manier waarop hij over zijn leven praat, maakt ze op dat hij zijn schaapjes op het droge heeft. Het feit dat hij het over kinderen heeft terwijl hij geen trouwring draagt, wijst op een scheiding, ergens in het verleden.

Hij is attent en charmant. Ze praten over de restaurants in Parijs, tennis, de onvoorspelbaarheid van Parijse taxichauffeurs. Het voelt als een opluchting om een gesprek te kunnen voeren dat niet bol staat van de onuitgesproken wrok, en zonder allemaal valkuilen. Als ze eenmaal vooraan in de rij staan, is haar humeur helemaal opgeklaard.

'Dankzij jou is de tijd voorbijgevlogen.' Het heeft alles bij elkaar vijfentwintig minuten geduurd. Tim Freeland vouwt zijn paraplu op en steekt zijn hand uit. 'Het was me een genoegen je te ontmoeten, Olivia Halston. Ik beveel je de impressionisten op de eerste verdieping aan. Als je nu gaat, voor het boven echt te druk wordt, kun je alles nog goed bekijken.'

Hij lacht naar haar met twinkelende ogen, en weg is hij, de buik van het museum in, alsof hij precies weet waar hij naartoe wil. En Liv, die vindt dat je je best door een aardige, knappe man mag laten opvrolijken die misschien een beetje aan het flirten was, ook al ben je op je huwelijksreis, loopt iets vrolijker dan eerst naar de liften.

Ze neemt de tijd, loopt langzaam langs de afdelingen met impressionisten en bestudeert elk schilderij uitgebreid. Ze is hier tenslotte om de tijd te doden. Ze schaamt zich een beetje als het tot haar doordringt dat ze al sinds haar afstuderen niet meer in een galerie is geweest. Nu ze alles heeft bekeken, komt ze tot de conclusie dat ze de Monets en de Morisots mooi vindt, en de Renoirs niet. Maar het kan ook zijn dat ze die Renoirs zo vaak op koektrommels heeft zien staan dat het moeilijk is om ze daar los van te zien.

Ze gaat zitten, en staat weer op. Was David maar hier, denkt ze. Het is heel raar om zo voor deze schilderijen te staan en er met niemand over te kunnen praten. Ze werpt steeds steels blikken op andere mensen die misschien ook in hun eentje zijn, en kijkt of daar misschien iets mis mee is. Zal ze Jasmine bellen, gewoon om met iemand te kunnen praten? Nee, bedenkt ze, dan weet die dat haar huwelijksreis een mislukking is. Want wie belt er nou als hij op huwelijksreis is? Even laait haar boosheid op David weer op, en ze moet zwijgend met zichzelf in discussie om in te zien dat dat onredelijk is.

Het wordt steeds drukker om haar heen. Een groep schoolkinderen wordt rondgeleid door een theatrale suppoost. Voor *Déjeuner sur l'herbe* blijven ze staan en hij gebaart de kinderen te gaan zitten. 'Kijk!' roept hij uit in het Frans. 'Hier is met natte verf op natte verf gewerkt – het was voor het eerst dat een kunstenaar zoiets deed! – zodat de kleuren op deze manier in beweging kwamen…' Hij maakt woeste gebaren. De kinderen luisteren ademloos. Er blijft ook een groepje volwassenen staan luisteren.

'Toen dit schilderij voor het eerst werd vertoond, veroorzaakte het een enorm schandaal! Gigantisch! Waarom had die dame helemaal geen kleren aan, terwijl de mannen volledig gekleed waren? Wat denkt u, kleine meneer?'

Geweldig, dat van Franse achtjarigen wordt verwacht dat ze kunnen discussiëren over openbaar naakt. En met hoeveel respect de suppoost hen toespreekt. Was David maar hier, denkt ze al weer. Want die zou het ook geweldig vinden.

Het duurt een paar minuten voor ze doorkrijgt hoeveel mensen er inmiddels de zalen zijn binnengestroomd. Het is er inmiddels drukkend vol. Ze hoort overal Engelsen, Amerikanen. Om de een of andere reden irriteert het haar. Ze is sowieso steeds om de kleinste dingen geïrriteerd.

Liv wil graag ontspannen en loopt snel een, twee zalen met landschappen door, tot ze bij de minder populaire kunstenaars is, waar maar weinig bezoekers komen. Nu vertraagt ze haar passen en doet haar best om deze mindere goden evenveel aandacht te geven als de grote namen, hoewel er niet veel opzienbarends te zien is. Ze wil net op zoek naar de uitgang als ze ineens een klein olieverfschilderij ziet en er bijna onwillekeurig voor blijft staan. Een vrouw met rood haar staat naast een tafel vol restanten van een maaltijd. Ze draagt een witte jurk, een onderjurk misschien; Liv weet het niet zeker. Haar lichaam is half aan het zicht onttrokken, maar de zijkant van haar gezicht is duidelijk zichtbaar. Haar blik glijdt naar de kunstenaar, maar ze kijkt hem niet aan. Haar schouders zijn gebogen, alsof er iets is wat haar tegenstaat, of misschien is het wel van spanning.

De titel van het schilderij luidt: *Echtgenote, uit haar hum.*

Ze staart ernaar en bekijkt de verfijnd weergegeven helderheid van de blik van de vrouw, de kleur op haar wangen, de manier waarop haar lichaam blijk geeft van haar ingehouden woede, maar ook van een soort verslagenheid. En Liv denkt ineens: O, shit. Dat ben ik.

De gedachte laat haar niet meer los. Ze wil wegkijken, maar het lukt niet. Het is net alsof ze een stomp in haar maag heeft gekregen. Het schilderij is zo wonderlijk intiem, zo verwarrend. *Ik ben drieëntwintig*, denkt ze. *En ik ben getrouwd met een man die me nu al op de achtergrond van zijn leven heeft geschoven. Ik word zo'n treurige, verbeten vrouw in de keuken waar niemand ooit oog voor heeft. Die snakt naar zijn aandacht en die gaat zitten pruilen als ze die niet krijgt. Die altijd alles alleen moet doen en 'er dan maar het beste van maakt'.*

Ze stelt zich toekomstige vakanties met David voor; hoe zij zit te bladeren in de reisgidsen op zoek naar de bezienswaardigheden en hoe ze haar teleurstelling moet verbijten als hij weer wat belangrijks heeft dat hij niet kan missen. *Ik word precies zoals mijn moeder.*

*Het vrouwtje thuis.*

Het Musée D'Orsay is ineens veel te vol, te lawaaiig. Ze wurmt zich een weg naar beneden en loopt tegen de massa in, verontschuldigingen mompelend als ze tegen schouders, ellebogen en tassen aan botst. Ze gaat een trap af, een gang door, en komt niet bij de uitgang maar bij de grote eetzaal, waar zich een rij aan het vormen is. Waar is die uitgang gebleven? Het is hier ineens belachelijk druk. Liv vecht zich langs de afdeling art deco – ineens lijken de enorm grote, organische meubelstukken grotesk, overdreven flamboyant. Het dringt tot haar door dat ze aan de verkeerde kant van het gebouw zit en ze begint enorm te snikken, zonder precies te weten waarom.

'Gaat het?'

Met een ruk draait ze zich om. Tim Freeland staat haar met een brochure in de hand aan te staren.

Ze veegt snel haar gezicht af en probeert te glimlachen. 'Ik – ik kan de uitgang niet vinden.'

Hij kijkt haar eens goed aan – *huilt ze nou?* – en ze schaamt zich dood. 'Sorry, maar – ik moet hier echt weg.'

'Al die mensen,' zegt hij zachtjes. 'Het zijn er ook wel veel altijd, deze tijd van het jaar. Kom.' Hij pakt haar bij de elleboog en duwt haar het hele museum door. Hij loopt langs de zalen waar het wat donkerder is en waar de mensen zich kennelijk minder graag ophopen. Binnen een paar minuten lopen ze een trap af en komen ze op het grote, lichte plein.

Op een afstandje van het gebouw blijven ze staan. Liv probeert weer normaal te ademen.

'Het spijt me zo,' zegt ze met een blik achterom. 'Ik ben bang dat jij nu niet meer naar binnen kunt.'

Hij schudt zijn hoofd. 'Ik was toch al klaar voor vandaag. Tegen de tijd dat je niks anders meer kunt zien dan andermans achterhoofd, is het tijd om te gaan.'

Ze blijven even staan op de lichte, brede stoep. Buiten kruipt het verkeer langs de oever van de rivier en weven de brommers zich met veel lawaai tussen de stilstaande auto's door. De zon zet de gebouwen in het blauwwitte licht dat zo eigen is aan deze stad.

'Heb je misschien zin in een kop koffie? Het lijkt me een goed idee als je even een paar minuten ergens gaat zitten.'

'O – dat kan niet. Ik heb eigenlijk afgesproken –'

Ze werpt een blik op haar telefoon. Geen berichten. Ze staart er even naar en laat dit op zich inwerken. Het feit dat het nu een uur later is dan hij eigenlijk had gezegd klaar te zijn. 'Eh... heb je heel even?'

Ze draait zich om, belt Davids nummer en knijpt haar ogen tot spleetjes terwijl ze naar het verkeer langs de quai Voltaire kijkt. Hij gaat meteen over op voicemail. Ze vraagt zich af wat ze eigenlijk tegen hem moet zeggen. En dan besluit ze om niets in te spreken.

Ze bergt haar telefoon op en draait zich weer om naar Tim Freeland.

'Ik heb ontzettend trek in koffie, inderdaad. Dus graag.'

*Un express, et un grand crème.* Al zet ze haar beste Franse accent op, dan nog geven de obers steevast antwoord in het Engels. Na alle vernederingen van die ochtend kan zoiets gênants er ook nog wel bij. Ze drinkt een koffie, bestelt een tweede, snuift de warme stadslucht op en probeert alle aandacht van zichzelf af te leiden.

'Wat stel je veel vragen,' zegt Tim Freeland op een gegeven

moment. 'Of je bent journalist, of je bent naar een wel heel goede etiquetteschool geweest.'

'Of ik ben een industriële spion en weet alles over jouw nieuwe dingetje.'

Hij lacht. 'Aha... Helaas ben ik geheel dingetjesvrij. Ik ben al met pensioen.'

'Echt? Zo oud ben je toch helemaal niet?'

'Ik ben oud genoeg. Ik heb mijn bedrijf negen maanden geleden verkocht. Ik weet nog steeds niet precies wat ik met mijn tijd aan moet.'

Hij zegt het op een manier waaruit niet bepaald blijkt dat hij zich hier zorgen over maakt. Waarom zou je ook, denkt ze, als je hele dagen door je lievelingssteden kunt slenteren, naar kunst kunt kijken en wildvreemde mensen koffie kunt aanbieden?

'Waar woon je dan precies?'

'O... overal en nergens. In de vroege zomer zit ik hier een paar maanden. En ik heb een huis in Londen. Verder zit ik vaak in Zuid-Amerika – mijn ex woont in Buenos Aires met mijn twee oudste kinderen.'

'Klinkt ingewikkeld.'

'Als je zo oud bent als ik, wordt het leven vanzelf ingewikkeld.' Hij glimlacht, alsof de complexheid van zijn leven hem niet meer zo veel doet. 'Ik ben een poosje zo'n domkop geweest die onmogelijk verliefd kon worden zonder meteen te willen trouwen.'

'Wat ridderlijk van je.'

'Niet echt. "Telkens als ik verliefd word, kost het me een

huis." Wie zei dat ook alweer?' Hij roert in zijn koffie. 'Maar het gaat allemaal vrij keurig, hoor. Ik heb twee exen, geweldige vrouwen, allebei. Het is alleen zo jammer dat ik daar pas achter kwam toen ik al van ze gescheiden was.'

Hij praat zachtjes, zijn toonval afgemeten en zijn woorden zorgvuldig uitgekozen, een man die eraan gewend is dat men naar hem luistert. Ze staart naar hem, naar zijn bruine handen, zijn onberispelijke manchetten, en ze stelt zich een appartement voor in het 1$^e$ arrondissement, met een huishoudster, en een duur restaurant waar de eigenaar hem bij naam kent. Tim Freeland is niet haar type, en hij is minstens twintig jaar ouder dan zij, maar toch vraagt ze zich heel even af hoe het leven zou zijn met zo'n man. Ze vraagt zich af of de mensen die hen zo zien zitten soms denken dat zij een stel zijn.

'En wat doe jij zoal, Olivia?' Hij noemt haar al Olivia sinds ze zich aan hem voorstelde. Als een ander het zou zeggen, zou het gekunsteld lijken. Maar uit zijn mond klinkt het als een ouderwets soort hoffelijkheid.

Ze maakt zich los uit haar dagdroom en bloost een beetje als tot haar doordringt waar ze aan had zitten denken.

'Ik... ik ben op zoek naar werk. Ik ben afgestudeerd en toen heb ik eerst wat kantoorwerk gedaan, en ik heb in een restaurant gewerkt. Gewoon, zoals alle meisjes die net afgestudeerd zijn. Ik weet nog niet precies wat ik wil.' Ze glimlacht ongemakkelijk.

'Daar is ook nog meer dan genoeg tijd voor. Kinderen?' Hij kijkt betekenisvol naar haar trouwring.

'O. Nee. Nog lang niet.' Ze lacht ongemakkelijk. Ze kan al

bijna niet eens voor zichzelf zorgen, dus het idee dat er een jengelende baby van haar afhankelijk zou zijn is al helemaal ondenkbaar.

Ze voelt dat hij haar bestudeert. 'Precies. Daar heb je ook nog meer dan genoeg tijd voor.' Hij blijft haar onafgebroken aankijken. 'Ik hoop dat je het niet erg vindt dat ik het zeg, maar ik vind je wel erg jong om al getrouwd te zijn. Ik bedoel, in deze tijd.'

Ze weet niet wat ze daarop moet zeggen, en neemt een slok koffie.

'Ik mag een vrouw eigenlijk niet vragen naar haar leeftijd, maar hoe oud ben jij precies – drieëntwintig? Vierentwintig?'

'Goed gegokt. Drieëntwintig.'

Hij knikt. 'Je hebt een goede botstructuur, dus ik denk dat je er nog wel een jaar of tien als drieëntwintig zult uitzien. Nee, niet blozen. Ik constateer alleen een feit. Dus… je jeugdliefde?'

'Nee, eerder een stormachtige romance.' Ze kijkt op van haar koffie. 'Ik ben… ik ben net getrouwd.'

'Net getrouwd?' Hij kijkt haar aan. En de vraag ligt in zijn blik besloten. 'Je bent op húwelijksreis?'

Hij zegt het zonder drama, maar kijkt er zo verwonderd bij, en kan zijn medelijden zo slecht verbloemen, dat ze het niet kan aanzien. Ze ziet *Echtgenote, uit haar hum* voor zich en hoe die zich verslagen omdraaide, een heel leven lang de gêne van andere mensen. *O, dus je bent net getrouwd? En waar is je man dan?*

Wat heeft ze gedaan?

'Neem me niet kwalijk,' zegt ze met gebogen hoofd, terwijl ze haar spullen van tafel pakt. 'Ik moet gaan.'

'Olivia. Niet zo snel, alsjeblieft. Ik ben –'

Het bloed bonkt in haar oren. 'Nee. Echt. Ik hoor hier trouwens niet eens te zijn. Het was leuk je te ontmoeten. Heel erg bedankt voor de koffie. En… je weet wel…'

Ze kijkt hem niet aan. Liv trekt haar mond in een glimlach en werpt die zo ongeveer zijn kant op, en vlucht dan half lopend, half rennend langs de Seine in de richting van de Notre-Dame.

# 4

## *1912*

Het was bomvol mensen op de Marché Monge, ondanks de kille wind en die ellendige motregen. Ik liep een halve pas achter Mimi Einsbacher, die vastberaden heupwiegend tussen de marktkraampjes door liep, en die een constante stroom van commentaar leverde vanaf het moment dat we op de markt aankwamen.

'O, deze moet je echt kopen. Édouard is dol op deze Spaanse perziken. En kijk, deze zijn prachtig rijp.' … 'Heb je al eens langoustines voor hem gekookt? O! Die man kan langoustines eten!' … 'Kool? Rode ui? Weet je dat wel zeker? Dat zijn wel erg… rustieke ingrediënten. Ik denk dat hij liever iets verfijnders heeft. Édouard is een enorme lekkerbek, moet je weten. We zijn een keertje bij Le Petit Fils geweest, en toen heeft hij een menu van wel veertien gangen verorberd. Moet je je indenken! Tegen de tijd dat de petitfours werden geserveerd, dacht ik dat hij uit elkaar zou barsten. Maar hij was zo tevreden…' Ze schudde haar hoofd alsof ze in een dagdroom verzonken was. 'Die man, die lust overal wel pap van...'

Ik pakte een bos wortelen op en deed of ik die geïnteresseerd bestudeerde. Ergens in mijn achterhoofd begon het zacht te kloppen, het begin van hoofdpijn.

Mimi Einsbacher bleef staan voor een kraampje vol met potjes. Ze wisselde een paar woorden met de marktkoopman en pakte toen een klein potje op dat ze tegen het licht hield. Ze keek me zijdelings aan, vanonder haar hoed. 'O, jij zit natuurlijk helemaal niet te wachten op al die herinneringen... Sophia. Maar ik moet je wel deze foie gras aanraden. Dat zal Édouard een heerlijke verrassing vinden. Als je wat... slecht in je huishoudgeld zit, wil ik het met alle plezier voor hem kopen, als cadeautje. Als oude vriendin. Ik weet wat voor warhoofd hij is als het om geldzaken gaat.'

'Wij redden ons prima, dank je.' Ik pakte het potje foie gras uit haar hand en stopte het in mijn mandje, waarna ik de marktkoopman het geld overhandigde. De helft van ons hele budget voor eten, stelde ik vast, en in stilte was ik woedend.

Ze vertraagde haar pas, zodat ik wel naast haar moest lopen. 'Dus... Gagnaire vertelde me dat Édouard al weken niets geschilderd heeft. Zo jammer.'

*Waarom praat jij met Édouards impresario?* wilde ik haar vragen, maar ik liet het gaan. 'We zijn nog maar net getrouwd. Hij is nogal... afgeleid.'

'Hij is een enorm talent. Hij mag zijn concentratie eigenlijk niet verliezen.'

'Édouard zegt dat hij weer gaat schilderen als hij er klaar voor is.'

Het leek wel alsof ze helemaal niet naar me luisterde. Mimi was naar een patisseriekraampje gelopen en staarde naar een *tarte aux framboises*. 'Frambozen! In deze tijd van het jaar! Wat is dit voor een wereld.'

*Bied alsjeblieft niet aan die taart ook voor Édouard te kopen*, zei ik in stilte. *Ik heb nog nauwelijks genoeg geld voor brood.* Maar Mimi had iets anders in gedachten. Ze kocht een kleine baguette, wachtte terwijl de koopman die in papier rolde en draaide zich toen naar mij om.

Met fluisterstem zei ze: 'Je hebt geen idee hoe verbaasd wij allemaal waren toen we hoorden dat hij getrouwd was. Een man als Édouard.' Ze stak de baguette behoedzaam langs het hengsel van haar mand. 'Dus ik vroeg me af… moet ik je soms feliciteren?'

Ik keek naar haar opgewekte, uitgestreken glimlach. En toen zag ik dat ze met nadruk naar mijn middel keek.

'Nee!'

Het duurde een paar minuten voor het tot me doordrong wat voor belediging het was.

Ik wilde tegen haar zeggen: *Édouard heeft me gesmeekt om met hem te trouwen. Hij was degene die per se wilde. Hij kon de gedachte niet verdragen dat een andere man zelfs maar naar me keek. Hij vond het ondraaglijk dat een ander misschien in mij zou zien wat hij in me ziet.*

Maar ik gunde haar geen enkele informatie over ons. Als ik haar glimlachende vijandigheid zo zag, wilde ik alles over onze relatie voor mezelf houden, zodat zij er geen gaten in kon prikken of zou doen alsof het niets voorstelde. Ik voelde mijn gezicht rood aanlopen.

Ze stond me een poosje aan te kijken. 'Ach, Sophia, je moet niet zo gevoelig zijn.'

'Sophie. Ik heet Sophie.'

Ze keerde zich weer om. 'Natuurlijk. Sophie. Maar mijn vraag is toch zeker niet zo vreemd? Het is toch heel normaal dat mensen die Édouard al zo lang kennen een beetje bezitterig zijn ten opzichte van hem? We weten per slot van rekening maar heel weinig over jou... Behalve dan dat je... een winkelmeisje bent, toch?'

'Dat was ik. Tot ik met hem trouwde.'

'En toen moest je natuurlijk weg bij je... winkel. Wat jammer. Wat zal je je winkelvriendinnen missen. Ik weet maar al te goed hoe heerlijk het is om in je eigen kring op te kunnen gaan, met je eigen soort.'

'Ik ben heel gelukkig in Édouards kringen.'

'Dat zal best. Hoewel het zo ontzettend moeilijk is om echt vrienden te maken als alle anderen elkaar al jaren kennen. Zo moeilijk om al die pretjes die de anderen delen te begrijpen, al die gedeelde geschiedenis.' Ze glimlachte. 'Enfin, je doet ongetwijfeld je best.'

'Édouard en ik zijn het liefst met zijn tweeën.'

'Uiteraard. Maar je denkt toch niet dat dat nog lang zo blijft, Sophia? Hij is namelijk een enorm gezelschapsdier. Een man als Édouard heeft heel veel vrijheid nodig.'

Ik moest ontzettend mijn best doen om kalm te blijven. 'Je

doet net alsof ik zijn cipier ben. Van mij moet Édouard juist precies doen waar hij zin in heeft.'

'O, dat neem ik zonder meer aan. En je zult je ook vast terdege bewust zijn van het geluk dat je hebt dat iemand als hij met jou wilde trouwen. Het leek me gewoon verstandig je wat advies te geven.'

Toen ik niet reageerde, zei ze: 'Je vindt het misschien heel aanmatigend dat ik jou advies geef over je eigen echtgenoot. Maar je weet dat Édouard zich niet houdt aan burgerlijke regels. Dus vond ik dat ik ook best buiten de perken van de normale conversatie mocht treden.'

'Ik ben u daar heus erg dankbaar voor, madame Einsbacher.' Ik vroeg me af of ik me op dat moment kon omdraaien en haar daar kon achterlaten, met een smoes over een vergeten afspraak. Ik had al genoeg moeten verdragen.

Ze liep een stukje weg bij de kraam, gebaarde dat ik hetzelfde moest doen, en zei op fluistertoon: 'En als we dan toch zo open zijn, dan beschouw ik het als mijn plicht om je nog voor iets anders te waarschuwen. Van vrouw tot vrouw, zogezegd. Zoals je weet, heeft Édouard enorme... behoeften.'

Ze keek me betekenisvol aan. 'Hij vindt het ongetwijfeld enig dat hij nu getrouwd is, maar zodra hij weer begint met het schilderen van andere vrouwen, dan moet je bereid zijn om hem... een zekere vrijheid te geven.'

'Pardon?'

'Moet ik het voor je uitspellen, Sophia?'

'Sophie.' Mijn kaak verstrakte. 'Ik heet Sophie. En ja graag, madame, spelt u het maar uit.'

'Het spijt me zo als dit onkies overkomt.' Ze glimlachte liefjes. 'Maar... je weet toch zeker wel dat jij niet het eerste model bent waar Édouard... omgang mee heeft gehad.'

'Ik begrijp u niet.'

Ze keek me aan of ik dom was. 'De vrouwen op zijn doeken... Het is niet zomaar dat Édouard ze zo kan neerzetten, zo verfijnd en krachtig. Er is een reden waarom hij ze zo... intiem kan neerzetten.'

Ik wist wel wat ze daarna zou gaan zeggen, maar ik stond erbij en liet de woorden om me heen vallen, als de messen van kleine guillotines.

'Édouard is een man van snel opkomende en onvoorspelbare hartstochten. Als het nieuwe van getrouwd zijn eraf is, wordt hij weer net als vroeger, Sophia. Als jij een verstandige meid bent, en dat ben je ongetwijfeld, gezien je, hoe zal ik het zeggen... praktische achtergrond... dan adviseer ik je een oogje dicht te knijpen. Een man als hij laat zich niet aan banden leggen. Dat druist in tegen zijn artistieke geest.'

Ik slikte. 'Madame Einsbacher, ik heb lang genoeg beslag gelegd op uw tijd. Ik vrees dat ik u nu moet verlaten. Hartelijk dank voor uw... advies.'

Ik draaide me om en liep weg. Haar woorden gonsden door mijn hoofd en mijn knokkels waren wit omdat ik eigenlijk iets wilde slaan. Ik was al halverwege de Rue Soufflot toen het tot me doordring dat ik mijn mandje met uien, kool en kaas op de grond bij de marktkraam had laten staan.

Édouard was weg toen ik thuiskwam. Dat was geen verrassing; meestal ging hij met de kunsthandelaar ergens de kroeg in om het bij een glas pastis over zaken te hebben. En als het laat werd, misschien zelfs nog een glas absint te doen. Ik zette de mand met mijn portemonnee en het potje foie gras in de keuken en liep naar de wastafel om koud water over mijn warme wangen te plenzen. Het meisje dat me aankeek vanuit de spiegel was een somber schepsel, met een van woede vertrokken mond en een rode gloed op haar bleke wangen. Ik probeerde te glimlachen, mezelf weer te maken tot de vrouw die Édouard in me zag, maar ze wilde niet tevoorschijn komen. Ik zag alleen die magere, oplettende vrouw, wier geluk ineens op drijfzand gebouwd leek.

Ik schonk mezelf een glas zoete wijn in en dronk het in één teug leeg. Toen nam ik nog een glas. Ik had nog nooit van mijn leven overdag gedronken. Omdat ik opgegroeid was met mijn vader en zijn excessen, had ik eigenlijk niks met drank tot ik Édouard ontmoette.

Terwijl ik daar in stilte zat, hoorde ik haar woorden: *... wordt hij weer net als vroeger. De vrouwen op zijn doeken... Het is niet zomaar dat Édouard ze zo kan neerzetten...*

Toen smeet ik mijn glas tegen de muur en mijn gekwelde kreet overstemde het geluid van het brekende glas.

Ik weet niet hoelang ik precies op bed heb gelegen, verloren in mijn stille ellende. Ik wilde niet opstaan. Mijn thuis, Édouards studio, voelde niet meer als ons veilige toevluchtsoord. Ik had het gevoel alsof al zijn vorige relaties me op de hielen zaten, alsof alles gekleurd werd door hun gesprekken, hun uiterlijk, hun kussen.

*Zo moet je niet denken*, vermaande ik mezelf. Maar mijn gedachten sprongen rond als dolle paarden en sloegen steeds weer andere, verschrikkelijke paden in. Het lukte me niet ze te beteugelen.

Het was donker aan het worden, en ik hoorde de man die de straatverlichting aanstak zachtjes zingen. Normaal vond ik dat een geruststellend geluid. Ik stond op, vaag van plan het gebroken glas op te ruimen voordat Édouard straks thuiskwam. In plaats daarvan liep ik naar zijn doeken, die tegen de muur stonden. Ik bleef aarzelend staan en begon ze toen van elkaar te halen, om ze stuk voor stuk te bekijken. Daar was Laure LeComte, de *fille de Rue*, in een groene wollen jurk, nog eentje van haar, maar dan naakt tegen een pilaar geleund, als een Grieks beeld, haar borsten klein en stevig als de helften van een Spaanse perzik, Emmeline, de Engelse barmeid uit Bar Brun, wier blote benen onder haar stoel in elkaar haakten, haar armen achter de leuning. Er was een vrouw met donker haar wier naam ik niet kende en wier pijpenkrullen in een waterval over haar blote schouder vielen terwijl ze achteroverleunde op een chaise longue en haar ogen lodderig stonden van de slaap. Was hij met haar ook naar bed geweest? Had haar mond, die een beetje openstond en die zo liefdevol was geschilderd, daarop zitten wachten? Hoe had ik kunnen denken dat hij immuun was voor dat zijdezachte, blote vlees, die kunstig verkreukelde onderrokken?

O hemel, wat was ik stom geweest. Wat een provinciaalse dwaas.

En daar was Mimi Einsbacher, naar een spiegel neigend, de

kromming van haar blote rug kwam perfect uit boven het genadeloze korset eronder, haar afhangende schouders bleek uitnodigend. Ook haar had hij liefdevol neergezet, zijn houtskoollijn vloeiend, vol genegenheid. Dit doek was nog niet af. Wat was er gebeurd toen hij opgehouden was met schetsen? Was hij achter haar gaan staan, en had hij zijn grote handen op haar schouders gelegd en zijn lippen naar het plekje gebracht waar haar schouder overging in haar nek? Zo'n kus die mij altijd gek maakte van verlangen? Had hij haar voorzichtig op bed gelegd – ons bed – en lieve woordjes gefluisterd terwijl hij haar rokken opduwde en –

Ik hield mijn gebalde vuisten voor mijn ogen. Ik was helemaal de kluts kwijt, alsof ik gek werd. Deze schilderijen waren me tot nu toe nog nooit opgevallen. En nu vormden ze stuk voor stuk een stil verraad, een bedreiging voor mijn toekomstige geluk. Had hij het dan met al deze vrouwen gedaan? En hoelang zou het duren voor hij dat weer zou doen?

Ik staarde naar hen en haatte ze stuk voor stuk. Toch kon ik mijn ogen niet van hen afhouden en stelde me hele levens voor vol geheimen en pleziertjes en bedrog en lieve woordjes, tot de hemel buiten even zwart was als mijn gedachten.

Ik hoorde hem voordat ik hem zag: hij kwam fluitend de trap op.

'Vrouw!' riep hij toen hij de deur opengooide. 'Waarom zit je hier zo in het donker?'

Hij liet zijn enorme jas op bed vallen en liep naar de studio, waar hij de gaslampen aanstak en de kaarsen die we in lege wijnflessen hadden gestoken. Zijn sigaret hing in zijn mondhoek terwijl hij de gordijnen dichttrok. Toen liep hij naar mij toe en sloeg zijn armen om me heen; hij kneep zijn ogen half toe in het vage licht om mijn gezicht beter te kunnen zien.

'Het is pas vijf uur. Ik had je nog niet zo snel terugverwacht.' Het voelde alsof ik wakker werd uit een droom.

'We zijn toch nog maar net getrouwd? Ik kon je niet zo lang alleen laten. En trouwens, ik miste je. Jules Gagnaire heeft lang niet zo veel charme als jij.' Hij trok mijn gezicht voorzichtig naar zich toe en kuste me zachtjes op mijn oor. Hij rook naar sigaretten en pastis. 'Ik vind het vreselijk om niet bij jou te zijn, mijn kleine winkelmeisje.'

'Noem me niet zo.'

Ik stond op en liep naar de keuken. Ik voelde zijn licht verwonderde blik op me rusten. Ik had eerlijk gezegd geen idee wat ik zou gaan doen. De fles zoete wijn was allang leeg. 'Je zult wel honger hebben.'

'Ik heb altijd honger.'

*Die man, die lust overal wel pap van.*

'Ik... ik heb mijn mand op de markt laten staan.'

'Ach! Wat maakt het uit. Ik was er zelf ook niet zo bij, vanochtend. Wat een heerlijke nacht vannacht, hè?' Hij grinnikte bij de herinnering.

Ik gaf geen antwoord. Ik pakte twee borden en twee messen, en de restanten van het brood van die ochtend. Toen staarde ik naar het potje met foie gras. Iets anders had ik hem niet te bieden.

'Ik had een werkelijk uitstekend gesprek met Gagnaire. Hij

zegt dat de Gallery Berthoud in het 16ᵉ die vroege landschappen wil exposeren. Dat werk dat ik in Cazouls heb gemaakt, weet je wel? Hij heeft voor de twee grootste stukken al een koper.' Ik hoorde hem een fles wijn ontkurken, en hoe twee glazen tegen elkaar klonken voor hij ze op tafel zette.

'Ik vertelde hem ook van ons nieuwe incassosysteem. Hij was zeer onder de indruk toen ik hem vertelde van onze inspanningen van gisteravond. Nu ik jou en hem naast me heb staan, *chérie*, weet ik zeker dat we in stijl kunnen gaan leven.'

'Fijn dat te horen,' zei ik, en ik zette het mandje met brood voor hem neer.

Ik weet niet wat er met me gebeurd was. Ik kon hem niet meer aankijken. Ik ging tegenover hem zitten en hield hem de foie gras voor, en wat boter. Ik had een sinaasappel in kwarten gesneden en legde twee partjes op zijn bord.

'Foie gras!' Hij draaide het deksel van het potje. 'Maar lieveling, wat een verwennerij.' Hij scheurde een stuk brood af en besmeerde het met de bleekroze pasta. Ik keek toe terwijl hij at, zijn blik op de mijne, en op dat moment wenste ik dat hij eigenlijk helemaal niet van foie gras hield, dat hij het afschuwelijk vond. Maar hij gaf me een handkus en smakte verrukt. 'Wat een prachtleven hebben wij samen, hè?'

'Die foie gras was niet mijn idee, Édouard. Mimi Einsbacher heeft hem uitgekozen.'

'Aha, Mimi?' Hij keek me aan. 'Nou ja… die heeft verstand van lekker eten.'

'En van andere dingen?'

'Hm?'

'Waar is Mimi nog meer goed in?'

Mijn eten lag onaangeroerd op mijn bord. Ik kon geen hap door mijn keel krijgen. En trouwens, ik hield al nooit van foie gras, vanwege de bittere kennis over het gedwongen voeren van die arme ganzen, die zo veel binnenkregen dat hun organen ervan opzwollen. De pijn die het deed: te veel van datgene waar je zo dol op was.

Édouard legde zijn mes op zijn bord. Hij keek me aan. 'Wat is er aan de hand, Sophie?'

Ik kon niet antwoorden.

'Je bent niet in je hum.'

'Niet in mijn hum.'

'Komt het door wat ik je eerder vertelde? Lieveling, ik zei toch, dat was allemaal voor ik jou leerde kennen. Ik heb toch nooit tegen je gelogen.'

'En ga je het nog een keer met haar doen?'

'Wat?'

'Als het nieuwe van getrouwd zijn eraf is? Wordt alles dan weer zoals het was?'

'Wat is dit?'

'Ach, eet nou maar, Édouard. Stort je maar fijn op je geliefde foie gras.'

Hij staarde me een hele poos aan. Toen hij weer sprak, klonk zijn stem heel zacht.

'Waar heb ik dit aan verdiend? Heb ik je ooit een reden gegeven om aan me te twijfelen? Heb ik jou ooit iets anders getoond dan volkomen toewijding?'

'Daar gaat het niet om.'

'Waar gaat het dan wel om?'

'Hoe komt het dat ze allemaal zo naar je kijken?' Mijn stem zwol aan.

'Wie?'

'Die vrouwen. Mimi en Laure en weet ik hoe ze allemaal heten. Die barmeiden en straatmeiden en alle andere vervloekte meiden die hier aan jouw deur voorbijtrekken. Hoe krijg je het voor elkaar dat ze op die manier voor je poseren?'

Édouard was met stomheid geslagen. Toen hij weer iets zei, vertrok zijn mond op een manier die ik nog niet van hem kende.

'Op dezelfde manier als ik het bij jou voor elkaar heb gekregen. Ik heb het gewoon gevraagd.'

'En daarna? Heb je met hen ook gedaan wat je met mij hebt gedaan?'

Édouard keek naar zijn bord voor hij antwoord gaf.

'Als ik het me goed herinner, Sophie, heb jij mij verleid, die eerste keer. Of past dat niet in hoe jij je de gebeurtenissen ineens herinnert?'

'En daar moet ik me beter door voelen? Dat ik de enige van je modellen was die jij niet zelf in bed probeerde te krijgen?'

Zijn stem klonk als een explosie in de kleine studio. 'Wat is dit, Sophie? Waarom kwel je jezelf zo? Wij zijn gelukkig, samen. Je weet dat ik geen oog meer heb voor andere vrouwen sinds wij elkaar kennen!'

Ik begon te applaudisseren, en elke harde klap verbrak de stilte in de studio. 'Knap hoor, Édouard! Je bent je hele wittebroodsweken trouw gebleven! Jeetje, wat bewonderenswaardig!'

'Mensenkinderen!' Hij smeet zijn servet neer. 'Waar is mijn vrouw gebleven? Mijn blije, stralende, lieve vrouw? En wie is het mens dat ik ervoor in de plaats heb gekregen? Dit achterdochtige stuk chagrijn? Deze zuurpruim met haar beschuldigende vinger?'

'O, dus zó zie jij mij?'

'Dus zo ben je geworden, nu we eenmaal getrouwd zijn?'

We staarden elkaar aan. De stilte verbreidde zich, vulde de kamer. Buiten barstte een kind uit in een keiharde huilbui en er was een stem van een moeder, streng maar troostend.

Édouard veegde over zijn gezicht. Hij haalde diep adem en staarde uit het raam, en keek daarna weer naar mij. 'Je weet heel goed dat ik jou niet zo zie. Je weet heel goed dat ik – o, Sophie. Ik begrijp niet waar deze woede vandaan komt. Ik snap niet waar ik dit aan verdiend heb, deze…'

'Nou, dan vraag je het hun toch?' Ik wees naar de doeken. Mijn stem klonk snikkend. 'Want een provinciaals winkelmeisje als ik begrijpt natuurlijk helemaal niets van hoe jij leeft!'

'Ach, je bent onmogelijk,' zei hij.

'Wat onmogelijk is, is met jou getrouwd zijn. Ik begin me af te vragen waarom ik daar überhaupt aan begonnen ben.'

'Nou, Sophie, je bent niet de enige die zich dat afvraagt.'

Mijn man keek me strak aan, pakte zijn jas van ons bed, draaide zich om en liep de deur uit.

# 5

*1998, Pont des Arts*

Als hij belt, zit zij op de brug. Ze weet niet precies hoelang ze hier al is. De zijkanten hangen vol met slotjes waar mensen hun initialen op hebben geschreven met onuitwisbare inkt. Sommige zijn zelfs gegraveerd. Over de hele lengte van de brug zakken mensen op hun hurken om ze te lezen. Af en toe maken ze foto's van elkaar, wijzend naar de slotjes die ze heel mooi vinden, of die ze er net zelf opgehangen hebben.

Ze herinnert zich dat David haar over deze plek vertelde voor ze op reis gingen, en dat geliefden hier slotjes aan de brug hingen en de sleuteltjes in de Seine gooiden als teken van hun eeuwige liefde. En dat als de gemeente de slotjes met veel pijn en moeite van de brug had gehaald, het er binnen een paar dagen weer helemaal vol hing met slotjes met opschriften over liefde die altijd blijft, de initialen van geliefden die twee jaar later misschien nog samen waren, of misschien nog liever elk op een ander continent gingen wonen dan dezelfde lucht te moeten inademen. Hij vertelde ook dat de rivier regelmatig gedregd moest worden, om de roestende massa sleutels te verwijderen.

En nu zit ze hier op een bankje en probeert niet al te goed te kijken. Ze kijkt alleen naar het schouwspel in het algemeen en naar de glans van de slotjes. Ze wil er niet over nadenken wat ze allemaal betekenen.

'Kom maar naar de Pont des Arts,' heeft ze tegen hem gezegd. Meer niet. Misschien klonk er iets door in haar stem.

'Ik ben er over twintig minuten,' zei hij.

Ze ziet hem aankomen vanuit de richting van het Musée du Louvre; zijn blauwe overhemd wordt steeds levendiger naarmate hij dichterbij komt. Hij draagt een kakikleurige broek en ze voelt een steek als ze beseft hoe knap hij is. Hoe vertrouwd zijn silhouet is, na zo'n korte tijd al. Ze kijkt naar zijn zachte, warrige haar, naar de vlakken van zijn gezicht, en naar hoe hij altijd iets ongeduldigs uitstraalt als hij loopt, alsof hij door wil naar het volgende. En dan ziet ze dat hij de leren tas met tekeningen over zijn schouder heeft geslagen en ze staart ernaar.

Hij glimlacht niet als hij dichterbij komt, ook al heeft hij haar duidelijk al gezien. Eerst gaat hij langzamer lopen, en als hij bij haar is, laat hij zijn tas op de grond zakken en gaat naast haar zitten.

Ze zitten een poosje zwijgend naast elkaar te kijken naar een boot vol toeristen die voorbij glijdt.

En dan zegt Liv uiteindelijk: 'Dit werkt niet voor mij.'

Ze tuurt over de Seine en kijkt door half dichtgeknepen

ogen naar de toeristen die nog steeds buigen om de slotjes te bekijken.

'We hebben een verschrikkelijke vergissing begaan. Ik heb een vergissing begaan.'

'Een vergissing?'

'Ik weet dat ik impulsief ben. Ik realiseer me dat we het veel langzamer aan hadden moeten doen. We hadden… we hadden elkaar iets beter moeten leren kennen. Dus ik heb nagedacht. We hebben niet bepaald een grote bruiloft gehad, of zo. De meeste van onze vrienden weten niet eens dat we getrouwd zijn. Dus we kunnen gewoon… we kunnen gewoon doen alsof het nooit is gebeurd. We zijn allebei nog zo jong.'

'Waar heb je het over, Liv?'

Ze kijkt hem aan. 'David: toen je net op me af liep, werd het me allemaal ineens duidelijk. Je hebt je tekeningen bij je.'

Zijn gezicht vertrekt één seconde. Maar ze ziet het.

'Dus je wist dat je de Goldsteins zou gaan zien. Je had je tas vol tekeningen bij je en die heb je meegenomen op huwelijksreis.'

Hij kijkt naar zijn voeten. 'Ik wist het niet zeker. Ik hoopte het.'

'En dat moet mij geruststellen?'

Ze zitten zwijgend naast elkaar. David leunt voorover en slaat zijn handen op zijn knieën ineen.

Dan kijkt hij haar aan van opzij, met een gepijnigde blik. 'Ik hou van je, Liv. Hou jij dan niet meer van mij?'

'Jawel. Ontzettend veel. Maar… ik trek dit niet. Ik word hier het soort vrouw van dat ik niet wil zijn.'

Hij schudt zijn hoofd. 'Ik snap het niet. Dat slaat toch nergens op? Ik ben maar een paar uurtjes weg geweest.'

'Het gaat niet om die paar uurtjes. Dit was onze huwelijksreis. En dus is het een blauwdruk voor hoe het in de toekomst zal gaan.'

'Hoezo is een huwelijksreis een blauwdruk voor een relatie? Kom óp zeg, de meeste mensen gaan twee weken op een strand liggen. Denk je dat de rest van hun leven dan ook zo zal verlopen?'

'Je moet mijn woorden niet zo uit hun verband rukken. Je weet best wat ik bedoel. Dit zou de enige keer horen te zijn dat je –'

'Het komt gewoon door dit project –'

'O, dit project. Dit project. Dit fucking project. Maar er komt altijd weer een nieuw project, of niet soms?'

'Nee. Dit is iets heel anders. Ze –'

'Ze willen je nog een keer spreken, of niet?'

Hij slaakt een zucht en zijn kaak verstrakt. 'Niet voor een vergadering,' zegt hij. 'Voor een lunch. Morgen. In een van de beste restaurants van Parijs. En jij bent ook uitgenodigd.'

Als ze niet bijna in tranen was, had ze nu heel hard gelachen. Haar stem klinkt wonderbaarlijk kalm wanneer ze weer iets kan zeggen.

'Het spijt me, David. Ik neem het je niet eens kwalijk. Het is mijn eigen schuld. Ik was zo gek op je, dat ik niet verder heb gekeken. Ik heb niet onder ogen gezien dat een huwelijk met iemand die zo door zijn werk in beslag genomen wordt me zo…' Ineens kan ze geen woord meer uitbrengen.

'Je zo... wat? Ik hóú van jou, Liv. Ik snap hier niets van.'

Ze wrijft in haar ogen. 'Ik zeg het niet goed. Kom... loop eens mee? Ik wil je iets laten zien.'

Het is maar een klein stukje naar het Musée d'Orsay. De rijen zijn een stuk korter. Ze hoeven maar tien minuten zwijgend naast elkaar te staan voor ze naar binnen kunnen. Ze is zich pijnlijk bewust van zijn aanwezigheid en van dit ongemakkelijke gevoel dat tussen hen in staat. Ergens kan ze niet geloven dat haar huwelijk op deze manier eindigt.

Ze drukt op het knopje van de lift, want ze weet dit keer precies waar ze naartoe wil. David volgt haar door de zalen met impressionisten op de bovenste verdieping. Ze omzeilen de kluitjes mensen die overal staan te kijken. Er staat weer een andere schoolklas voor *Déjeuner sur l'herbe* en dezelfde enthousiaste suppoost spreekt hen toe over het schandaal van de naakte dame. Ze bedenkt hoe ironisch het is dat ze hier nu is, met haar man, die ze er vanochtend zo graag bij had gehad, terwijl het nu te laat is. Veel te laat. En daar staan ze, voor het kleine schilderij.

Ze kijkt ernaar en hij doet een stap naar voren.

'*Echtgenote, uit haar hum*,' leest hij. '*Door Édouard Lefèvre.*'

Hij staart er even naar en keert zich dan naar haar om, in afwachting van een verklaring.

'Hier heb ik vanochtend naar staan kijken... naar deze verongelijkte, in de steek gelaten vrouw. En toen drong het tot me door. Dat ik niet zo wil worden. Ik had ineens het gevoel dat ons hele huwelijk zo zou worden – dat ik jouw aandacht wil, en jij niet in staat bent me die te geven. En dat beangstigde me.'

'Zo wordt ons huwelijk helemaal niet.'

'Ik wil me niet steeds zo in de steek gelaten voelen, al vanaf onze huwelijksreis.'

'Ik heb je niet in de steek gelaten, Liv –'

'Maar je hebt me wel het gevoel gegeven dat ik er niet toe doe, en dat al bij de enige gelegenheid waarbij ik in redelijkheid mag verwachten dat wij gewoon alleen van elkaars gezelschap genieten, en dat jij gewoon bij mij wilt zijn.' Haar stem zwelt aan, als ze hartstochtelijk zegt: 'Ik wilde hier in Parijs langs de barretjes slenteren, en zomaar wijn met je drinken, hand in hand. Ik wilde van je horen wie je was voor wij elkaar leerden kennen, en ik wilde je vertellen hoe ik ons leven samen voor me zag. En ik wilde seks. Heel erg veel seks. Wat ik niet wilde was in mijn eentje door musea lopen en koffiedrinken met mannen die ik niet eens ken – om maar wat tijd te doden.'

Zijn scherpe blik opzij doet haar onwillekeurig toch plezier.

'En toen ik dit schilderij zag, viel het ineens allemaal op zijn plek. Dit ben ik, David. Zo ga ik worden. Dit is precies wat er gaat gebeuren. Want jij ziet zelfs nu nog niet in wat er mis mee is om twee dagen – dríé dagen – van een vijfdaagse huwelijksreis te spenderen aan het pitchen van een voorstel aan een stel rijke zakenlui.'

Ze slikt. En dan breekt haar stem.

'Het spijt me. Ik... ik wil die vrouw niet zijn. Ik – ik wil het gewoon niet. Mijn moeder was zo en ik vind het angstaanjagend.' Ze wrijft over haar ogen, en kijkt snel omlaag om de nieuwsgierige blikken van passanten te ontwijken.

David staart naar het schilderij. Een paar minuten lang zegt hij helemaal niets. En dan draait hij zich weer naar haar om en zijn gezicht staat somber.

'Oké, ik begrijp het.' Hij haalt een hand door zijn haar. 'En je hebt gelijk. Over alles. Ik – ik ben ongelofelijk dom geweest. En egocentrisch. Het spijt me.'

Ze vallen stil als een Duits echtpaar even voor het schilderij blijft staan, een paar woorden wisselt, en weer doorloopt.

'Maar... wat dit schilderij betreft zit je ernaast.'

Ze kijkt naar hem op.

'Ze is niet in de steek gelaten. Ze staat niet symbool voor een mislukte relatie.'

Hij doet een stap dichterbij en pakt haar voorzichtig bij de arm terwijl hij wijst.

'Kijk eens naar hoe hij haar heeft geschilderd, Liv. Hij wil helemaal niet dat ze boos is. Hij kijkt nog steeds naar haar. Kijk naar hoe teder hij zijn penseelstreken heeft neergezet, en naar hoe hij daar haar huid kleur heeft gegeven. Hij draagt haar op handen. Hij vindt het ondraaglijk dat ze zo boos is. Hij kan zijn ogen niet van haar afhouden, ook al is ze nog zo kwaad op hem.' Hij zwijgt, en haalt diep adem. 'Hij is er, en hij gaat niet weg, hoe kwaad hij haar ook heeft gemaakt.'

Haar ogen vullen zich met tranen. 'Wat zeg je nou eigenlijk?'

'Ik geloof niet dat dit schilderij het eind van ons huwelijk hoeft te betekenen.'

Hij pakt haar hand en houdt hem vast tot haar vingers zich in de zijne ontspannen. 'Ik zie precies het tegenovergestelde van wat jij ziet. Ja, er is inderdaad iets fout gegaan. Ja, ze is op dat moment inderdaad ongelukkig. Maar als ik naar haar kijk, naar hen, naar dit, Liv, dan zie ik alleen maar een schilderij vol liefde.'

# 6

## *1912*

Het begon te miezeren toen ik vlak na middernacht door de straten van het Quartier Latin liep. Ik liep al uren buiten rond, dus de regen had mijn hoed zo doorweekt dat de druppels achterlangs mijn kraag in liepen, hoewel ik dat nauwelijks voelde omdat ik zo opging in mijn wanhoop.

Een deel van me had willen wachten tot Édouard weer thuiskwam, maar ik hield het daar niet uit, met al die vrouwen, en het vooruitzicht van mijn mans aanstaande ontrouw. Ik zag steeds zijn gekwetste blik voor me, hoorde de woede in zijn stem. *Wie is deze zuurpruim met haar beschuldigende vinger?* Hij zag niet meer alleen het beste in mij, en wie zou hem ongelijk geven? Hij had me gezien zoals ik mezelf ten diepste kende: gewoontjes, provinciaals, een onzichtbaar winkelmeisje. Hij zat vast in een huwelijk doordat bij hem even de jaloezie was opgelaaid, en hij ervan overtuigd was dat hij mijn liefde zeker moest stellen. En nu had hij spijt van die haast. En ik had hem daar zelf op gewezen.

Ik vroeg me af of ik soms maar beter mijn spullen kon pakken en vertrekken. Maar telkens als die vraag opkwam in mijn koortsachtige brein, wist ik meteen wat het antwoord was: ik hield van hem. De gedachte aan een leven zonder hem was ondraaglijk. Hoe kon ik terug naar St.-Péronne om daar als een ouwe vrijster te gaan leven, terwijl ik wist tot hoeveel liefde ik in staat was? Hoe kon ik leven met de gedachte dat hij ergens bestond, kilometers bij mij vandaan? Hij hoefde de kamer maar uit te lopen of zijn afwezigheid deed me al pijn. Mijn fysieke behoefte aan hem overrompelde me nog altijd. En trouwens, ik kon moeilijk naar huis terug, nog geen paar weken na onze bruiloft.

Maar het probleem was: ik zou altijd provinciaals blijven. Ik was niet in staat mijn echtgenoot te delen zoals de Parisiennes dat blijkbaar deden; ik kon geen oogje dichtknijpen voor zijn eventuele misstappen. Hoe kon ik met Édouard leven als het zou kunnen dat hij gehuld in de geur van een andere vrouw thuiskwam? En zelfs al kon ik er niet zeker van zijn dat hij me ontrouw was, hoe kon ik het dan verdragen als ik ons huis zou binnenkomen en Mimi Einsbacher, of wie dan ook, naakt op ons bed voor hem lag te poseren? Wat moest ik dan doen, me verstoppen in een achterkamertje? Een eindje gaan wandelen? Erbij zitten en de boel in de gaten houden? Hij zou me haten. Hij zou mij zien als de cipier die madame Einsbacher al in me zag.

Ik realiseerde me dat ik totaal niet had nagedacht over wat ons huwelijk daadwerkelijk met zich mee zou brengen. Ik kon niet verder kijken dan zijn stem, zijn handen, zijn kussen. Ik kon niet verder kijken dan mijn eigen ijdelheid – verblind door mijn eigen spiegelbeeld zoals ik dat in zijn schilderijen en in zijn blik had gezien.

En nu was de toverstof weggewaaid en wat er overbleef was ik – een echtgenote: een zuurpruim met haar beschuldigende vinger. En die versie van mij stond me helemaal niet aan.

Ik liep heel Parijs door, de hele Rue de Rivoli van begin tot eind af, waarbij ik de nieuwsgierige blikken van mannen en het gefluit van dronkenlappen negeerde. Mijn voeten deden pijn van het lopen over de keien. Mijn gezicht hield ik afgewend van de mensen die ik passeerde, zodat ze de tranen in mijn ogen niet konden zien. Ik rouwde om het huwelijk dat ik nu al kwijt was. Ik rouwde om de Édouard die alleen het beste in mij had gezien. Ik miste ons intense geluk samen, het gevoel dat we ondoordringbaar waren, immuun voor de rest van de wereld. Hoe kon het dat we zo snel al op dit punt uitgekomen waren? In gedachten verzonken liep ik verder, en ik merkte niet eens dat het alweer bijna licht werd.

'Madame Lefèvre?'

Ik draaide me om en er stapte een vrouw uit de schaduw. Toen ze onder het vale licht van de lantaarnpaal kwam staan, zag ik dat dit het meisje was waar Édouard me aan had voorgesteld, toen die avond van het gevecht in Bar Tripoli – hoe heette ze ook weer: Lily? Laure?

'Een dame hoort op dit tijdstip niet aan de wandel te zijn, madame,' zei ze, en ze keek even de straat in.

Ik had geen antwoord voor haar. Ik wist niet zeker of ik nog wel kon praten.

*Hij houdt zich op met de straatmeiden van Pigalle.*
'Ik heb geen idee hoe laat het is.' Ik keek op naar de klok. Kwart voor vijf. Ik liep al de hele nacht.

Haar gezicht bleef verborgen in de schaduw, maar ik voelde dat ze me bestudeerde. 'Gaat het wel goed met u?'

'Uitstekend, dank je.'

Ze bleef naar me kijken. Toen deed ze een stap naar voren en pakte me voorzichtig bij mijn elleboog.

'Ik geloof niet dat het verstandig is dat u hier als getrouwde vrouw alleen rondloopt. Komt u anders iets met mij drinken? Ik ken een bar waar het warm is, niet ver hiervandaan.'

Toen ik aarzelde liet ze mijn arm los, en deed een klein pasje naar achteren. 'Maar als u andere plannen hebt, begrijp ik dat natuurlijk volkomen.'

'Nee. Het is heel vriendelijk van je. En ik zou dolgraag weg willen uit deze kou. Ik… ik had helemaal niet door hoe verkleumd ik eigenlijk ben.'

We liepen zwijgend twee smalle straten door, tot we bij een raam kwamen waar licht door scheen. Een Chinese man stapte opzij bij een zware deur om ons binnen te laten en zij wisselde zachtjes een paar woorden met hem. In de bar was het warm. De ramen waren er beslagen en er zat nog een handjevol mannen te drinken. De meesten van hen waren taxibestuurders, vertelde ze me, terwijl ze me meenam naar achteren. Laure LeComte bestelde iets aan de bar en ik ging aan een tafeltje zitten. Ik trok de natte cape van mijn schouders. Het was lawaaiig en gezellig in de kleine ruimte. De mannen stonden om een groepje kaartspelers, in de andere hoek. Ik zag mijn eigen gezicht in de spiegel aan de wand, bleek en nat. Mijn haar plakte tegen mijn gezicht. Waarom zou hij alleen van mij houden? dacht ik en ik probeerde de gedachte weer van me af te zetten.

Er kwam een oudere man met een dienblad, en Laure overhandigde me een glaasje cognac. Nu we hier zo zaten, had ik geen idee wat ik tegen haar moest zeggen.

'We zijn net op tijd binnen, volgens mij,' zei ze, en ze keek naar de deuropening. Het was nu echt hard gaan regenen en het water stroomde in rivieren over de stoepen, en kolkte in de goten.

'Ik geloof het ook.'

'Is monsieur Lefèvre thuis?'

Ze gebruikte de formele versie van zijn naam, ook al kende ze hem langer dan ik.

'Ik heb geen idee.'

Ik nam een slok van mijn drankje. Het gleed door mijn keel als vuur. En ineens begon ik te praten. Misschien uit wanhoop. Misschien omdat ik wist dat een vrouw als Laure al zo veel had meegemaakt op het gebied van wangedrag, dat ze niet geschokt zou zijn door wat ik haar te vertellen had. Misschien was het ook wel omdat ik wilde zien hoe ze zou reageren. Ik wist per slot van rekening niet of zij ook behoorde tot al die vrouwen die ik als bedreiging moest zien.

'Ik was in een slecht humeur. Het leek me beter als ik… een eind zou gaan lopen.'

Ze knikte en glimlachte even. Haar haar zat in een keurige knot, achter in haar nek, zag ik, zodat ze meer weg had van een schooljuf dan van een meisje van de nacht.

'Ik ben zelf nooit getrouwd geweest. Maar ik kan me voorstellen dat het je leven helemaal op zijn kop zet.'

'Het is moeilijk om je eraan aan te passen. Ik dacht dat ik er wel geschikt voor zou zijn. Maar nu... nu ben ik daar niet zo zeker meer van. Ik weet niet of ik wel het juiste temperament heb voor de uitdagingen die het met zich meebrengt.' Ik stond versteld van mezelf. Ik was er de vrouw niet naar om anderen zo in vertrouwen te nemen. De enige met wie ik ooit over dit soort dingen sprak was mijn zusje, en nu zij er niet was, wilde ik eigenlijk alleen met Édouard praten.

'Vindt u Édouard... lastig?'

Ik zag nu dat ze ouder was dan ik had gedacht; slim gebruik van rouge en lippenstift had haar een jeugdige blos gegeven. Maar ze had iets waardoor je bleef praten; je wist dat je erop kon vertrouwen dat het tussen jou en haar zou blijven. Ik vroeg me af wat ze die avond allemaal had gedaan, welke andere geheimen ze vandaag had gehoord.

'Ja. Nee. Het gaat niet zozeer om Édouard.' Ik kon het niet uitleggen. 'Ik weet het niet. Ik – het spijt me. Ik moet jou niet opzadelen met mijn gedachten.'

Ze bestelde nog een cognac voor me. Toen ging ze zitten en nipte van haar eigen glas terwijl ze leek te overwegen hoeveel ze tegen me zou zeggen. Uiteindelijk leunde ze naar me toe en zei zachtjes: 'Madame Lefèvre, het zal u niet verbazen dat ik mezelf zie als een soort deskundige op het gebied van de psyche van de getrouwde man.'

Ik bloosde licht.

'Ik weet niets van wat u hier vanavond brengt, en ik denk

ook dat niemand iets kan zeggen over wat er zich binnen een huwelijk daadwerkelijk afspeelt. Maar ik kan u dit wel vertellen: Édouard draagt u op handen. Dat kan ik met zo veel stelligheid zeggen omdat ik veel mannen heb gezien, ook mannen in hun wittebroodsweken.'

Nu keek ik op, en ze tilde vermoeid haar wenkbrauwen op. 'Inderdaad ja, in hun wittebroodsweken. Voor hij u ontmoette, had ik er iets om durven te verwedden dat Édouard Lefèvre nooit zou trouwen. Dat hij veel liever zijn leventje leidde zoals hij dat altijd al had geleid. En toen kwam hij u tegen. En zonder coquetterie of maniertjes, hebt u zijn hart, zijn hoofd, zijn fantasie gewonnen. U moet nooit onderschatten wat hij voor u voelt, madame Lefèvre.'

'En die andere vrouwen? Moet ik die maar gewoon negeren?'

'Andere vrouwen?'

'Er is mij verteld... dat Édouard niet het type is dat zich graag overgeeft aan... exclusiviteit.'

Laure keek me strak aan. 'En welke giftige geest heeft u dat verteld?' Mijn gezicht had me waarschijnlijk verraden. 'Ik weet niet welk zaadje deze raadgever heeft geplant, madame Lefèvre, maar kennelijk is het zeer vakkundig gebeurd.'

Ze nam nog een slok cognac.

'Laat me u iets vertellen, madame, en ik hoop dat u er geen aanstoot aan neemt, want het is goed bedoeld.' Ze leunde over tafel. 'Goed, ik dacht ook altijd dat Édouard zo'n man was die niet voor het huwelijk in de wieg gelegd was. Maar toen ik jullie met zijn tweeën zag, daar bij Bar Tripoli, en ik zag hoe hij naar u keek, hoe trots hij op u was, hoe hij zijn hand zo lief op uw rug legde, hoe hij uw goedkeuring zoekt bij bijna alles wat hij zegt of doet, toen besefte ik dat jullie voor elkaar gemaakt zijn. En ik zag dat hij gelukkig was. Heel erg gelukkig.'

Ik zat heel stil te luisteren.

'En ik geef toe dat ik me schaamde bij onze ontmoeting; dat is voor mij een zeldzame emotie. Want de afgelopen maanden heb ik een aantal keer voor Édouard geposeerd, of ik kwam hem ergens tegen op straat, of in een of andere bar of een restaurant, en dan bood ik mezelf aan hem aan, voor niets. Ziet u, ik ben altijd heel dol op hem geweest. Maar sinds hij met u was, heeft hij me steeds afgeslagen, heel vriendelijk, maar zonder aarzeling.'

Buiten was het abrupt gestopt met regenen. Een man stond in de deuropening en stak zijn hand uit, en zei iets tegen een vriend waardoor ze allebei in de lach schoten.

Laure mompelde zachtjes: 'Als ik zo vrij mag zijn: de grootste bedreiging voor uw huwelijk is niet uw man. Het zijn de woorden van die zogenaamde raadgever, die van u precies datgene maken waar u – en uw man – zo bang voor bent.'

Laure nam haar laatste slok cognac. Ze trok haar sjaal om haar schouders en stond op. Ze bekeek zichzelf in de spiegel, trok een lok haar recht en wierp toen een blik uit het raam. '*Et voilà* – het regent niet meer. Het wordt denk ik een prachtige dag. Ga naar huis, naar uw man, madame Lefèvre. Verheugt u zich in uw geluk. Wees de vrouw die hij aanbidt.'

Ze lachte even naar me. 'En wees voortaan voorzichtig met raadgevers.'

Ze wisselde nog wat woorden met de waard en stapte de bar

uit, het vochtige blauwe ochtendlicht in. Ik zat daar en liet haar woorden op me inwerken tot de uitputting me overmande, en nog iets anders: intense opluchting.

Ik riep de oudere man om de rekening te betalen. Hij vertelde me schouderophalend dat madame Laure al had afgerekend, en ging verder met het poleren van zijn glazen.

Toen ik de trap op kwam, was het zo stil in het appartement, dat ik dacht dat Édouard nog lag te slapen. Als hij thuis was, was hij een constante bron van lawaai; dan zong hij of floot hij, of speelde zijn grammofoonplaten zo hard af dat de buren geïrriteerd op de muur bonkten. De mussen kwetterden in de klimop die onze buitenmuur bedekte en in de verte bleek uit het hoefgekletter op de keien dat de stad langzaam wakker werd. Maar in het kleine appartement boven in Rue Soufflot 21a was alles volkomen stil.

Ik probeerde er niet aan te denken waar hij misschien allemaal geweest was, of in welke stemming; ik trok mijn schoenen uit en schoot de laatste traptreden op, mijn voetstappen gedempt op het hout, want ik wilde eindelijk bij hem in bed kruipen en mijn armen en benen om hem heen slaan. Ik zou hem zeggen hoe erg het me speet, hoeveel ik van hem hield, hoe dom ik was geweest. Ik zou de vrouw zijn met wie hij getrouwd was.

Mijn hoofd gonsde ervan, zo verlangde ik naar hem. Zachtjes deed ik de deur van ons appartement open, en ik zag al voor me hoe hij tussen onze verfrommelde lakens en sprei zou liggen, en slaperig zijn arm zou uitsteken om ze op te tillen en plaats voor mij te maken. Maar toen ik naar het bed keek terwijl ik mijn jas afschudde, was het leeg.

Ik aarzelde, liep langs het slaapgedeelte en ging naar de studio. Ik was ineens vreemd gespannen, niet wetend hoe de ontvangst zou zijn.

'Édouard?' riep ik.

Er kwam geen antwoord.

Ik ging naar binnen. De studio was vaag verlicht; de kaarsen die ik had laten branden in mijn haast om het huis uit te komen, waren bijna opgebrand, en het hoge raam was een koud blauw vlak in het vroege ochtendlicht. Uit de kilte in de lucht bleek dat het vuur al uren geleden gedoofd was. Aan het andere eind van de ruimte stond Édouard in zijn hemd en wijde broek met zijn rug naar me toe naar een doek te staren.

Ik bleef even in de deuropening naar mijn man kijken – naar zijn brede rug, zijn dikke, donkere haar – voor hij besefte dat ik er was. Hij draaide zich om en ik zag heel even de bezorgdheid in zijn blik – *Wat gaat er nu gebeuren?* – en dat deed me pijn.

Ik liep op hem af met mijn schoenen in mijn hand. De hele terugweg vanaf Pigalle had ik me voorgesteld dat ik me in zijn armen zou storten. Ik had gedacht dat ik me niet zou kunnen inhouden. Maar nu, in deze stille kamer, was er iets wat me tegenhield. Ik bleef een paar centimeter voor hem staan, zonder mijn ogen van de zijne af te wenden, en toen draaide ik me ineens om naar zijn ezel.

De vrouw op het doek stond met gebogen schouders. Ze keek zwijgend en woedend en haar donkerrode haar zat in een losse staart in haar nek, net als het mijne gisteravond. Haar lichaam gaf blijk van spanning, ze was zo intens ongelukkig, en haar weigerachtigheid om de kunstenaar in de ogen te kijken was een stil verwijt.

Ik snikte. 'Het is... perfect,' zei ik, toen ik weer kon spreken.

Hij keek me aan en ik zag dat hij uitgeput was. Zijn ogen waren rood, misschien van het slaapgebrek, maar misschien ook van iets heel anders. En ik wilde het verdriet van zijn gezicht vegen, mijn woorden terugnemen, hem weer gelukkig maken. 'Ik ben zo ontzettend dom geweest –' begon ik. Maar hij was me voor en trok me tegen zich aan.

'Ga nooit meer bij me weg, Sophie,' fluisterde hij in mijn oor, met een van emotie gezwollen stem.

We zeiden niets. We hielden elkaar alleen maar heel stevig vast, alsof we jaren uit elkaar geweest waren in plaats van uren.

Zijn stem klonk gebroken en doodmoe tegen mijn huid: 'Ik moest je schilderen, want ik kon het niet verdragen dat je hier niet was. Dit was de enige manier waarop ik je weer terug kon krijgen.'

'Ik ben er,' zei ik zachtjes. Ik wond zijn haar om mijn vingers en bracht mijn gezicht naar het zijne, zodat we dezelfde lucht inademden. 'Ik ga niet meer bij je weg. Nooit meer.'

'Ik wilde je schilderen zoals je bent. Maar ik kon alleen deze woedende, ongelukkige Sophie op het doek krijgen. En ik dacht steeds: de oorzaak van dat ongeluk ben ik.'

Ik schudde mijn hoofd. 'Dat is niet zo, Édouard. Laten we deze nacht vergeten. Alsjeblieft.'

Hij stak zijn hand uit en draaide de ezel van me af. 'Dan

maak ik deze niet af. Ik wil er niet eens meer naar kijken. O Sophie. Het spijt me. Het spijt me zo ontzettend...'

Toen kuste ik hem. Ik kuste hem en ik liet mijn kus vertellen hoeveel ik van hem hield, met mijn hele wezen, dat mijn leven grauw en kleurloos was voordat hij er was, en dat een toekomst zonder hem angstaanjagend en zwart zou zijn. Ik zei hem dat ik meer van hem hield dan ik ooit gedacht had van iemand te kunnen houden. Mijn man. Mijn knappe, complexe, briljante man. Ik kon die woorden niet uitspreken; mijn gevoel was veel te groot voor woorden.

'Kom,' zei ik uiteindelijk, en mijn vingers weefden zich door de zijne en ik trok hem aan de hand mee naar bed.

Een poos later, toen de straat onder ons vol leven was in de late ochtend, de fruitverkopers hun ronde deden en de geur van koffie die door het open raam naar binnen kringelde ondraaglijk lekker begon te ruiken, maakte ik me los van Édouard en ging ons bed uit, de transpiratie nog afkoelend op mijn rug, zijn smaak nog op mijn lippen. Ik liep de studio door, maakte de haard aan, en toen ik daarmee klaar was, stond ik op en draaide het doek om. Ik bekeek haar eens goed, de tederheid in zijn penseelvoering, de intimiteit ervan, de perfecte weergave van hoe ik was, van het moment. Toen draaide ik me naar hem om. 'Je moet dit afmaken.'

Hij kwam omhoog op een elleboog en keek naar me door half toegeknepen ogen.

'Maar... je ziet er zo ongelukkig uit.'

'Misschien. Maar het is de waarheid, Édouard. Jij laat altijd de waarheid zien. Dat is je grote talent.' Ik rekte mijn armen uit boven mijn hoofd, genietend van de wetenschap dat hij naar me keek. Ik haalde mijn schouders op. 'En er zou hoe dan ook een dag zijn gekomen dat we niet zo blij waren met elkaar, eerlijk gezegd. Een *lune de miel* kan niet eeuwig duren.'

'Jawel,' zei hij en hij wachtte tot ik over de plankenvloer liep, terug naar hem. Hij trok me weer in bed en keek me aan over het kussen, een spijtig lachje om zijn mond. 'Het duurt zo lang als wij dat willen. En aangezien ik de heer en meester van dit huis ben, beveel ik hierbij dat onze wittebroodsweken ons hele huwelijk zullen duren.'

'In dat geval zal ik me volledig schikken naar de wil van mijn echtgenoot,' verzuchtte ik, en ik nestelde me tegen hem aan. 'We hebben het geprobeerd, en we zijn erachter gekomen dat lelijk doen en ruziemaken niets voor ons is. Dus ik sluit me aan bij de eis dat de rest van ons huwelijk zal bestaan uit alleen nog maar wittebroodsweken.'

We lagen er kameraadschappelijk zwijgend bij, ik met mijn benen over de zijne, de warme huid van zijn buik tegen die van mij, zijn arm zwaar leunend op mijn ribben terwijl hij me tegen zich aan hield. Ik geloof niet dat ik ooit zo tevreden ben geweest. Ik snoof de geur van mijn man op, voelde zijn hartslag tegen de mijne, en uiteindelijk werd de vermoeidheid me te veel. Ik voelde dat ik indommelde, wegdreef naar een warme, fijne plek, die ik misschien nog fijner vond door waar ik was geweest. En toen begon hij te praten.

'Sophie,' zei hij zachtjes. 'Nu we zo openhartig zijn, vind ik dat ik je iets moet vertellen.'

Ik deed een oog open.

'En ik hoop dat het je niet te erg kwetst.'

'Wat is er dan?' Ik fluisterde en mijn hart zette zich schrap.

Hij aarzelde even, en nam mijn hand in de zijne. 'Ik weet dat het bedoeld was als traktatie, maar ik hou helemaal niet van foie gras. Nooit gedaan ook. Ik wilde je gewoon niet teleur–'

Maar hij kon zijn zin niet afmaken, want ik had mijn mond op de zijne gedrukt.

# 7

*1998*

'Niet te geloven dat je me belt vanaf je huwelijksreis.'

'Ja, nou ja, David is beneden iets regelen in de lobby. Ik dacht gewoon dat deze dag nog perfecter zou zijn als ik jou even twee minuten zou spreken.'

Jasmine vouwde haar hand om de telefoon. 'Ik loop even met je de damesplee in, zodat Besley me niet kan zien bellen. Wacht even.' Het geluid van een dichtslaande deur, gevolgd door snelle voetstappen. Ik zag het krappe kantoortje boven de kantoorboekhandel helemaal voor me, en hoe het drukke verkeer Finchley Road op kroop, en hoe de loden lucht van benzine in de plakkerige zomerlucht bleef hangen. 'Nou, kom op. Je moet me alles vertellen. In een seconde of twintig. Loop je al met John Wayne-benen? Hebben jullie het geweldig?'

Ik keek rond in de hotelkamer, naar het rommelige bed dat David net had verlaten, de koffer die ik halfhartig aan het inpakken was. 'Het is… een beetje raar. Het is even wennen, getrouwd zijn. Maar ik ben zo gelukkig.'

'Bleh! Ik ben jaloers. Ik had gisteravond een date met Shaun Jeffries. Ken je die nog? De broer van Fi? Met die gruwelijke nagels? Geen idee waarom ik daar ja op heb gezegd. Blijkbaar was het de bedoeling dat ik onder de indruk was van het feit dat hij een maisonnette in Friern Barnet heeft.'

'Dat is wel een leuke wijk. Is populair aan het worden.'

'En het huis heeft ook zo veel potentieel.'

Ik giechelde. 'Nou ja, je moet ergens beginnen.'

'Vooral op jouw leeftijd. Niks mis met je eigen huis hebben.'

'Hij heeft zeker ook een goed pensioen, hè?'

'Fuck nou, wat een geweldig pensioen heeft die man. En geïndexeerd, hè. Hij had grijze schoenen aan, en hij wilde per se de rekening delen, en hij bestelde de goedkoopste fles wijn die ze hadden "want na het eerste glas smaakt toch alles hetzelfde". O Worthing, was je maar weer thuis. Ik heb echt een borrel nodig. Daten is verschrikkelijk. Jij hebt het slim aangepakt.'

Ik ging op bed liggen en staarde naar het plafond, dat vol witte versierselen zat, als een bruidstaart.

'Je bedoelt: ondanks het feit dat het wel heel impulsief was, en dat mijn impulsen nooit ergens op slaan?'

'Precies! Was ik maar eens wat impulsiever. Dan was ik met Andrew getrouwd toen hij me vroeg, en dan woonde ik waarschijnlijk in Spanje, in plaats van vast te zitten in dit kantoortje, me afvragend of ik wel om tien over halfvijf weg kan sneaken om mijn motorvoertuigenbelasting te regelen. O, Besley komt de plee in.' Haar toon slaat om. 'Uiteraard, mevrouw Halston.

Hartelijk dank voor uw telefoontje. We spreken elkaar ongetwijfeld snel weer.'

Liv hangt op en David komt de kamer weer in. Hij heeft een doos bonbons van Patrick Roger bij zich.

'Wat is dat?'

'Avondeten. Ze komen zo ook een fles champagne brengen, voor erbij.'

Ze giechelt van plezier, en begint de folie van de prachtige lichtturquoise doos te trekken. Dan steekt ze een chocolaatje in haar mond en doet haar ogen dicht. 'O mijn hemel, deze zijn fantastisch. Als ik dit soort dingen blijf eten, en dan ook nog die chique lunch van morgen, kom ik als een olifant terug.'

'Ik heb de lunch afgezegd.'

Liv kijkt op. 'Maar ik zei toch dat ik –'

David haalt zijn schouders op. 'Nee. Je had gelijk. Geen werk meer. Sommige dingen zijn inderdaad heilig.'

Ze steekt nog een chocolaatje in haar mond en houdt de doos voor hem op. 'O David… misschien heb ik me wel een beetje aangesteld.' De middag met zijn koortsachtige emoties lijkt heel lang geleden. Ze heeft het gevoel alsof ze sindsdien al een heel leven getrouwd is.

Hij trekt zijn shirt over zijn hoofd. 'Nee. Je had het volste recht om mijn onverdeelde aandacht te verwachten op onze huwelijksreis. Het spijt me. Ik denk – ik moet nog leren dat we voortaan met zijn tweeën zijn, dat ik niet meer in mijn eentje ben.'

Daar is hij weer. De man waar ze verliefd op werd. *Mijn man.* De lust slaat ineens hard toe.

Hij gaat naast haar zitten en ze duwt zich naar hem toe terwijl hij doorpraat: 'Zal ik je eens wat ironisch vertellen? Ik belde de Goldsteins net beneden op, en toen haalde ik diep adem en heb ik ze verteld dat het me erg speet, maar dat ik deze week geen tijd meer vrij kon maken, omdat ik eigenlijk op huwelijksreis was.'

'En –'

'En toen werden ze heel kwaad op me.'

De volgende bonbon blijft halverwege haar mond hangen. Ze voelt haar maag vertrekken. 'O shit – het spijt me...'

'Ja, echt heel kwaad waren ze. Ze vroegen hoe ik het in mijn hoofd haalde om mijn kersverse echtgenote alleen te laten voor een zakelijke bespreking. Ik citeer: "Dat is verdorie toch geen manier om een huwelijk te beginnen."'

Hij kijkt haar grijnzend aan.

'Die Goldsteins zijn zo gek nog niet,' zegt ze, en ze stopt de bonbon in zijn mond.

'Ze zeiden dat je zoiets maar één keer kunt doen, en dat we deze tijd nooit meer kunnen inhalen.'

'Volgens mij hou ik zelfs van ze.'

'Wacht maar, dadelijk hou je nog meer van ze.' Hij staat op en loopt naar de balkondeuren, die hij opengooit. De avondzon stroomt het kamertje in, terwijl onder hen de geluiden van de Rue des Francs Bourgeois, waar het vol toeristen en lui winkelpubliek is, de lucht vullen. Hij trekt zijn schoenen en zijn broek uit, en gaat op bed zitten. Dan kijkt hij haar aan. 'Ze zeiden dat zij zich ervoor verantwoordelijk voelden dat ik je zo alleen gelaten had. Dus hebben ze ons vanaf morgen hun suite in het Royal Monceaux aangeboden, om het goed te maken met jou. Roomservice, een bad zo groot als een cruiseschip, champagne uit de kraan, absoluut geen enkele reden om de kamer ooit nog uit te gaan. Voor twee nachten. De reden waarom ik zo lang beneden bleef was omdat ik me de echtelijke vrijheid heb veroorloofd om onze tickets om te boeken. Wat vind je ervan?'

Hij keek Liv aan, en zelfs nu nog was er iets van onzekerheid in zijn blik. 'Je moet dan natuurlijk wel achtenveertig uur doorbrengen met een echtgenoot die volgens onze vrienden de miljardairs een stomme idioot is.'

Ze staart hem aan. 'Stomme idioten zijn mijn lievelingsechtgenoten.'

'Ik hoopte al dat je dat zou zeggen.'

Ze vallen in de kussens en liggen zij aan zij, hun vingers in elkaar verstrengeld.

Ze kijkt door het raam naar de nog lichte lichtstad, en glimlacht. Ze is getrouwd. Ze is in Parijs. Morgen duikt ze een gigantisch bed in met de man van wie ze houdt, en daar zal ze waarschijnlijk twee hele dagen niet meer uit komen. Mooier dan dit kan het leven waarschijnlijk niet worden.

'Ik leer het nog wel eens, mevrouw Halston,' zegt hij zachtjes, en hij draait zich op zijn zij en brengt haar vingers naar zijn lippen. 'Het duurt misschien even voor ik het helemaal onder de knie heb, dat getrouwd zijn, maar ik kom er wel.' Hij heeft twee sproetjes op zijn neus. Dat was haar nog nooit opgevallen. Het zijn de mooiste sproetjes die ze ooit heeft gezien.

'Oké, meneer Halston,' zegt ze, en ze steekt haar hand uit om de doos bonbons voorzichtig op het nachtkastje te zetten, zodat die straks heel blijven. 'We hebben alle tijd van de wereld.'

# Dankwoord

Dank aan degenen die deze verhalen al eerder hebben gepubliceerd: Radio 4, *Woman & Home*, *Stylist*, The Orion Publishing Group, Bragelonne en Penguin Books.

DE WERELDWIJDE BESTSELLER
Jojo Moyes
Voor jou
Nu verfilmd als
me before you

Jojo Moyes
Een leven na jou
ROMAN
Het vervolg op de bestseller Voor jou

Dans met Mij
ROMAN
Jojo Moyes
Auteur van Voor jou en Een leven na jou

Jojo Moyes
Dicht bij jou
ROMAN
Auteur van de bestseller Voor jou

Heb je genoten van *Een week in Parijs*?
Wil je meer lezen over Liv en Sophie?
*Lees dan ook:*

Terwijl de Eerste Wereldoorlog Frankrijk verscheurt en haar grote liefde Édouard vecht aan het front, is Sophie de steun en toeverlaat van haar familie. Wanneer in 1916 de Duitsers hun intrek nemen in het familiehotel dat Sophie runt met haar zus, raakt de *Kommandant* gefascineerd door Sophie en door het schilderij dat Édouard van haar maakte vóór de oorlog. Maar de aandacht van een *Kommandant* zet Sophies leven en reputatie op het spel…

Bijna een eeuw later krijgt Liv een schilderij van haar man David, kort voor zijn plotselinge dood. Het betekent alles voor haar, want dit portret van een jonge vrouw is een herinnering aan hun gelukkige, korte samenzijn. Maar dan komt de donkere en door passie verscheurde geschiedenis van het schilderij aan het licht, en opeens dreigt Liv opnieuw alles kwijt te raken…

Paperback, 448 blz. | ISBN 9789026142376
ISBN e-book 9789026137594